登場人物《とうじょうじんぶつ》
季白《きはく》
英翔《えいしょう》
明珠《めいじゅ》

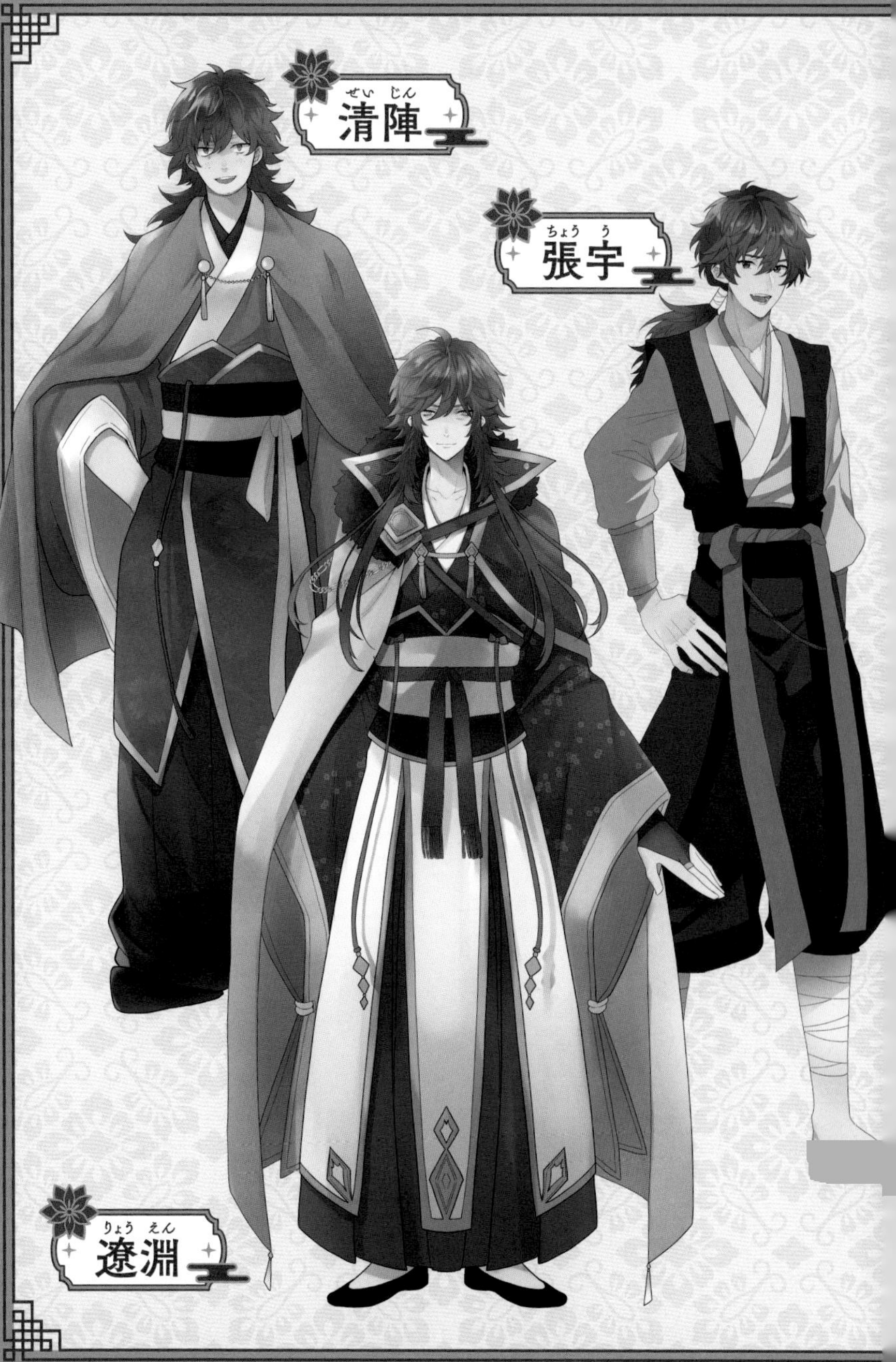

清陣
せい じん

張宇
ちょう う

遼淵
りょう えん

治れ。髪ひとすじの傷さえも、
残ることなど許さない。

呪われた龍にくちづけを 2

～新米侍女、借金返済のためにワケあり主従にお仕えします！～ 下

Contents

綾束 乙

イラスト：春が野かおる

序章

破天荒な筆頭宮廷術師

「ふんふふ～ん♪　待っててね～っ、愛《いと》しの君♪」

昨日、『昇龍の儀《しょうりゅうぎ》』を執り行ったばかりのせいだろう。朝になっても華やかな儀式の残滓《ざんし》がそここに残る王城の一階の廊下を、筆頭宮廷術師であり蚕家《さんけ》の現当主でもある蚕遼淵《りょうえん》は鼻歌を歌いながら歩んでいた。

脳裏に浮かぶのは、昨日見た『昇龍の儀』の光景だ。龍華国《りゅうかこく》の建国を祝って行われる『昇龍の儀』では、儀式の最後に皇帝や皇子達が王城の露台に姿を現し、眼下に集まった民衆の前で、龍華国の限られた皇族だけが召喚できる《龍》を喚《よ》び出して天へと放つ。

現在、《龍》を喚び出すことができる皇族は、現皇帝と、それぞれ母親が違う三人の皇子達だけだ。だが、第二皇子は北西地方で起こった反乱鎮圧のために王都を離れており、第三皇子はまだ成人前であるため、昨日の儀式に参加したのは、皇帝と第一皇子の二人だけだった。

皇帝達によって天へと放たれた《龍》は、人々の願いごとを天へと届けてくれるとも言われており、夕暮れの紅《くれない》と宵闇の青が入り混じる空を、高くたかく天へと昇っていく白銀の《龍》の美しさは、この世のものとは思えない絶景だ。

筆頭宮廷術師として『昇龍の儀』の補佐をしていた遼淵も、昨日は間近で《龍》を堪能した。

だが、一夜明けた今、遼淵の興味を引くものはもう王城にはない。となれば、後は弟子達に任せて一刻も早く蚕家へ帰るだけだ。

足取りも軽く歩む遼淵を追いかけてきたのは、高弟のひとりである周康《しゅうこう》だった。

「り、遼淵様っ!? 本当に供もつけずにおひとりで蚕家へ戻られるのですか!?」

遼淵に走り寄った周康が、あわてふためいた様子で問うてくる。まだ二十代半ばの若さながら、宮廷術師の一員にふさわしい才を持った青年だ。昨日の『昇龍の儀』では、幻を見せることができる《幻視蟲《げんしちゅう》》を数多く喚び出し、儀式を華やかに彩ってみせた。

蚕家の当主ともあろう遼淵が、供もつけずにひとりで帰るなんてありえないと言いたげな弟子の言葉に、だが、遼淵はあっさりと頷《うなず》く。

「もっちろん♪ だって、供なんて連れていったら足手まといじゃないか！ あ、周康だったらついてきてもいいよ♪ 周康なら《風乗蟲《ふうじょうちゅう》》だって喚べるしね～♪」

「《風乗蟲》で戻られるのですかっ!?」

周康が目を瞠《みは》って大声を出す。

《風乗蟲》というのは、人の身丈の三倍ほどの長さで、ひと抱えもある太い胴と六対の大きな羽を持つ巨大な《蟲《むし》》だ。空を飛ぶことができ、馬よりもずっと早く目的地に着けるため、移動に使うことができるが、召喚できる術師はなかなかいない。

ふつう、常人には《蟲》の姿は見えないが、《龍》や《風乗蟲》のような力の強い《蟲》は、術師でなくとも見ることができる。

「《風乗蟲》で戻られたら、また秀洞《しゅうどう》様が苦い顔をなさるのでは……？」

「うん？ それが？」

蚕家の家令である腹違いの兄・秀洞が事あるごとに「遼淵様！ 蚕家の当主としてふさわしい振

る舞いをなさってください！」と口を酸っぱくして言っているのは知っている。

だが、それが何だというのか。遼淵は誰の指示も受ける気はない。筆頭宮廷術師を担っているのも、蚕家の当主の座に納まっているのも、そのほうが自分の都合で好きに動けるからだ。

「ワタシはもう、王城に用なんかないし。何かあったら周康、キミに任せるからいいようにやっておいてよ♪　じゃね～っ♪」

「あっ、遼淵様――」

周康が止めるのを無視し、一階の廊下から中庭に下りた遼淵は「《おいで～♪　風乗蟲》」と《蟲》を喚び出す。

ごぅっ！　と風が渦巻き、《風乗蟲》が巨体を現した。中庭の木々が強風に枝葉を揺らし、『昇龍の儀』のために枝に吊《つ》るされた灯籠も一緒に揺れる。光源として灯籠に入れられている《光蟲《こうちゅう》》が、突然の強風にあわてふためいて灯籠の中で激しく羽ばたいた。

周康の返事も待たずに《風乗蟲》にまたがった遼淵は、「《飛べ！》」と蟲語《むしご》で命じる。

召喚主の命に応じて、《風乗蟲》が六対の羽をはためかせた。さらに強風が巻き起こり、ぐん、と巨体が高度を増す。

王都から蚕家までは馬車で二日ほどの距離だが、《風乗蟲》ならば二刻ほどで着けるだろう。

すでに遼淵の意識は蚕家で待つ相手のことだけで占められている。

「待っててね～♪　愛しの君♪」

強風に豪奢《ごうしゃ》な着物の裾をあおられながら、ふっふふ～ん♪　と遼淵は上機嫌な鼻歌を吹きすさぶ風に散らした。

第一章

恋人がいると言ったら、どうなさるんですか？

noroware ta
ryu ni
kuchizuke wo

「明珠《めいじゅ》？　どうかしたのか？」

「ふぇっ!?　い、いえっ、その……っ」

卵入りの粥《かゆ》や青菜と豆の煮物、肉入りの汁物など、朝食の器を食卓に並べながらぼんやりしていた明珠は、張宇《ちょうう》の穏やかな声にはっと我に返った。

食堂には今、明珠と張宇の二人しかいないが、主人の英翔《えいしょう》と、冷徹鬼上司の季白《きはく》も間もなくやってくるだろう。

「その、昨日のことが、なんだか夢のように思えて……」

張宇の優しい声音に誘われるように、頼りない声でぽつりとこぼす。

『昇龍《しょうりゅう》の祭り』から一夜明けた今でさえ、昨日あったことが現実とは信じられない。

昼食に《毒蟲《どくちゅう》》が仕込まれ、英翔が瀕死《ひんし》の危機に陥ったばかりか、実は英翔の正体は愛らしい少年ではなく、立派で凛々《りり》しい青年だったなんて。

と、同時に、英翔が青年姿に戻ったきっかけを思い出して、ぼんっ！　と一瞬で頬《ほお》が熱くなる。

（い、いやいやいやっ！　あ、あれはく、くくく……、じゃなくてっ！　英翔様を《毒蟲》からお助けするためのとっさの行動で……っ！）

ぶんぶんぶんっ！　と千切れんばかりにかぶりを振る。

禁呪を解くためとはいえ、英翔とくちづけしたなんて、明珠には刺激が強すぎる。しかも、昼食の時だけではなく、その後も……。だなんて、思い出すだけで、恥ずかしさのあまり気を失ってしまいそうだ。

どうしよう。青年姿の英翔と顔を合わせて、冷静でいられる気がしない。今からでも何か理由をつけて、朝食を別室で食べさせてもらえないか願い出たほうがいいかもしれない、と悩んでいると。

「おはよう。二人とも、朝早くから食事の支度をさせてすまんな」

「ひゃっ!?」

食堂の入り口から英翔の澄んだ声が聞こえて、明珠はびくりと肩をすくませた。

「え、英翔様……」

びくびくと戸口を振り返った明珠は、そこに見知った愛らしい少年姿の英翔を見とめて、身体《からだ》中《じゅう》の息を絞り出すように大きく息を吐き出す。

「うん？　どうした？」

小首をかしげた拍子に、ひとつに束ねた英翔のつややかな髪がさらりと揺れる。

可愛《かわい》い。実家に残してきた最愛の弟・順雪《じゅんせつ》にするみたいに、頭をなでなでぐりぐりしたい。

「いえっ、なんでもないんです！　おはようございますっ！　おなかが空《す》いてらっしゃるでしょう？　すぐにごはんにしましょう！」

真実の姿は青年だと言われても、やっぱり明珠にとっては、少年姿の英翔がしっくりくる。

にこやかに告げた明珠に、英翔もほっとした様子で表情をゆるませる。

「ああ。お前が作ってくれた食事は美味だからな。楽しみだ」

蚕家《さんけ》の御曹司《おんぞうし》である英翔にとっては明珠の素朴な料理など質素すぎるだろうに、お世辞とわかっていてもそう言ってくれる英翔の優しさが嬉《うれ》しくて、胸がじんと熱くなる。

「はいっ！　作り立てでほかほかですよ！」

にこやかに告げ、英翔のために椅子を引く。と、歩み寄った英翔が明珠の手を摑《つか》んだ。

「明珠。お前はわたしの隣だ」

「ふぇ？」

昨日までは英翔の隣が季白で向かいに張宇、斜め向かいが明珠の席だったのだが。

英翔の言葉に、季白が目を怒らせる。

「英翔様っ!? なぜですか!? 小娘を隣に座らせるなど……っ！ 認められませんっ！」

切れ長の目を吊《つ》り上げて季白が抗議するが、英翔はどこ吹く風だ。

「明珠は解呪の貴重な手がかりなのだ。ならば、できる限りそばに置いたほうがよいだろう？」

「で、ですが……」

解呪、と言われただけで昨日の記憶が甦《よみがえ》り、心臓がばくばく騒ぎ出す。何より、季白の刺すような視線が恐ろしすぎる。

英翔の手を振り払えず、さりとて座ることもできずに困っていると、英翔が小首をかしげて明珠の顔を覗《のぞ》き込んだ。

「……それとも、わたしの隣では嫌か？」

「い、嫌じゃないですっ！」

ぐはぁっ！ 可愛いっ！ と内心で叫びながら、反射的に答えてしまう。

「明珠っ!?」

ぎんっ！ と季白の視線がさらに鋭さを増した。

「なら、かまわんだろう」

明珠の手を握っているのとは逆の手で隣の椅子を引いた英翔が、座るように促す。穏やかな声で割って入ったのは張宇だった。

「季白。食事の席くらい、英翔様のお好きでいいんじゃないか？　俺やお前もすぐ向かいにいるんだし、さすがに昨日の今日で何か起こるということもないだろう？」

張宇の言葉に、明珠は小さく息を呑《の》む。

そうだ。昨日の昼食に《毒蟲》を仕込まれたばかりなのだ。英翔が少年姿になっているのも、禁呪で命を狙われたからだという。

いったい、英翔にどんな事情が隠されているのか……。

明珠はまだ、何も聞かされていない。昨日、張宇に尋ねた時には、「俺の口からは話せない」と断られてしまった。

昨日のやりとりを思い出すと、胸の奥がつきんと痛む。六日前に来たばかりの新参者の明珠を信用できないというのは、頭ではわかる。

けれど、自分だけが蚊帳《かや》の外に置かれている気がして、言いようもなく寂しい。

「張宇の言うとおりだ。明珠、季白、お前達もさっさと座れ。せっかく明珠が作った朝食が冷めてはもったいないだろう？」

明珠の内心になど気づかぬ様子で英翔が告げる。

「そ、そうですね！　あたたかいうちに食べましょう！」

胸の中のもやもやを押し込むように強いて明るい声を出すと、明珠は英翔の隣に腰かける。

「うむ、やはり明珠が作る食事は美味《うま》いな」

食事を始めてすぐ、英翔が愛らしい面輪をほころばせる。

少年姿の英翔の嬉しそうな顔を見ると、それだけで心のもやもやが晴れていく心地がする。季白が知れば、「なんと単純な！」と呆《あき》れられそうだが、やはり少年英翔の笑顔は値千金だ。それについては、さしもの季白も同意してくれるに違いない。

「そういえば、明珠。朝食の後、時間はあるか？」

英翔がそう告げたのは、朝食も終わりに近い頃だった。

「何か御用ですか？　洗い物が終わったら、いつものように掃除をする予定でしたけれど……？」

首をかしげて問うと、隣に座る英翔が悪戯《いたずら》っぽく微笑《ほほえ》む。

「掃除など、後回しでよい。昨日、ようやく禁呪を一時的にでも解呪できる方法がわかったのだ。もっとよく調べてみたいと思ってな」

「っ!?」

告げられた瞬間、それが何を意味するのかを察して、息を呑む。もし、食べ物が口の中に入っていたら、むせていたに違いない。

さっきまで英翔の笑顔にほっこりしていたはずなのに、一瞬で顔が赤くなったのが、鏡を見ずともわかる。

「明珠、英翔様の御用だというなら、洗い物は俺が代わろう」

張宇が申し出てくれるが、素直に頷《うなず》けるわけがない。

「い、いえっ！　張宇さんひとりにお任せしては申し訳ないですからっ！　ちゃんと洗い物を済ませてからまいります！」

英翔の頼みを断ることなんてできないのは重々承知している。

けれど、少しでも先延ばししたくて、無駄な抵抗と知りつつも明珠は頑《かたく》なに言い張った。

❀　❀　❀

朝食の後。洗い物を張宇と手分けして終わらせた明珠は、朝食の席で英翔に言われたとおり、書庫のひとつに向かった。

入室の許可を得て入ると、本棚に囲まれた部屋の中央に置かれた卓に向かい合わせに座って、蟲《むし》語《ご》の書物を読んでいた少年姿の英翔と季白が顔を上げる。

英翔が口を開くより早く。

「英翔様っ！　く、くくくくく……っ」

だめだ。思いきり噛《か》んでしまった。

「落ち着け、明珠」

明珠の動揺っぷりに英翔が苦笑する。

が、最初の勢いが肝心だ。明珠は拳を握りしめて、昨日から考えていたことを提案する。

「と、とにかく！　元のお姿に戻るための別の方法も、探してみましょう！」

「なぜだ？」

問い返した英翔の目には、からかうような光が浮かんでいる。

「言っておくが、恥ずかしいから、というのは理由として認めんぞ？」

「も、もちろんわかってます！　恥ずかしいのもありますけど、でも、それだけじゃありません！」

言いくるめられてなるものかと、英翔を見つめ返し、昨晩、必死で考えた説明を披露する。

「英翔様は、禁呪を解くには、私の力が必要だとおっしゃいましたけど……。でも結局、私ひとりの力では解けませんでしたよね？　英翔様に必要なのは、私の力ではなく、この水晶玉ではないかと思うんです」

明珠は着物の合わせから守り袋を引っ張り出すと、水晶玉を丁寧に取り出し、手のひらにのせる。

「英翔様も、この水晶玉には、何かの力が秘められているとおっしゃっていましたし……。私も、この水晶玉を握ると、身体に力が流れ込んでくる気がするんです」

「確かに、その水晶玉はすこぶる気になるな」

英翔が明珠の言葉に同意の頷きを返す。

「ですから、今日はこの水晶玉で戻れないか、試してみませんか？」

「ふむ」と考え込む英翔に、ここぞとばかりに押す。

「それに、英翔様もおっしゃっていたじゃないですか！　いろいろな方法を試したほうがよい、と」

「そうだな。確かに、この水晶玉を調べることは、解呪への道標《みちしるべ》になるだろう」

明珠に歩み寄った英翔が、水晶玉に手を伸ばす。

英翔の指先が、水晶玉にふれた途端。

「っ!?」

書庫にいた三人ともが息を呑む。

「……水晶にふれるだけで、元の姿に戻れるのか……？」

青年姿に変じた英翔が、驚愕《きょうがく》にかすれた声で呟《つぶや》く。

まるで、ふれれば消える淡雪を扱うように、英翔が明珠の手のひらから水晶玉を持ち上げる。と。

その瞬間、英翔が少年の姿に変わる。青年姿になったせいで乱れた衣が小さな肩からずり落ちかけた。

「……どういうことだ……？」

英翔が小さな手の中の水晶を握りしめ、祈るように目を閉じる。扇のように長いまつげが、薄く影を落とす。

しばし、そのまま念じ。

「……戻らんな」

呟いた英翔が、水晶を持った右手とは逆の左手を明珠に差し出す。

「明珠。わたしの左手を取ってみろ」

「は、はいっ」

両手で、自分の手より小さい少年英翔の手を握る。

どうか、元の姿に戻るようにと念じながら。だが。

「無理か……」

誰ともなく、三人それぞれの口から溜息《ためいき》が洩《も》れる。

「季白。お前が水晶玉を受け取って明珠へ返せ」

「かしこまりました」

英翔の意図を素早く汲《く》んだ季白が席を立って、水晶玉を丁重に受け取る。

「明珠。水晶玉を右手に握って、左手を出せ」

いったん、明珠の手をほどいた英翔が指示を出す。

明珠は頷いて季白から水晶玉を受け取った。

英翔が握りしめていたからか、水晶玉はほのあたたかく感じる。五年間、肌身離さずつけていたせいだろうか。水晶玉を身から離すと、なんとなく不安になる。

英翔の指示どおり、右手で水晶玉を持って左手を差し出す。

指先がふれあった――かと思うと、あたたかく大きな手に、左手を包まれた。

「……つまり、英翔様がおひとりで水晶玉を持っておられても、元のお姿に戻ることはできませんが、水晶玉を持った明珠にふれている間は、元のお姿に戻る、と？」

「そうらしいな」

泥団子を口に突っ込まれたような渋面で告げた季白の推論に、英翔が頷く。

青年の秀麗な面輪に、悪戯っぽい笑みが閃《ひらめ》いたかと思うと。

「きゃっ!?」

突然左手を引かれ、たたらを踏む。

次の瞬間、明珠は英翔の力強い腕に横抱きにされていた。

「ということは、こうして、常に明珠を抱き寄せていればいいのだな？」

「何を馬鹿なことをおっしゃっているのですかっ!?」

即座に反論したのは季白だ。

「そんなお荷物を抱えて、執務を行えるわけがありませんでしょう!?　邪魔なことこの上ありませんっ！」

荷物扱いに心が傷つく。が、季白が言うことは正論だ。

「そうですよ！　っていうか、抱き上げる必要がどこにあるんですか!?　下ろしてください！」

恥ずかしさと居心地の悪さに足をばたつかせて抵抗するが、英翔の力強い腕はまったくゆるまない。

「手を握るよりも、このようにふれあう面が大きいほうが、効果があるのではないか？」

と、本気か冗談かわからぬことを、大真面目な顔で言う。

「そうかもしれませんけど！　でも、これは――あっ」

暴れた拍子に、靴が右足からすっぽ抜ける。元の色などわからないほど履き古された靴が放物線を描き――本棚の最下段に並んでいる本の背に当たる。

「明珠！　本が傷ついたり、汚れたりしたらどうするのですか!?　ここにある本一冊で、あなたの靴が何百足買えると……っ！」

「す、すみませんっ！」

青筋を立てた季白の叱責に身を縮める。すぐさま季白をなだめたのは英翔だ。

「明珠を叱るな。わたしがふざけたせいなのだから、文句があるなら、わたしに言え。それに、本の背に靴が当たったくらいで破れるものではなかろう」

英翔が庇《かば》ってくれたのはわかるが、聞き逃せない単語に眉が上がる。

「英翔様！　ふざけてって……。ひどいです、早く下ろしてくださいっ！」

と、あることに気づく。

抱き寄せられた英翔の広い胸板。頬に当たるのは、素肌ではなくなめらかな絹の感触だ。青年姿と少年姿が目まぐるしく入れ替わったため、かなり乱れているものの、かろうじてはだけてはいない。

「よかった……。今日ははだけていないんですね？」

ほっとして呟く。もし、初めて逢《あ》った日のようにはだけていたら、恥ずかしさと混乱で悲鳴を上げていただろう。いや、今も叶《かな》うことならすぐに下ろしてほしいのだが。

「ん？　ああ、解呪の方法を探るとわかっていたからな。季白が着付けを工夫した。ひだを多めにとって、急に体格が変わっても大丈夫なようにと。毎度毎度、破廉恥だと非難されるのはごめんだからな」

「お心遣いはありがたいですが……。あの、急に横抱きにするなんて、今の状況も十分に破廉恥だと思いますっ！」

きっぱりと告げた抗議に、英翔が苦笑する。

「抱き上げるだけでも駄目なのか？　明珠の基準は厳しいな」

「私には、英翔様の基準が謎だらけですっ！」

(昨日みたいに、あっさり、く、くくく……するなんて……)

うっかり思い出してしまい、頬が熱くなる。

「あの、ほんと下ろしてください。靴も履きたいですし……」

素足の右足がすーすーして心もとない。英翔を見上げて頼むと、仕方がないと言わんばかりの表情で、英翔が歩き出す。

「あ、あの……？」

しかも、本棚とは逆の方向だ。

そっ、と英翔が椅子に明珠を下ろす。離れた瞬間、輪郭がぼやけ、少年の姿に変わる。体格に合わなくなった着物が着崩れした。

「……少年になった時に着崩れるのは、いかんともしがたいな。だが、それより……。ふれて元に戻った場合は、ふれている間しか、効果がないのか……」

英翔の呟きを、水晶玉を守り袋にしまいながら聞く。うっかり落として、割ってしまったら大変だ。その間に、英翔が本棚の前から靴を持ってきてくれた。

「すみません！」

あわてて立ち上がろうとしたが、座っていろと英翔に手で制される。

が、明珠の前に戻ってきた英翔は、なぜか靴を渡してくれない。

「英翔様、靴を……」

ぼろ靴なので、まじまじと見てほしくない。案の定、英翔が呆れた声を出す。

「前にも思ったが……。そろそろ靴を新調しなくては、穴が空くのではないか？」

「す、すみませんっ。英翔様のお手を汚しそうなぼろ靴で……。でも、まだ大丈夫ですよ。繕えないほど大きな穴は空いてませんから」

それより、「前にも」というのは何だろう？　英翔に靴を見せた記憶などないのだが。

「年頃の娘なのだから、もう少し身を飾ることを覚えても、ばちは当たらんと思うぞ」

吐息した英翔が靴を持ったまま、椅子に座る明珠の前に片膝をつく。履かせてくれようとしているのだと気づいて、明珠はあわてて、英翔の手から靴を奪い取った。

「え、英翔様にそんなことさせられませんっ！　お立ちください！　季白さんがすごい目で睨《にら》んでるじゃないですかっ！」

怖くて季白の顔を正面から見られないが、視線の矢はびしびしと感じる。胃に穴が空きそうだ。

明珠が急いで靴を履いていると、隣の椅子に座った少年英翔が、卓に頬杖《ほおづえ》をついて溜息をつく。

そんな場合ではないが、身の丈よりも大きな衣を着て、ふてくされたような表情をしているのが、ちょっと可愛い。

「どうやら、解呪には、明珠と水晶玉の双方が欠かせぬようだな」

「そうですね。……非常に。非っ常に！　残念ながら……っ！」

季白が忌々しそうな表情で明珠を睨むが、恐縮して身を縮めることしかできない。

明珠だって、自分と水晶玉がどんな風に解呪に関わっているのか、わからないのだ。

「やはり、くちづけか……？」

ちらりとこちらを見た英翔に、ぶんぶんとかぶりを振る。

「今日は、いろいろな方法を試してみようっておっしゃったじゃないですか！　諦めるのは、まだ早いです！」

英翔が長い袖をめくり上げて腕を組む。

「ふむ……。おそらく、水晶玉を握っている明珠から《気》を受けるというのが、解呪の条件なのだ。それゆえ、ふれたり、くちづけをすれば戻るのだろうが……。くちづけのように、一定以上の《気》を得なければ、解呪の効果がすぐ消えてしまうようだな。……一日、明珠を抱きしめて、《気》を溜《た》められないか、試す手もあるが……」

「私が料理できなかったら、問答無用で張宇さんの御飯ですよっ!?」

というか、そんなことをされたら恥ずかしさに明珠の心臓がもたない。

間髪入れず言い返すと、明珠の表情を読んだ英翔が苦笑する。

「それは困るな。明珠が作る料理は、娯楽のない離邸の生活の中で、数少ない楽しみだからな」

(ううぅっ。張宇さん、ごめんなさい……)

だしに使った張宇に、心の中で詫《わ》びる。

「他に《気》が宿りやすいものというと……血液などか?」

「針でぶすっと刺すくらいなら、ぜんぜん大丈夫です!」

痛いのは嫌だが、くちづけよりはずっといい。

だが、嫌そうに幼い顔をしかめたのは英翔だ。

「わたしは嫌だぞ。いくら解呪のためとはいえ、年頃の娘の肌を傷つけるなど……。気が乗らん」

「気が乗る乗らないの問題じゃありませんよ! 小刀で指先を切るくらいでいいんですよね? 傷なら《癒蟲《ゆちゅう》》で治せますし」

身体を巡る血液には多量の《気》が宿っているため、血液を使用する蟲招術《ちゅうしょうじゅつ》もあるらしい。だが、血を使う術は基本的に禁呪が多いため、明珠もくわしいことはよく知らない。しかも、禁呪の中には術師自身の血を使う術だけでなく、生贄《いけにえ》を必要とするようなおぞましい術もあるという。

「治せるからといって、傷つけていい理由にはならん! 明珠、もしこれが順雪ならどうする?」

真面目な顔で問われ、考えるより先に口を開く。

「順雪を傷つけるようなことは許しませんっ! あの可愛い順雪に怪我《けが》をさせるなんて! 想像し

ただけで血が凍りつきますっ！」

憤然と言い切ると、英翔が「だろう？」と深く頷く。

「わたしも、お前を傷つけるなど、御免だ」

心の奥まで届くような真摯な声。

英翔が大切に思ってくれるのが純粋に嬉しくて、じんと胸が熱くなる。

だが、血液も駄目となると……。

「血液に代わる他のもの……。体液、ですかね？」

卓の向かいに座る季白が、口を開く。

「体液、ですか……？」

体液と言われても、すぐにはぴんとこない。

小首をかしげて呟くと、英翔の視線を感じた。黒曜石の瞳が、真っ直《ます》ぐに明珠を見つめている。

「英翔様？」

心の奥底まで見通すような、熱を持った視線に居心地の悪さを感じ、身じろぎすると。

「季白。わたしは犯罪者になる気はないぞ」

ふいっ、と明珠から視線を逸《そ》らした英翔が、唸《うな》るような低い声を出す。

「問答無用で却下だ」

「しかし英翔さ――」

「くどい！　二度も言わせるな！」

苛烈な怒気にあてられ、思わずびくりと身体が震える。

あわてて明珠を振り返った英翔が、困ったように形良い眉を寄せた。

「すまん。お前に怒ったのではない。安心しろ。お前を傷つける気は、まったくない」

「は、はい。ありがとうございま、す……？」

安心させるような英翔の声は頼もしいことこの上ないが、英翔と季白のやりとりの意味が摑めぬ明珠は、ぎこちなく頷くだけだ。

前髪をかき上げ深い溜息をついた英翔が、いつもの英翔には似合わぬ乱暴な所作で、椅子の背もたれに身体を預ける。

何とか英翔の役に立てないかと、明珠は必死で考えを巡らせた。

（体液……。血以外に体液っていえば……。よだれ？　っていやいや、よだれを英翔様にどうするつもり!?　他に何か……っ！）

「あっ！　涙はどうでしょう、涙！」

思いつきを口にすると、英翔がすぐさま背もたれから身を起こした。

「涙か……」

呟いた英翔が、からかうように口元を歪《ゆが》める。

「いい案だが、そうそう都合よく涙が出るものか？」

「大丈夫です。ちょっと台所に行って、玉ねぎのみじん切りでも……」

「台所に行く必要はありません」

立ち上がりかけた明珠を、にこやかな笑顔で引きとめたのは季白だ。季白はにっこり笑ったまま。

「明珠を泣かせることなど、簡単です」

「おい、きは――」

「減給」

「ぐはっ！」

冷ややかに放たれた言葉が、明珠の心に突き刺さる。

「失態を犯して弁償」

「うっ！」

ぐさぐさっ！

「借金増額」

「ひぃぃっ！」

ぐさぐさぐさっ！

「クビ」

「そ、それだけはご勘弁を……っ」

ぐさぐさぐさぐさっ！

心臓が痛い。胃がねじ切れそうだ。吐き気がする。

胸を押さえて、ぜはぜはと息を荒くしていると、英翔が気遣わしげに優しく背を撫《な》でてくれる。

「大丈夫か？　顔が白を通り越して青いぞ？　季白、もう少し手加減を……」

「だ、大丈夫ですっ！　これくらいじゃめげたりしません！　どんとこいです！」

強張《こわば》っている顔を動かしてなんとか笑みを作り、目元をぐいと袖でぬぐう。

「あ。涙が」

「し、しまった～っ」

悔やむがもう遅い。まなじりにうっすら浮かんでいた涙は、布に吸い込まれてしまっている。

「ううう……っ。季白さん、もう一回お願いします……」

「ええ、わたしでよければいくらでも」

やたらと楽しそうな笑みを浮かべ、季白が頷く。が。

「季白、もうよい。涙というなら、嬉し涙だってあるだろう。次はわたしにやらせろ」

こほんとひとつ咳払《せきばら》いし、英翔が割り込む。

「特別手当」

ぱあっ。

「給金増額」

ぱああっ。

「借金完済」

ぱあああっ。

「…………順雪かわいい」

ぱああああっ！

「英翔様っ、すごいですっ！　何だかすごく心がはずんできましたっ！」

「ふっ、くくくく……」

英翔が顔を背けて吹き出す。

「あっと言う間に顔色がよくなったな。まるで百面相だ、おもしろい。だが……涙は出ていないな」

「そうですね……。すみません」

「いや、お前の満面の笑みを見られたので、わたしは満足だぞ」

英翔が楽しげに喉を鳴らす。

「でも、涙が出なかったら、意味がないですよ。やっぱり玉ねぎを……」

「待て」

英翔が立ち上がろうとした明珠の手首を摑み、季白に素早く目配せする。季白がひとつ吐息して、席を立った。

「えっ、季白さんに持ってきていただくなんて、申し訳ないですっ！　私が自分で……っ」

明珠の声を無視して、季白が書庫から出ていく。

振り返った時には、悪戯っぽい笑みを浮かべた英翔が、明珠との距離を詰めていた。

「あれこれ試してみたが、今のところ確実なのは、昨日と同じ方法しかなさそうだぞ」

「あ、諦めるのはまだ早いですよっ！　きっと、他にまだ……」

「あるかもしれんが、今は手詰まりだ。遼淵《りょうえん》に水晶玉を見せれば、新たに何かわかることがあるかもしれんが」

「でしたら、早くご当主様にお見せして……」

「落ち着け。昨日、言っただろう。王城から蚕家までは、二、三日はかかる。……あいつのことだ。とんでもない手段を使うかもしれんが……」

後半の低い呟きは、よく聞き取れない。

「というか」

英翔がいぶかしげに眉を寄せる。

「なぜ、執拗《しつよう》に別の方法を探そうとする？　――それほど、わたしとくちづけをするのが、嫌か？」

「それ、は……」

問われて、口ごもる。

嫌とか嫌ではないとかいう問題ではない。英翔は知らぬが、蚕家の御曹司である英翔と、遼淵の隠し子である明珠は腹違いの兄妹《きょうだい》なのだ。兄妹でくちづけなんて、していいはずがない。

明珠のせいで、英翔が人倫にもとったと責められる事態を引き起こすなんて、とんでもない。

だが、ここで「実は妹なんです！」と明かしても、果たして信じてもらえるだろうか。英翔に呆れられた挙句、季白にも「何を馬鹿なことを言っているんです？　そもそも、証拠はあるんですか？」と一刀両断にされるのが落ちだろう。

明珠を見つめる英翔のまなざしは真剣そのものだ。気圧《けお》されて無意識に腰が引け、椅子からずり落ちそうになる。

「危ないぞ」

英翔が手首を摑んだ手に力を込める。水晶は守り袋に入れっぱなしなので、少年姿のままだ。

「あ、あの……」

逃げ場を探して立ち上がったが、英翔は手を放さない。摑まれた腕が痛いわけではないが、しっかりと摑まれていて、少年姿なのに振りほどけそうにない。

いつの間にか無意識に後ずさりしていたらしい。背中がとすりと本棚に当たる。

「また、季白に叱られるぞ」

苦笑した英翔が、明珠の腕を放すどころかもう一方の手を本棚につき、明珠を本棚と腕の間に閉じ込める。

「あの、英翔様？　本が……」

「そうだな。傷めたら弁償だな」

楽しげに言い切った声に、動きを封じられる。今の英翔なら、力比べをしても互角だろうが、本を傷つけたら一大事だ。

「明珠。わたしを見ろ」

強い声で命じられ、おずおずと伏せていた顔を上げる。黒曜石の瞳が、射貫《いぬ》くように真っ直ぐに明珠を見つめていた。

「え、英翔様……っ？」

これ以上、後ろに下がれないというのに、英翔が距離を詰めてくる。

「ち、近いっ！　近いですよっ！　詰めてこないでくださいっ！」

衣越しに、背中に本が当たる感触がする。せめて、本にぶつかる面積を減らそうと屈《かが》むと、本棚に手をついた英翔が、覆いかぶさるように身を寄せてくる。

明珠は摑まれていないほうの左手で、必死に英翔の薄い胸板を押し返した。

「英翔様！　本が……っ！」

「それほど、嫌か？」

頼りない声に驚いて見上げた先にあったのは、不安に揺れる瞳だ。

「いえあのっ、嫌とかじゃなくてですね……っ。常識的に考えてよくないですよ！　こ、恋人でも夫婦でもないのに、く、くくく……だなんて……っ！」

「では、恋人になったらいいわけだな？」

「ちょっ!? どういう思考をしたら、そんな考えに行き着くんですかっ!? いくら元のお姿に戻りたいからって、焦りすぎですよっ！ 私と英翔様の身分でなんて、ありえませんっ！ 季白さんの血管をぶち破る気ですかっ!?」

言った瞬間、手首を摑んでいる英翔の手に、痛いほどの力がこもる。

「……これほど嫌がるということは、恋人か、想《おも》い人がいるということなんだな？」

（だから、どうしてそういう思考に——）

反論しかけて、ふと気づく。

明珠をからかうことも多いが、根は生真面目な英翔のことだ。恋人がいると言えば、もしかしたら、くちづけを諦めてくれるかもしれない。

真っ直ぐ見つめる英翔を見上げ、おずおずと尋ねる。

「も……、もし、いると言ったら、どうなさるんですか……？」

「っ！」

英翔が息を吞んだ途端、不可視の圧が増した。

摑まれた右手を胸元へ導かれ、反射的に守り袋を握りしめる。

左手で押し返そうとしたが、だめだった。

英翔の手に顎を摑まれ、上を向かされる。

「英翔さ——っ」

声ごと奪うように、乱暴にくちづけられ。

「すまんが――」

低い声が耳朶《じだ》を震わせ、首をすくめる。閉じていたまぶたを開いた先には、青年英翔の秀麗な面輪。

怖いほど真剣なまなざしに、心が震えるのを感じる。

「禁呪を解くのは、わたしの悲願だ。今のところ、お前しか禁呪を解けない以上、お前を他の男にはやれぬ」

言葉を裏付けるように、手首を摑んでいた手がすべり、明珠の指を絡め取る。

深みのある声に、頭の芯がしびれたようになる。まなざしに射貫かれて、身体に力が入らない。

「……なら」

「明珠？」

ふるふると震え出した明珠に、英翔が首をかしげる。

明珠は、ふつふつと胸の奥で感情がたぎるのを感じていた。

「いようといまいと関係ないのなら、恋人がいるかどうかなんて、わざわざ聞く必要ないじゃないですか――っ！」

感情のおもむくまま、盛大に叫ぶ。

「どうせ生まれてこのかた、恋人も想い人もいませんよ！　それをわかった上で問い詰めるなんて、ひどいで――」

「いないのだな？」

英翔の強い声が、言葉を遮る。

ちりちりと、うなじが粟立《あわだ》つほど真剣なまなざし。吐息が混じりあうほど、顔が近い。

「本当に、恋人も想い人もいないのだな？」

激情を抑えつけたような声。

「い、いませんけど……」

気圧されつつ答えると、英翔が深く長い溜息をついた。

「……驚かせるな。心臓に悪い」

「何をおっしゃるんですかっ！　心臓に悪いのは英翔様のほうですよっ！」

心臓が早鐘のように鳴っているのがわかる。

本当に壊れてしまったら、いったいどう責任を取ってくれるのだろう。

「今回ばかりは謝らんぞ。先にわたしを騙《だま》そうとしたのはお前だからな」

「だ、騙そうなんて……」

口ごもった明珠から英翔が身を離す。かと思うと、ふわりと横抱きにされた。

「え、英翔様っ!?」

「本を押し潰しては、困るのだろう？」

「そ、そうですけど、元はといえば、英翔様が私を追い詰めたからじゃないですかっ！」

からかうように笑う英翔に言い返す。

「先に逃げ出したのはお前だろう？　だから、こうしてちゃんと捕まえておかねばな」

英翔が腕に力を込め、密着度がさらに増す。

「下ろしてください！　べ、別に逃げようとしてなんて……っ」

「……本当か？」

明珠の心を見通そうかとするように、英翔が顔を覗き込む。

「わたしに禁呪がかけられていることを知って……。恐ろしくて、逃げ出したくなったのではないか？」

低く問う声は、いつもの凛《りん》とした英翔からは想像もできないほど不安げで。

明珠は弾《はじ》かれたようにかぶりを振る。

「絶対に逃げたりなんてしませんっ！　私の母さんは、困った人を助ける術師だったんですっ！　私は術師と名乗れないような半端者ですけれど、それでも私なんかが英翔様のお役に立てるのでしたら、できる限りのことはしますっ！」

きっぱりと言い切ると、黒曜石の瞳が驚いたように瞠《みは》られた。

かと思うと、秀麗な面輪にとろけるような笑みが浮かぶ。

「そうか……。感謝する。ありがとう、明珠」

嬉しくてたまらないと言いたげに、明珠を抱き上げる腕に力がこもる。吐息がふれそうなほど英翔の面輪が間近に迫り、明珠はあわてて胸板を押しとどめた。

「え、英翔様……っ！」

「うん？　どうした？」

問い返す英翔の声はひどく甘い。その声にふと、明珠は尋ねるのなら、今がいい機会かもしれないと思いつく。

「あの……。昨日張宇さんに、英翔様が禁呪をかけられたくわしい事情については、直接英翔様に尋ねるようにと言われたんです。その、英翔様はどんなご事情があって、禁呪をかけられるような事態になられたのですか？」

問うた瞬間、ぴくりと英翔の広い肩が揺れる。告げられた声は先ほどまでのやりとりが嘘《うそ》のように硬かった。

「……それは、明かせぬ」

「どうしてですかっ!?」

英翔が着ているのが絹だということも忘れ、衣を摑んで食ってかかる。

「禁呪に関することでしたら、私にも関係のある話じゃないですかっ！　どうして教えてくれないんですかっ!?」

ずきずきと胸が疼《うず》く。

張宇に断られた時よりも、もっとずっと心が痛くて、涙がにじみそうになる。

解呪に必要だ、と言いながら、くわしい事情は何も教えてくれないなんて。

さっきまでとは打って変わって硬い表情の英翔は、何を考えているのかまったく読めない。

「英翔様っ！　どうし――」

問い詰めようとした声は、扉を叩《たた》く音に遮られた。英翔が許可を出すより早く、扉が開けられる。

英翔に横抱きにされた明珠を見た途端、季白の眉間に深い縦皺《たてじわ》が刻み込まれた。

「もうくちづけはお済みになったようですね」

明珠が守り袋を握っていないことを確認した季白が、淡々と言う。そんなことを冷静に確かめないでほしい。

「季白。わたしは入室を許可しておらんぞ」

英翔が不機嫌に眉を寄せる。が、季白は無視してつかつかと近づいてきた。

「用がお済みでしたら、明珠には仕事に戻ってもらいます。昼食の支度もありますし、英翔様もまだまだ調べねばならない本がおありでしょう？」

歩み寄った季白が、英翔から引きはがそうと明珠の腕を掴もうとする。が、それより早く英翔がそっと明珠を床に下ろしてくれた。

「さ、行きなさい」

季白に命じられ、明珠は扉と英翔の間で視線をさまよわせて逡巡《しゅんじゅん》する。

まだ、英翔にさっきの問いの答えをもらっていない。

だが、唇を引き結んだ英翔は硬い表情のままで、話してくれそうな気配は欠片《かけら》もない。もしかしたら、過保護な季白の前では、話せない内容という可能性もある。

「どうしました？　遊んでいる暇などないでしょう？　さっさと仕事に戻りなさい」

季白に冷ややかに促され、明珠は問い詰めるのを諦めて、一礼してから書庫を出た。

❀　❀　❀

「英翔様。わたしは午後は明珠と一緒に近くの村まで食材の買い出しに行ってまいります。英翔様は張宇と一緒に離邸でお待ちください」

季白がおもむろに口を開いたのは、明珠が張宇と一緒にありあわせの材料で作った昼食の皿が、そろそろ空になろうかというところだった。途端、午前中に少年姿に戻った英翔が愛らしい顔をしかめる。

「買い出しに行くだと？」

季白を咎《とが》めるような鋭いまなざしに、明珠は思わず口を挟む。

「そうなんです！　やっぱり本邸から食材をもらってくるより、近くの村から直接買ったほうがいいんじゃないかと思って……。昨日、張宇さんに相談したんです。今後、定期的に届けてもらえないかお願いしようと思うんですけど、そのためにも一度村に行って頼む必要がありまして……っ！」

買い出しの件は、昨日張宇に話しただけだが、ちゃんと季白にも伝えてくれたらしい。さすが張宇だ。頼もしい。

「……食材が、足りんのか？」

英翔の視線が向かいの季白から隣の明珠に移る。明珠はこくこくと頷いた。

「調味料とか保存食はたっぷりあるんですけれど、やっぱりお肉や野菜がもうほとんどなくて……。ありがたいことに、みなさんしっかりと食べてくださいますし……」

体格のよい張宇はもちろん、季白も英翔も、三食しっかり食べるほうだ。もちろん、明珠も毎回、たっぷりと食べている。

順雪におなかいっぱい食べさせることに必死で、自分の食事を抜くこともしばしばだった実家暮らしに比べたら、毎食、おなかが満たされるまでごはんが食べられるなんて、なんと幸せだろうと思う。

「確かに、明珠が作る食事は美味だからな……」

ほぼほぼ空になったいくつもの皿に視線を落とし、英翔が呟く。

「だが、なぜ季白となのだ？　一緒に出かけるのならば、張宇のほうが明珠も気兼ねせぬのではないか？　というか季白、明珠に必要なものを聞いて、お前がひとりで行ってこい」

あっさりととんでもないことを告げた英翔に、明珠はあわてて口を開く。

「えぇっ!?　そんなっ、季白さんにお使いを頼むなんて申し訳なさすぎますよっ！　行くのでしたら、私がひとりで行ってきます！」

「ならん！」

告げた瞬間、叩き斬るように鋭い声で叱られた。

びくりと肩を震わせた明珠に、英翔がしまったと言いたげに愛らしい顔をしかめる。吐息混じりにこぼされた声は、ひどく苦かった。

「明珠。蚕家に来て間もないお前に実感はないだろうが……。わたしは、今も命を狙われているのだ。離邸にいれば安全だが、蚕家を出れば、刺客に狙われぬ保証はない。万が一にでも、お前を危険な目に遭《あ》わせるようなことはしたくないのだ」

英翔の言葉に、蚕家へ来た日に追いかけられた黒衣の男達のことを思い出す。

明珠は幸い《板蟲《ばんちゅう》》を喚《よ》び、塀を乗り越えて逃げおおせたが、もし蟲招術が使えていなかったら、いったいどうなっていたことだろう。

恐怖に震えが走った明珠の右手を、英翔がぎゅっと握りしめる。明珠の手よりも小さい、けれども強張りをほどくかのようなあたたかな手のひら。

「だから明珠、無理に仕入れになど行く必要はない。一度、失敗したのだ。本邸も食材にもう一度《毒蟲》を仕込んだりはするまい」

明珠を安心させようと英翔が言葉を尽くしてくれるが、逆に明珠の心の中には雨雲のように不安が湧き上がってくる。

口を開いたのは季白だった。

「英翔様、ご心配には及びません。明珠が離邸付きの侍女となったことは刺客も知らぬでしょう。蚕家の侍女や従者達も仕入れに行くことがあるでしょうし、見境なしに襲うほど相手も愚かではありますまい。念のため、遼淵殿に《盾蟲《じゅんちゅう》》を封じていただいた巻物も持っていきますし、決して明珠を危険な目に遭わせたりなどいたしません」

「えっ!? 巻物まであるんですか!?」

季白の言葉に、思わず驚きの声を上げる。

昔、母に聞いたことがある。特殊な紙で作った巻物には《蟲》を封じることができるのだという。その巻物があれば、術師でなくとも《蟲》の名前を喚んで巻物をほどけば、封じられた《蟲》を喚び出すことができるのだ。だが、紙が高価な上に、《蟲》を封じることができるほどの腕前を持つ術師はなかなかいないため、同じ太さの絹の反物の数倍も値が張るのだという。

しかも、蚕家の当主であり、筆頭宮廷術師である遼淵が直々に《蟲》を封じた巻物とは。

複雑な事情を抱えていそうな英翔だが、当主の遼淵は英翔の味方らしいと知って、ほっとする。

「蟲語を扱えるのはわたしと英翔様だけですから、その点も考慮して、張宇ではなくわたしが付き添うことにしたのです。これでも、まだご不安ですか？」

「お前の言うことは一理あるが……」

季白の説明を聞いてなお、英翔の表情は晴れない。

「大丈夫ですよっ、英翔様！」

今度は自分が英翔の不安を払う番だと、明珠は身体ごと英翔に向き直ると、自分の手を握る英翔の小さな手をぎゅっと握り返した。

「季白さんが言うとおり、私が襲われるとは思えません！　それに……。英翔様は私の料理をおいしいおいしいと喜んでくださるでしょう？　私、せめて英翔様にはごはんの時間くらい、心おきなく楽しんでいただきたいんです！　そのためには、材料だって安全とわかっているもののほうがいいに決まってます！　だから……。今日だけ、買い出しに行ってはいけませんか？　用事を済ませたら、すぐに帰ってきますから……」

愛らしい面輪を覗き込み、安心させるようににっこりと微笑む。

豪華な料理をいくらでも食べられる身分なのに、明珠の料理を褒めてくれる英翔の言葉に、いつもどれほどの嬉しさを感じているか、きっと英翔本人は知らぬだろう。

ひょっとしたら味音痴の可能性もなくはないが……。それは今は脇に置いておくことにする。

禁呪に侵され、刺客に狙われ……。心から休まることもできぬ英翔が、食事を楽しみにしてくれているというのなら、せめてその時間を、安心で満ち足りたものにしたい。

「お願いです、英翔様！　すぐに帰ってきますから行かせてくださいっ！」

英翔の手を握ったまま、身を畳むようにして頭を下げる。

そのままじっとしていると、諦めたような吐息が降ってきた。

「まったく、お前は……」

握られてないほうの手で、英翔が優しく明珠の頭を撫でる。

「そんな風に言われては、行ってはならんと言えぬではないか……。ありがとう、明珠。お前の気持ちが嬉しくてたまらぬ」

「英翔様……っ！」

よしよしと頭を撫でる小さな手も喜びを抑えきれぬような声音も、どちらも優しさに満ちていて、明珠の心まであたたかな熱で満たされる。

「では、英翔様のご許可も得られましたし、午後はわたしと明珠が買い出し、英翔様はいつものように調べ物をなさって、張宇が護衛ということでよろしいですね。張宇、わたしがいない間、英翔様のことを任せましたよ」

言質《げんち》をとった季白が、てきぱきと話をまとめる。

「明珠、夕飯の支度もあるでしょうから、昼食の片づけを終わらせたらすぐに出ましょう。ただ、あまり離邸を長く空けたくはないので、行く前に必要な食材の在庫などはしっかり確認しておきますよ。というわけで張宇、わたしは英翔様と書庫にいますから、片づけが終わったら声をかけてくれますか？」

「ああ、わかった。よし、じゃあ手早く片づけるか」

「はいっ！」

立ち上がった張宇に、明珠も英翔の手をほどいてあわてて続いた。

「あ、季白さん！　さっき、張宇さんと足りない食材を確認したんですけど……。あの……？」

張宇が書庫にいる季白を呼びに行ったのは、昼食の皿を洗い終え、夕飯のために必要な食材の確認をした後だった。張宇が出ていってから間もなく台所へ姿を現した季白を振り返り報告しようとして、明珠は違和感に言葉を途切れさせる。

険しい顔をしていることが多い季白が、なぜか今は、やけににこやかな笑みを浮かべている。

季白の笑顔だなんて、正直、嫌な予感しかしない。背中にじんわりと冷や汗がにじみ出す。

「喜びなさい。あなたに新しいお仕着せと靴をあげましょう」

季白が地味な色合いの布の塊を差し出す。

反射的に受け取った明珠が見たのは、さらに笑みを深めた季白の口元だった。

ゆっくりと、季白が優しげな声を出す。

「さて、明珠……。『特別手当』が出る仕事があるのですが……。もちろん、否《いな》とは言いませんよね？」

第二章

英翔《えいしょう》様には秘密のお使いです!

noro wareta
ryu ni
kuchizuke wo

季白《きはく》に渡された服は、新しい侍女のお仕着せではなく、男物の着物と、頭巾付きの外套《がいとう》だった。

藍色に染められた着物は地味ながら仕立てがよいのが明らかで、思わず、

「こんな仕立てのいい着物をわざわざ用意していただくなんて、申し訳なさすぎますっ！」

と返そうとしたほどだ。

だが、明珠《めいじゅ》が固辞しても、季白は決して受け取ろうとしなかった。それどころか、

「この程度の着物など、大した費《つい》えではありません。むしろ、村までは馬で行くのですから、動きやすい服でなければ困ります。馬に乗った経験などないと言っていたでしょう？　ならば、わたしの指示に従いなさい。あ、それと髪はひと目では娘だとわからないよう、隠しておくように！　いいですねっ!?」

と厳しい口調で命じられてしまった。

季白が言うには、買い出しに行った後は、服も靴も明珠に下げ渡してくれるので、実家の順雪《じゅんせつ》に送るも、質屋に入れてお金に換えるも、好きにしていいのだという。となれば、明珠に男装を拒否する理由なんて、ひとつもない。

何より、季白が明珠にわざわざ男物の服を渡して告げた『特別手当』の内容は――。

明珠は着替えた服の胸元に手を当てて守り袋を服の上から握りしめる。季白の指示で今は胸にさらしを巻いているため、なんだかいつもと違う感じだ。深呼吸して気持ちを落ち着かせた明珠は、扉に耳をつけて廊下の音を確認した。

廊下はしんとしていて、話し声は聞こえない。季白によると、英翔は今、斜め向かいの自室で書庫から持ち出した本を読み、張宇《ちょうう》が警護についているはずだ。

廊下が無人だと確信した明珠は、音を立てないようにそっと扉を押し開けて廊下に出る。

『いいですか？　くれぐれも英翔様には見つからないように！』

口を酸っぱくして季白に言われた言葉が脳裏をよぎる。

足音を忍ばせ、英翔の自室の前を通り過ぎようとした瞬間――、

「なぜ明珠の見送りを止められねばならん!?　先ほどから態度が怪しいとは思ったが……。張宇、何か隠しているな!?　お前の下手な演技などすぐにわかる！　季白はどこだっ!?　いったい――」

不意に不機嫌な少年の声が聞こえてきたかと思うと、身を隠す間もなく乱暴に扉が開け放たれる。

明珠の男装姿を見た英翔の目が、信じられないものを見たように見開かれ――。

「明珠っ!?」

呼びかけられた瞬間、明珠は身を翻して駆け出していた。

（ぎゃ――っ！　なんで部屋の前を通った瞬間に英翔様が出てくるのよ――っ！）

偶然を呪うが、もう遅い。

「明珠っ！　待て！」

「英翔様っ！　お待ちください！」

明珠を追う英翔と、英翔を追う張宇の足音がついてくる。

後ろを振り向く暇もなく廊下を走り、階段を駆け下りる。

英翔に捕まるわけにはいかない。捕まれば、絶対に問い詰められるに違いないし、英翔に問い詰められてごまかせる自信はまったくない。

「待てっ！」

「待てませんっ！　どうして追いかけてくるんですかっ？」

叫びながら、廊下を走る。

馬に乗る上、激しく動く可能性もあるからと、季白に渡された男物の服に着替えておいてよかった。おかげで、すこぶる動きやすい。

明珠達の声が聞こえたのだろう。廊下の先、玄関にいた季白が振り返って目をむく。

「明珠!?　英翔様に気づかれるなとあれほど――！」

「私のせいじゃありませんっ！　たまたま見つかっちゃったんですっ！」

英翔の説得は季白に任せるしかない。

叫びながら、駆けてきた季白とすれ違った直後。

「季白！　貴様っ！」

英翔の激昂《げっこう》の叫びと、どんっ、と大きな音が響き、驚いて立ち止まる。

振り返った明珠の視界に入ったのは、床に尻もちをついた季白と、その上にのしかかる英翔だった。少年姿とはいえ、飛びついた英翔の勢いを受け止め切ることはさすがにできず、季白は英翔を抱える形で倒れてしまったらしい。

「季白！　貴様、明珠を男装させてどうする気だっ!?　これは単なる買い出しではないな!?」

即座に身を起こし、季白に馬乗りになった英翔が、季白の襟元を摑《つか》み上げる。小さな拳は、白く骨が浮くほど固く握りしめられていた。

「英――」

「答えろっ！　明珠に何をさせる気だっ!?」

とりなそうとした明珠の声を遮るように、英翔が険しい声を上げる。

だが、激昂した主《あるじ》に問いただされているというのに、季白の表情はまったく揺るがない。

「英翔様にお伝えしていなかったことについてはお詫《わ》び申し上げます。ですが、今こそ好機と判断し――」

「やはり企《たくら》んでいたなっ!? 言えっ! 明珠に何を――」

「英翔様っ!」

ぐいと英翔が襟元を摑み上げた拍子に、季白の眉が苦しげに寄る。それを見た瞬間、明珠は反射的に英翔の腕に飛びついていた。

「英翔様っ!? どうなさったんですか!? いつもの英翔様らしくないですよ!? 季白さんにこんな乱暴な……っ!」

告げた瞬間、刃《やいば》のように鋭い視線で睨《にら》まれ、思わず怯《ひる》む。だが、唇を嚙《か》みしめて真《ま》っ直《す》ぐ見つめ返す。

追いついた張宇は、口を挟みかねているのか途方に暮れた顔で立ち尽くしている。ここは明珠がやるしかない。

従者思いの英翔のことだ。冷静になった時、きっと季白に乱暴を働いた自分を悔やむに違いない。

「何か誤解なさっているのではありませんかっ!? 私と季白さんはただ、お昼ごはんの時に説明したとおり、近くの村まで食材の買い出しに……」

「男装をしてかっ!?」

英翔の怒声が説明を叩《たた》っ斬る。

「え？　そ、それは馬に……」

予想外の問いに虚をつかれた隙に、やにわに立ち上がった英翔に手首を摑まれる。

「っ！」

遠慮のない力に、思わず小さく息を吞《の》む。

「え、英翔様っ!?」

小さな身で明珠を引きずるように歩く英翔に、ついていかざるをえない。

手近な書庫の扉を開けた英翔が、突き飛ばすように明珠を中へ入れる。

たたらを踏んだ明珠が振り返った時には、英翔が乱暴に扉を閉め、閂《かんぬき》を下ろしていた。

「英翔様っ!?　何を……」

こちらを振り向いた細い肩に手を伸ばした瞬間、かくんと足から力が向け、尻もちをつく。足を払われたのだと気づいた時には、膝立ちになった英翔が両手で明珠の着物の襟を摑み、鼻先がふれそうなほど間近に顔を寄せていた。

「愚か者！　季白にどんな甘言を弄されたっ!?　蚕家《さんけ》の外にはわたしを狙う賊が待ち構えているというのに、わたしに間違えられかねん姿で無謀にも渦中に飛び込むなど……っ！　愚かにもほどがある！　わたしは買い出しは許しても、お前が囮《おとり》になることなど許してはおらんっ！」

怒りを隠そうともせず叩きつけられた声に、身がすくむ。

目の前にいるのは、少年の姿をした手負いの虎だ。黒曜石の瞳は炯々《けいけい》と輝き、喉笛を嚙み千切られそうな恐怖に、身体《からだ》が震える。

だが、恐怖と同時に感じたのは、強い怒りだった。

「騙されてなんていませんっ！　私は自分自身の意思で季白さんの提案に乗りました！」

「何だとっ!?」

英翔の顔がさらに険しくなる。明珠の襟首を掴む手にさらに力がこもった。

が、引き下がってなどいられない。

「危険なのは承知していますっ！　その上で、季白さんの提案を受け入れたんです！」

「な……っ!?　愚か者っ！　何を考えている!?　どれほどの危険かも知らず――」

「知りませんよっ！　だって、教えてくださらないじゃないですかっ！」

かっ、と怒りが胸を灼《や》く。

「英翔様は禁呪のことしか教えてくださらないじゃないですか！　でも、私はもっと知りたいんです！　私だって、英翔様のお役に立ちたくて……っ！　だから――」

「お前には関わりのないことだ！」

「っ！」

叩きつけられた拒絶に、息を呑む。

「わ、わかってますよ……っ。どうせ、私なんて新参者で、事情すら教えてもらえない除《の》け者《もの》なんだって……っ！」

絞り出した声は、自分でも驚くほどひび割れていた。

怒りと哀《かな》しみに視界が歪《ゆが》む。

（英翔様はひどい。解呪のために、唇を奪うくせに。私はただ、解呪のための『手段』でしかないんだ……っ）

刃を突き立てられたように胸が痛い。

胸の中で渦巻く感情を押し込めるように強く唇を噛みしめる。けれど、あふれ出す感情は出口を求めてさまよって。

不意に英翔の姿が歪み、明珠は自分が泣いているのだと気づく。

ひるんだように息を呑んだ英翔の手が、わずかに緩む。

(英翔様はひどい。でも、それでも私は――っ!)

「英翔様のお役に立てることがあるなら、したいんです!《疾《と》く来よ! 眠蟲《みんちゅう》っ!》」

英翔の眼前に素早く右の手のひらを突き出し、叫ぶ。

呪文もろくに唱えず、守り袋も握りしめなかったが、明珠の『蟲語《むしご》』に応えて手のひらほどの大きさの蛾《が》に似た《眠蟲》が、英翔の眼前に現れる。

ふわりと舞った鱗粉《りんぷん》を、英翔はまともに吸い込んだ。

「明……」

英翔の瞳の焦点が、急激にぼやける。

どさり、と明珠へ倒れ込んできた少年の痩せた身体を受け止め、起こさないようにそっと横たえる。眠蟲が英翔の胸元にちょこんと止まった。

詰めていた息を吐き出し、そこで初めて、扉が激しく叩かれていたことに気づく。聞こえてくるのはうろたえた張宇の声だ。

「英翔様っ!? 明珠っ!?」

あわてて立ち上がって閂を外すと、待ち構えていたように扉が開けられた。

「英翔様はどちらですっ!?」

真っ先に部屋へ飛び込んできたのは季白だ。

「お、お静かに！　すみませんっ！　思わず、英翔様を《眠蟲》で眠らせてしまいました……」

季白の叱責が飛んでくるのを覚悟し、身構えて報告したが。

「少年のお姿のままですか……。よくやりました、明珠」

ぽん、と肩を軽く叩かれて褒められ、面食らう。

「季白さんっ!?　季白さんまで寝ぼけてるんですか!?」

「は？　何を馬鹿なことを言っているのですか。英翔様が元のお姿に戻られていたら、厄介極まりなかったですからね。少年姿のまま無力化したことを褒めているんですよ。これで、計画が実行できますからね。英翔様を床に転がした不敬は、今回だけは不問に付しましょう」

「やっぱり、行くのか？」

床に寝かされた英翔を、横抱きに抱き上げた張宇が、硬い表情で問う。

「もちろんですよ。これほどの好条件だというのに、行かない理由がありません」

「……で、留守番の俺が、目覚めた英翔様の激昂を一身に受けるわけか……」

力なく呟《つぶや》いた張宇が傍目《はため》から見ても気の毒なほど、がっくりと肩を落とす。

「ははっ、俺はどれほど苛烈に叱責されるだろうなぁ。剣は外しておいたほうが無難かもな……」

と、遠い目で乾いた笑いを洩《も》らす張宇に、申し訳ない気持ちでいっぱいになる。

「す、すみません！　あの、眠蟲は、あと一刻くらいは消えないと思うので……。それまでに帰ってきますから！」

「ああ、待っているよ」

張宇が、優しい笑顔を明珠に向ける。

「季白が一緒だから大丈夫かと思うが、くれぐれも気をつけるんだぞ」

次いで明珠から季白に移した視線は、真剣そのものだ。

「いいか、季白。お前のことだから手抜かりはないと思うが……。敵が何をしでかすのか読めん。

——間違っても、明珠に怪我《けが》なんてさせるなよ？」

「もちろんですよ」

季白が不敵に唇を歪める。

「結果を出せなくては、何のために危険を冒すのかわかりませんから」

腕の中の英翔を抱き直した張宇が、口元をゆるめた。

「じゃあ、後で三人でこってり怒られるか」

「はいっ！」

思わず笑顔で大きく頷《うなず》くと、季白と張宇が目を丸くした。

「英翔様のお怒りを受けるっていうのに、その笑顔とは……。やっぱり明珠は大物だな」

張宇が吹き出す。

「えっ、あの……。『三人そろって』っていうのが、何だか嬉《うれ》しくて……」

ようやく、季白と張宇の仲間として、ほんの少しだけ認めてもらえた気がする。

そんなささいなことが、心躍るほど嬉しい。

（必ず「おつかい」を成功させて、英翔様のお役に立ってみせるんだから……っ！）

明珠は拳を握りしめて、気合を入れた。

❀ ❀ ❀

「大丈夫ですよ。取って食ったりなどしません。あなたがそう身を固くしていると、馬に緊張が伝わってしまうでしょう?」

季白の呆《あき》れ声とともに、明珠の身体に腕が回される。背中に季白の胸板と、懐にしまわれた巻物の硬さを感じた。

「ほら、背筋をしゃんと伸ばしなさい。……昨日の内に、一度くらい馬に乗せておくべきだったかもしれませんね」

吐息混じりの季白の言葉に恐縮して身を縮める。その拍子に、着ている外套の頭巾が、顔の前へ落ちた。

「すみません……。た、たぶん、すぐに慣れると思うので……っ」

「背筋を伸ばす! 姿勢よく!」

「は、はいっ!」

定規で線を引いたような声にぴしりと言われ、反射的に背筋が伸びる。

ここは、本邸のそばにある馬小屋だ。下男が引き出した立派な馬に季白が身軽にまたがり、明珠も下男の手を借りて何とかまたがったのだが。

なんせ、馬に乗るなど、初めての経験だ。牛は農家の手伝いで何度か接しているので慣れているが、馬となると、基本的に金持ちか運送業者しか飼っていないので、見たことはあっても乗った経験などない。

自分に乗る機会が来るなんて、想像すらしていなかった。

「では、出発しますよ」

季白が手綱を操り、馬を進める。

「は、はい！」

季白に注意されたとおり、背筋を伸ばし真っ直ぐ前を見る。視界が高く、広い。まるで、違う世界に飛び込んだように、風景が違って見える。

馬の揺れによろめいた身体を、意外と力強い季白の腕に支えられた。

「緊張を保つのは大事ですが、使いどころを誤らぬように。間違っても落馬なんてさせませんから、その点は安心しなさい」

「ありがとうございます」

正面にいると、威圧感のある鋭いまなざしと厳しい声に萎縮してしまうが、背中から聞こえる季白の声は、意外に優しい。

背中越しに感じる頼りになる存在感に、余計な強張《こわば》りがほぐれていく。

馬で蚕家の立派な正門をくぐる。

明珠が初めて見た正門は、本邸と同様、凝った装飾があちらこちらに施されていた。大きな町の市門にも劣らない立派さだ。

「うわあ……」

下男達の手で、重々しい音を立てて門が開けられた途端、思わず感嘆の声が出る。

門の先は、林を一直線に貫く幅広の道になっていた。固く踏みしめられた土敷きの道は、馬車も余裕で通れる幅だ。両側の林が鬱蒼《うっそう》としているのは裏門側と同じだが、獣道だったあちらとは、道の印象がまったく違う。

（こんな立派な道に続くって知っていたら、初日だって、ちゃんと遠回りしていたかも……。そうしたら、変な男達に追いかけられる目にも遭わなかったはずだし……）

初日に会った黒衣の男達のことを思い出し、恐怖にぶるりと身体が震える。

（もしかしたら、この後……）

「どうしましたか？」

震えが季白に伝わってしまったらしい。季白にいぶかしげに問われ、あわててかぶりを振る。

「何でもありません。……あ、こちら側は灯籠を片づけているんですね」

道の両側では、数人の下男が灯籠を外す作業をしていた。灯籠を飾るのは乙女の役目だが、片づけるのは誰でもよいことになっている。

「帰ったら、離邸の灯籠も片づけないといけませんね。午前中は片づけている暇がありませんでしたし……」

言った途端、昨夜の露台での出来事を思い出し顔が熱くなる。

が、深く吐息した季白は、幸い気づかなかったようだ。

「そうですね。……英翔様のお怒りが鎮まっていたら、の話ですが」

「……尻もちをついてましたけど、大丈夫ですか？」

心配になって問うと、背後で頷く気配がした。

「ええ、たいしたことはありません。不意を食らって倒れただけですから。しかし……」

「どうかしたんですか？」

「……いいえ。何でもありません。少しは馬に慣れてきたようですね。速度を上げますから、頭巾が落ちないように気をつけなさい」

「は、はいっ」

急いで頭巾を片手で押さえる。

速度が上がり、身体に当たる風が強くなる。

（そんな場合じゃないのはわかっているけど……。馬で走るのって、気持ちいい……）

道の両側にはずっと、人気《ひとけ》のない林が続いている。

変哲のない道でさえ風を切って走るのが楽しいのだから、見晴らしのいい風景の中を走ったら、どれほど心躍るだろう。

（いや、舞い上がっている場合じゃない。気を引き締めないと……）

緊張感を失わないよう、明珠は唇を噛みしめる。

張宇が蚕家から一番近い村までは四半刻ほどと言っていたが、初めて乗る馬にわくわくしていたからだろう。村に着くまでの時間はあっという間だった。

馬で乗りつける者など珍しいのだろう。村に入った途端、一斉に村人の視線が集中し、明珠は居心地の悪い思いを味わう。

村の中心部と思われる広場まで来ると、季白は馬の歩みを止めた。

「ひとまず、無事に着きましたね。先に用事を済ませてしまいましょう。さ、お手をどうぞ」

先にひらりと馬から下りた季白が、恭しい手つきで明珠が下りるのを手伝ってくれる。

明珠に対するふだんの態度との落差が激しすぎて、嫌でも今の役割を意識する。

「ありがとうございます」

小声で礼を言い、季白の手を取って馬から下りる。

初めての乗馬は楽しかったが、やはり緊張していたらしい。固い地面に足を着けると、ほっとする。

地面に立っているはずなのに、視界がゆらゆら揺れているようだ。平衡感覚がおかしくなっているらしい。

それほど長く乗っていたわけではないが、少しお尻が痛い。

馬の手綱を引いた季白が、広場を囲むように立っている店を、品定めするようにぐるりと見回す。

季白にならって見回した明珠は、一軒の店の軒先に見知った顔の十歳ほどの少年を見つけた。珍しい来訪者をまじまじと見つめていた少年が、深くかぶった頭巾の奥に気づいて、すっとんきょうな声を上げる。

「あっ！　蚕家に奉公に行くって言ってたねえ――、もがっ」

明珠は少年に駆け寄ると、とっさに片手で口をふさぐ。

「大声で呼んじゃだめっ！　今は『姉ちゃん』は禁句なの！」

「……なんで？　っていうか、いったいどんなワケで男の格好してんの？」

口から手を離すと、少年がきょとんと首をかしげる。

「い、いろいろあって……」

今、明珠が着ているのは藍色に染められた地味な男物の服だ。季白の腰にも、ふだんは下げていない剣が下がっている。

「その少年は？」

そばの木の枝に馬をつないできた季白にいぶかしげに問われ、明珠はあわてて振り返って説明する。

「あの、蚕家に来た日に、たまたま牛車《ぎっしゃ》に乗せてもらって、知り合った子なんです。裏道を行けば、蚕家への近道になると教えてくれて……」

思えば、あの日裏道を行くこと選んだばかりに賊に追われて英翔に出逢《であ》い、仕えることになったのだ。まだたった六日前のことだというのに、なんだかずいぶん前のことのように感じる。

「おれ、楚林《そりん》って言います。この姉ちゃん、もう蚕家をクビになったの？」

あけすけに聞いてくる楚林にあわてる。

「ち、違うの！　クビになったわけじゃなくて……」

「この村への案内についてきてもらったんですよ」

割って入ったのは季白だ。

「わたしは、昨日から蚕家の離邸に滞在させていただいている術師の従者でして。滞在期間中の食料を配達してくれる店がないか尋ねたところ、彼女が近くに村があると教えてくれたのでね」

さらさらと嘘《うそ》を並べ立てた季白に、楚林は疑う様子もなく頷く。

「ふーん。そんなら、うちで引き受けようか？　うちの野菜は新鮮だし、鶏も飼ってるから、卵や、頼まれれば鶏肉《とりにく》だって用意できるし」

明珠が黙っている横で、季白と楚林、途中からは店から出てきた父親も加わって、手早く交渉がまとまっていく。

どうやら、蚕家の離邸に滞在する術師が、この村で食料を調達していくことは珍しくないらしい。順雪よりも年下なのに、楚林は手慣れた様子で父親を手助けしている。

季白が交渉をしている横で、明珠は今日の夕飯の食材を見つくろう。乾物はたくさんあるが、新鮮な野菜があるなら、ぜひ使いたい。

「あっ、蕗《ふき》のとうがある！」

店の片隅に、ころんとした緑色の蕗のとうを見つけてはずんだ声を上げる。灰汁《あく》抜きをしないといけないが、独特の風味がくせになる今しか味わえない食材だ。

(順雪は独特の味が苦手って言ってたから実家じゃあんまり出さなかったけど……。英翔様は召し上がるかな……？)

反射的にそう考えてから、そういえば英翔は本当は青年だったと思い出す。だが、明珠にとっての英翔は、どうしても年下の可愛《かわい》い姿の印象のほうが強い。

(英翔様のお好きなものって何だろう？　せっかく私の料理を喜んでくださるんだから、お好きなものを作ってもっと喜んでいただきたいなぁ……。しまった、ちゃんと英翔様の好物を聞いてから買い出しにくればよかった……)

悔やんだところでもう遅い。が、すぐそばにとっておきの情報源がいることを思い出す。

「あの、季白さん。英翔様って、どんなお料理がお好みなんですか？」

楚林の父との交渉がまとまったらしい季白の袖をくいくいと引き、小声で尋ねる。

「はい？　何ですか、急に？」

「いえ、せっかく買い出しに来てますし、英翔様がお好きな料理があるのなら、作ってさしあげたいなぁって……」

尋ねながら、「あなたごときの腕前で英翔様にご満足いただける料理が作れると思っているのですか!?　思い上がりも甚だしいっ！」と叱責されるかもしれないと心配になるが、案に相違して季白はふぅむ、と考え込む。

「英翔様はふだんから、ご自分のお好みなどはあまりおっしゃいませんね……。どんな料理であれ、作った者が心を込めているだろうから、と。嗚呼《ああ》っ、下々の者にさえ心遣いをなさるとは、なんと素晴らしいお心ばえでいらっしゃるのか……っ！　深く尊敬せずにはいられない御方《おかた》にお仕えできる幸せと感動に、震えずにはいられません……っ！」

「き、季白さん……？」

途中から、拳を握りしめてふるふると震え出した季白の様子に、思わず及び腰になる。

確かに英翔が素晴らしい主人なのは明珠も同意しかないし、仕えられて幸せだと思う。

が、季白が英翔に向ける忠誠はかなり……いや、とんでもなく度が過ぎている気配を感じずにはいられない。

「いろいろと気に食わないところは多々……。ええ、一昼夜では説教しきれないほど多々ありますが、英翔様のお役に立ちたいというその心意気だけは認めてあげましょう」

「あ、ありがとうございます……？」

季白が一昼夜かけて説教したいこととはなんだろう……。正直、怖くて想像したくない。

「ですが、決して誤解をして思い上がらぬように！　あなたの料理の腕がそこそこなのはまあ認めてあげなくもありませんが、英翔様はただ、ふだんは味わえぬ素朴な料理に興味を持たれているだけなのですからね!?」

「は、はいっ！」

季白の気迫に呑まれて、ぴんと背筋を伸ばして返事をする。

と、そばで楚林がぶはっと吹き出す声がした。

「よかったね。蚕家に行く前はうまくやれるかって心配してたけど、うまくやれてるみたいじゃん」

明珠が選んだ青菜や葱《ねぎ》を麻縄でひとくくりにまとめながら楚林が笑う。

「そ、そうかな……？」

どう考えても季白に説教をされているようにしか見えない気がするのだが。

「他に必要なものはありませんか？」

我に返ったように、こほんと小さく咳払《せきばら》いした季白に問われ、明珠はもう一度店の前に広げられた台を見回す。もう一度よく見て、明珠は台の隅にある小皿に盛られた茶色の物体に気がついた。

「季白さん！　おみやげに甘いものを買っていきましょうよ！」

小皿を手に取り振り返った途端、季白の目が吊《つ》り上がる。

「何ですか、その土の塊のような代物は!?　そんなものを英翔様のお口に入れるつもりではないでしょうね!?」

「え……？　胡桃《くるみ》に黒糖を絡めたお菓子ですけど……。見た目は悪いですけれど、おいしいんですよ？　甘いものならきっと張宇さんも喜んでくれると思いますし……っ！」

もしかして、季白にとっては初めて見るものなのだろうか。きょとんと首をかしげて見上げた拍子に、かぶっていた頭巾がずり落ちそうになる。と、さっと手を伸ばした季白に頭巾の位置を直された。

「気をつけなさい。……わかりました。ここであなたとぐずぐずやり合っている暇はありませんからね。珍しい甘味《かんみ》は張宇も喜ぶでしょうし、今回は買ってあげましょう。が、いいですか!?　英翔様の前に出すのは、先にわたしが食べて確認してからですからね!?」

「わ、わかりました！　ありがとうございます！」

黒糖なんて珍しくもなんともないのにと思ったが、あえて口には出さない。菓子は食べても黒糖そのものは見たことがないなんて、やはり名家である蚕家に仕えているだけはある。

「んじゃこれも買うんだね。毎度あり～っ」

楚林が反故紙《ほご》を折って作った袋にざらざらと胡桃黒糖を入れてくれる。その間に、季白が楚林の父に支払いを済ませていた。

楚林から渡された胡桃黒糖を入れた小さな紙袋を、外套の隙間から着物の懐に入れる。次いで麻縄でまとめた野菜を受け取ろうとすると、季白に制された。

「今はあなたに荷物持ちをさせるわけにはいきません。わたしが持ちましょう」

ひと目で高貴な主人に仕える従者とわかる姿をしている季白が、野菜を抱えている姿は違和感しかないが、今はありがたく厚意を受けることにする。

楚林達に明日からの配達のことを改めて頼み、馬をつないだところへ歩いていく。

青年姿に戻った英翔ほどではないものの、整った顔立ちも仕立てのよい服装も、明らかにその辺の村人達とは一線を画した季白と一緒にいるからだろう。村人達の視線が突き刺さるのを感じ、明珠は顔が見えないよう、外套の頭巾の端を引っ張り、季白のあとについていく。

ふだんの季白なら、明珠の歩幅など頓着せずに歩いていくが、今の季白はまるで明珠を守るように速さを合わせて寄り添って歩いてくれる。

枝に馬の手綱をくくりつけたところへ戻ると、季白が手際よく荷物を鞍《くら》の後ろに結わえつけた。

「さ、お手を」

下りた時と同じように恭しく手を差し伸べた季白が、明珠が馬にまたがるのに手を貸してくれる。

「ありがとうございます」

ありがたく手を借りて乗ると、手綱をほどいた季白がさっと手慣れた様子で鞍にまたがり、馬首を返した。小さくいなないた馬がおとなしく進み始める。

「よかったですね。無事に食材の手配ができて」

村を出たところで、明珠は小声で季白に話しかける。右手で外套の上からそっと押さえたのは、懐にしまった胡桃黒糖の紙袋だ。

張宇だけでなく、英翔もおみやげを喜んでくれるといいのだが……。季白と同じように嫌な顔をされたらどうしよう、といまさらながら不安になる。

(食べたらおいしいってわかるから、ひとくちだけでも試してくださったら嬉しいんだけど……)

出がけにひどく怒らせてしまった英翔のことを思い出すと、ずきんと胸が痛くなる。

胡桃黒糖で機嫌を直してもらえるなんて、楽観的な期待をしているわけではない。

けれど……。英翔のために明珠ができることがあるならば、少しでも役に立ちたいと願うこの気持ちは、英翔とっては迷惑にしかならないのだろうか。

そう考えるだけで疼《うず》くように胸が痛み、じわりと涙がにじみそうになる。

「ぼうっとしている場合ではありませんよ。離邸に着くまで、気を抜かないように」

明珠の心の内を読んだかのように、季白の注意が飛んでくる。

季白の腰の帯には、鈴がひとつつけられている。

馬に揺られているにもかかわらず、鈴はまったく鳴らない。この鈴は昨日、英翔が《感気蟲《かんきちゅう》》を宿らせた鈴だ。

(もし、この鈴が鳴ったら……)

鈴が鳴った時に起きるだろう事態を想像し、明珠はごくりと喉を鳴らす。

緊張で喉がひりついてくる。季白に今回の買い出しの本当の目的を告げられた時、明珠もちゃんと納得し、覚悟を決めたはずだ。

けれど、いざその時が近づいてくると、否応《いやおう》なしに不安と恐怖が湧き上がり、無意識に身体が震え出す。

明珠の震えが伝わってしまったのだろうか。不意に季白が明珠の身体に腕を回して引き寄せる。

「ひどく緊張しているようですね。が、心配は無用です。あなたに怪我を負わせる気はありませんから。それより、そろそろ頼みます。あくまでも、目立たぬように」

「は、はいっ」

頼もしい低い声に、恐怖を振り払うようにこくりと頷き、外套の上から着物の中に下げた守り袋を握りしめる。

「《大いなる彼の眷属《けんぞく》よ。その姿を我が前に示したまえ……》」

小声で呪文を唱えた明珠が喚《よ》び出したのは、《視蟲《しちゅう》》と呼ばれる両羽を広げた長さが六寸ほどの、大きな羽を持つ《蟲》だ。

術師ではない者は、よほど高位の《蟲》でない限り姿を見ることがかなわないが、《視蟲》の羽を通せば、《蟲》をはっきりと見ることができる。常人が術師や《蟲》を相手にする際には欠かせない存在だ。

《視蟲》が明珠の指示に応えて、季白の眉間に止まる。その間にも季白が手綱を握る馬はよどみなく進み、林の中に入りつつあった。道の幅は大人二人分の身丈ほどの幅があるが、両側から木々が枝葉を伸ばしているせいで、天気がよいにもかかわらず鬱蒼とした雰囲気がぬぐえない。

明珠はごくりと唾を飲み込もうとして、口の中がからからに乾いていることに気づく。さっき《視蟲》を喚ぶ時も呪文を唱えにくいと感じたが、気のせいではなかったらしい。

三月の午後の木洩れ日がちらちらと射す静かな道に、規則的な馬の蹄《ひづめ》の音だけが響く。

この林を抜けたら、蚕家までいくばくもない。季白には申し訳ないが、このまま何事もなければいいと願った瞬間。

――りぃん。

明珠の祈りを嘲笑《あざわら》うかのように、鈴が澄んだ音を響かせる。

鋭く息を呑んだ季白が、素早く右手を着物の合わせに突っ込み、一本の巻物を引き抜く。器用に片手で巻物をほどいた季白が、蟲語を唱えた。

「《盟約に従い我等を守れ！　盾蟲《じゅんちゅう》っ！》」

巻物にびっしりと書かれていた蟲語が揺らめく。かと思うと、巻物から二十数匹もの甲虫《こうちゅう》が飛び出した。

大人の手のひらほどの《盾蟲》の羽ばたきが重なり、じじじ、と空気を震わせる。だが、季白は馬を進める手を止めない。と。

不意に鋭い風切り音が鳴る。明珠が頭《こうべ》を巡らす暇もなく。

ぎぃんっ！

風を切って馬の首へ迫った何かが《盾蟲》に弾《はじ》かれ、火花を散らして向きを変えた。

《盾蟲》は四寸ほどの大きさの甲虫だが、羽も身体も金属のように硬く、生半可な矢や刃を通さない。

だというのに、羽や身体を斬られた数匹の盾蟲が、きぃぃっ、と軋《きし》むような鳴き声を上げ、地に落ちる。

弾かれ、空中で反転した蟲の姿を明珠は目で追った。木洩れ日を受けて鋭く輝く、あの羽は。

「あれは、《刀翅蟲《とうしちゅう》》です！」

明珠と季白めがけて林の中から放たれたのは、三匹の《刀翅蟲》だった。

三寸ほどの長さの刃のように鋭く尖《とが》った羽を持ち、ふれるものを残らず斬り裂く危険極まりない蟲だ。

季白が咄嗟《とっさ》に盾蟲で防いでいなかったら、馬の首に次いで、明珠と季白の首も胴体とおさらばしていただろう。

理解した途端、どっ、と背中に冷や汗が吹き出す。

冷や汗が背を伝う間もなく、新たな風切り音が耳を打つ。

道の両側の木陰から飛んできたのは、幾本もの矢だ。

人と馬の頭部を的確に狙った矢を防いだのは、季白がもう一本ほどいた巻物から飛び出してきた新たな《盾蟲》だ。

盾蟲は普通の矢などにはびくともしない。黒光りする甲殻に弾かれた矢が、ばらばらと地面に落ちる。

季白は臆することなく馬を操り、矢の雨の中を駆け抜ける。怯《おび》える馬を操る技量は、見事というほかない。

明珠達を逃がすまいと、いくつもの気配が林の中を追ってくるのが、姿が見えずともわかる。

隠そうともしない殺気に、喉がひりつき、背中が粟立《あわだ》つ。

刺客の気配を気にして道の両側をせわしなく見ていた明珠の視界の端で、鋭い輝きがきらめいた。

先ほどの刀翅蟲が空中で大きく弧を描き、滑空する。狙いは明らかに季白だ。

「きは――――！」

しかし季白は異様な気配に怯える馬を巧みに操り、刀翅蟲の一撃をかわす。

蟲を見ることができる《視蟲》と季白の腕前があってこその動きだ。

実力のある術師ならば《蟲》を同時に数十匹も喚び出すことも難《かた》くない。だが、明珠の実力では、同時に喚び出せるのは、せいぜい三匹か四匹だ。

貴重な枠を使ってでも、《視蟲》を呼ぶ価値はある。季白が蟲を見ることができなければ、戦うこともままならない。

刀翅蟲の攻撃をかわし、安堵《あんど》する間もなく、視界が陰った。

めりめりと生木が裂ける嫌な音とともに、突然、目の前に木が倒れてくる。

季白が素早く手綱を引き、倒れてくる木の枝にぶつかりそうになった馬が後ろ足で棹立《さおだ》ちになる。

馬のいななきに、轟音《ごうおん》が重なった。木が倒れた衝撃で地面が揺れ、土埃《つちぼこり》が上がる。あわてて明珠が後ろを振り返ると、後ろの道も同じようにふさがれていた。

立ち止まった馬に、ふたたび矢の雨が降る。

盾蟲がその矢を弾き返し、ばらばらと矢が地面に落ちる。

が、明珠達を襲ったのは矢だけではなかった。盾蟲の防御網をかいくぐり、刀翅蟲が守りの薄い馬を狙う。

鋭いきらめきが閃《ひらめ》いたかと思うと、馬の首がぱっくりと斬り裂かれた。

驚くほど大量の血が噴き出し、鼻をつく血臭に、思わず息を呑む。

痛みに後ろ足で立ち上がった馬の身体がかしぐ。

「きゃ……っ！」

頭巾がずり落ちるが、押さえている暇などない。

体勢を崩した明珠の腰に季白が腕を回し、抱くようにして鞍から飛び降りる。季白がいなければ、無様に落馬していただろう。が、礼を言う余裕などなかった。

どうっ、と馬が倒れる。あふれ出す血が、地面に血溜《だ》まりを広げていく。

刺客達の間に、戸惑うような気配が生じたのは、ほんの一瞬。

次の瞬間には、殺意に彩られた黒衣の刺客達が、抜身の剣を手に林から飛び出してきた。

「ほう……？」

小さく呟いた季白が、明珠を抱き寄せていた腕をほどき、鞘《さや》走りの音とともに腰に佩《は》いた剣を抜く。

だが、明珠は恐怖に身体がすくんで動けない。身を刺すような殺気に晒《さら》された経験など、これまで一度もないのだ。

どう動けば季白の足手まといにならずに済むかさえ、わからない。

「馬の陰にでも屈《かが》んでいなさい！《盾蟲》が守ってくれます！」

明珠の戸惑いを読んだかのように、刺客に向き直った季白が振り返りもせず言い放つ。

定規で線を引いたようないつもの声に、ぴしりと打たれたように身体が動く。

生兵法は怪我のもとだと、明珠は小刀一本さえ持たされていない。季白の指示どおり、邪魔にならぬところで小さくなっているのが、一番よいに違いない。

季白に命じられた数匹の《盾蟲》が、明珠を守るように周囲を飛ぶ。明珠を庇《かば》うように前に立った季白が意図を探るように刺客に鋭い視線を向けた。

一対多数の場合、囲まれてしまうのが最も分が悪いというのは素人《しろうと》の明珠でもわかる。巧みな位置取りで刺客に圧をかける季白の背後を突くのは、簡単ではないだろう。あえて前に打って出ないのも、突出して囲まれる事態を防ぐために違いない。

林から飛び出してきた刺客は六人。刺客達全員の額にも《視蟲》が止まっている。

低位の蟲とはいえ、全員に《視蟲》を召喚し、さらに《刀翅蟲》まで操る術師の力量は、かなりのものだ。数匹しか召喚することができない明珠の腕前では、逆立ちしてもかないっこないだろう。

刺客達も明珠の力量を見抜いているのか、視線をそそぐ先は季白だけだ。しゃがみ込み震える明珠など、気にもかけていない。

木洩れ日を受ける刺客の刃はぬめるような光を放っている。単なる剣のきらめきとは思えない。おそらく、毒が塗られている。これではわずかな傷でも季白にとっては致命傷になりかねない。

喉がひりつくような緊張が季白と刺客達の間に落ちたのは、ほんの数瞬。

このまま睨み合っていては埒《らち》が明かないと思ったのだろう。季白のそばに位置取った三人の刺客が無言で季白に斬りかかろうとする。

その瞬間、刺客達の動きを予見していたように季白が鋭く一歩踏み込んだ。三人の間を縫うように、後ろに控える刺客に迫る。

まさか自分へ向かってくるとは思っていなかったらしい。狙われた刺客があわてたように袈裟懸《けさが》けに剣を振り下ろす。

が、季白はあざやかな動きで切っ先をかわすと、動きが止まった一瞬の隙を縫って刺客の喉元に剣を刺し込んだ。

必要最小限の致命傷を与えた季白が剣を引き抜くと同時に、刺客が口から血の泡を吐きながら膝をつく。

剣を取り落とし、どうっと前のめりに倒れる刺客を明珠は信じられない思いで見つめた。

護衛としては張宇がいるし、書庫に籠もってばかりなので、てっきり荒事は得意ではないと思い込んでいたが、自ら囮役を買って出るだけあって季白は剣も相当使えるらしい。まさかこれほどの腕前とは思わず、明珠は季白の多才さに感嘆する。

が、刺客はまだ五人もいる。いくら季白が剣に長《た》け盾蟲の守りがあるとはいえ、このままでは不利すぎる。しかも、縦横無尽に飛ぶ《刀翅蟲》が、少しずつ、《盾蟲》の数を減らしていた。

刺客達が明珠を歯牙にもかけていない今が好機だ。何か蟲を喚んで季白の援護をしなければと焦る。足手まといにはなりたくない。だが、これまで荒事とはまったく無関係に生きてきた明珠にとって、今の状況は想像していた以上の恐ろしさだ。身体の震えが止まらない。

季白と刺客の剣が交わる硬い音が響くたび声にならぬ悲鳴がこぼれそうになり、歯形がつきそうなほど唇を噛みしめる。

《蟲》を喚ぼうにも、歯がかちかちと鳴るばかりで声が出ない。舌の根が締めつけられたかのようだ。

生まれて初めて突き刺さるような殺意に囲まれて、それでも正気を保っていられるのは、目の前で戦っている季白がいるからだ。

『季白と、英翔に化けた明珠が囮になり、刺客をおびき寄せて生け捕りにする』と、明珠に計画を打ち明けた時、季白はきっぱりと言い切ってくれたのだ。

『明珠。あなたのことは、何があろうとわたしが守ります、ですから心配はいりません』

と。宣言どおり季白は身を賭して明珠を守ってくれている。だが、このまま季白に守られていることに甘え続けていいはずがない。

(このままじゃだめなのに……っ!)

震えの止まらぬ身体を押さえつけるように胸の前で両手を握りしめると、懐でかさりと小さく音が鳴った。英翔と張宇のおみやげとして買った胡桃黒糖の紙袋だ。

（そうよ……っ！　私も季白さんも絶対無事に英翔様と張宇さんのところに帰るんだから……っ！

ほんの少しでも英翔様のお役に立ってみせるって、決めたんだからっ！）

震える右手を握り締め、人差し指をがぶりと噛む。

痛みに、少しだけ冷静さを取り戻す。

と、じわじわと地面に広がる馬の血に足を取られたのか、不意に季白が体勢を崩した。

「っ!?」

明珠が息を呑むのと同時に、好機と見て取った刺客達のひとりが季白に襲いかかる。

身体ごとぶつかるような体重を乗せた突きは、体勢を崩した季白では避けようのない必殺の一撃だ。

「きは――っ！」

だが、反射的に叫ぼうとした明珠の目の前で、刺客の突きを待ち構えていたように身をひねった季白が、かわしざまに刺客の右手を斬り飛ばした。

足をすべらせたのではなく刺客を油断させるための演技だったと理解するより早く、明珠は声を出せた勢いのままに怪我をした刺客へ《縛蟲《ばくちゅう》》を放つ。

「《ば、縛蟲っ！》」

紐《ひも》のように長い《縛蟲》ならば、刺客に絡みついて動きを阻害できるに違いない。

服の上から守り袋を握りしめた明珠の声に応じ、地面をすべるように動いた《縛蟲》が刺客へ迫る。だが、右手を失ったにもかかわらず、刺客が素早い動きで縛蟲をかわす。

目標を見失い、戸惑ったように動きを止めた縛蟲を、鋭い羽音を響かせた刀翅蟲が斬る。致命傷を負った縛蟲の召喚が解け、明珠は思わず唇を噛みしめた。

召喚している蟲が倒されても、術師に影響はない。だが、自分のせいで罪もない命が奪われるのは心が痛む。

いつの間にか、刀翅蟲は十四にも増えていた。

何匹もの蟲が飛んでいる羽音で、耳がわあんと遠くなっている。

だが、自分の心臓が恐ろしいほどの速さで脈打っているのは、うるさいほどわかる。

おそらく林の中に身を潜めているのだろう。術師らしき者の姿は見えない。

金属がぶつかるような硬い音が目の前でし、反射的に身がすくむ。季白を狙った刀翅蟲を盾蟲が弾いた音だ。

盾蟲はずいぶん減っている。死んだり、致命傷を負った蟲は、強制的に召喚が解かれてしまう。

あと数度、刀翅蟲の攻撃を防いだら、盾蟲はすべて消えてしまうだろう。

そうなれば、明珠と季白の命も、風前の灯火《ともしび》だ。

自分が召喚できる蟲の中に、今の状況を打開できるものはないかと、必死に考えを巡らす。

表情こそ変わらぬものの、一対複数の攻防は季白に消耗を強いているのだろう。季白の額には汗が浮き、吐く息は荒い。

「やはり、術師は前に出てきませんか……」

荒い息を整える合間で季白が忌々しそうに呟く。

今回の囮作戦の一番の目的は、禁呪をかけた術師の確保だと聞いている。

「そうだ！　《感気蟲》を飛ばして探ってみます！」

ようやく自分ができることに気づいた明珠は、守り袋を握りしめて集中する。

《感気蟲》は術師の《気》を感じ取ることのできる蟲だが、扱いが難しい。しかも、周りを飛ぶ《刀翅蟲》ではなく、《気》の源である術師本人を探さなくては意味がない。

「《大いなる眷属に連なる者よ。数多《あまた》の気を感じ取るものよ。その姿を我が前に示したまえ。感気蟲っ！》」

守り袋を握りしめ、祈るように呪文を紡ぐ。明珠の呪文に応じ、蜻蛉《かげろう》に似た羽を持つ《感気蟲》が姿を現した。

「《感気蟲、近くで一番濃い気の源を探して！》」

呼びかけた途端、宙を飛んでいた《感気蟲》がなぜか地面に下りる。

つられて下を見た明珠は、そこに見たことのない《蟲》を見た。

冥府の闇が染み出してきたような、影よりも暗い色。百足《むかで》を連想させる節くれだった何対もの足と細長い身体は、見ただけで嫌悪感を湧き上がらせる。

いつの間にか明珠の足元に忍び寄っていた《蟲》が、ぞる、と獲物に跳びかかる蛇のように身体の前半分を起こし。

避《よ》けようとしたが、遅かった。

跳びかかってきた《蟲》が、明珠の足にふれた瞬間、溶けるように消える。

「っ！」

瞬間、意識を失いそうになるほどの怖気《おぞけ》が全身を貫く。

「うあ……っ」

叫んだ声はかすれて音にならない。

全身を凶暴な濁流が駆け巡る。

いったいあの《蟲》に何が仕込まれていたのか。毒なのか、それとも禁呪か。

わからない。確かなのはただ、それが明珠の身体の中で暴れ回っていることだけだ。

全身を貫く悪寒に立っていられない。

意識を持っていかれそうになり、反射的に季白の背中を掴みかけ、かろうじて働いた理性で押しとどまる。明珠の指先が背中をかすめた季白が驚いた表情でこちらを振り返る。

「明珠っ!?　何が……っ!?」

声を上げた季白に答えを返すことができない。

膝だけでなく全身が震え、明珠はその場にくずおれた。

意識が黒く塗り潰されていく。自分ではない何者かに精神を犯されるような嫌悪感に、声にならぬ悲鳴がほとばしる。

自分に入った《蟲》が何かはわからない。だが、自分が自分でないモノに作り変えられるような恐怖と嫌悪に、ただひたすらに拒絶が募る。

助けを求めるように、守り袋を握りしめた拳にさらに力を込め。

(嫌っ！　消えて――――っ！)

本能が命じるままに、心の底から声にならない声で叫んだ瞬間。

――静寂が、辺りに満ちた。

「なっ!?」

驚愕《きょうがく》の声を上げたのは季白だ。

周りの刺客達も、声にこそ出さないが驚愕に目を見開いている。

刀翅蟲も盾蟲も感気蟲も視蟲も――。

すべての《蟲》が、一瞬にして消えていた。

刺客達よりわずかに早く驚愕から立ち直った季白が、刺客のひとりに斬りかかる。喉を狙って突き出された切っ先を、刺客がかろうじてかわす。

追撃しようとした季白は、他の刺客が斬りかかる刃に、素早く剣を引き戻して身を守る。

二人を無力化したとはいえ、刺客はまだ四人もいる。盾蟲の守りがなくなった季白は、四人相手に否応なしに防戦に追い込まれる。

季白のために《盾蟲》を喚ばなければと思うのに、身体に力が入らない。

ぬめる刃が季白の着物の袖を切り裂き、明珠は息を呑む。

別の刺客の刃を季白が受ける。鋼が打ち合う音が鳴り響き、季白の額から汗が散る。

毒が塗られた刺客の刃は、ひと太刀《たち》浴びるだけでも命取りになりかねない。

「《じ、盾蟲……っ》」

守り袋を握って盾蟲を喚ぼうとしたが、力が入らぬ手から守り袋がすべり落ちる。

ひときわ高い音が鳴り響き、弾かれた季白の剣が宙を舞う。

刺客の剣が季白に迫り――、

「だめっ！　季白さ――っ!!」

動かぬ身体で、それでも季白を庇おうとして。

――轟音とともに、視界が白く染まった。

いったい、何が起こったのか。

耳の中で、ごうんごうんと音が反響する。太陽を見た時のように目がくらんで、視界が利かない。

反射的に地面に身を伏せていた明珠は、おそるおそる顔を上げた。まだ目がちかちかしている。

「な、なに、が……？」

目の前には片膝をついた季白がいる。だが、季白を取り囲んでいた男達の姿はなくなっていた。

代わりに転がっているのは、男達と同じ数の黒い丸太状のものだ。焼け焦げた嫌な臭いが周囲に漂っている。

それが何か気づいた明珠が悲鳴を上げるよりも早く、頭上からやけに能天気な声が降ってきた。

「確かキミ、愛《いと》しの君の従者だったっけ？」

明珠は驚いて頭上を見上げて声の主を探す。

道の上、木々の梢《こずえ》と同じくらいの高さに、見たこともない大きな《蟲》が浮かんでいた。蟲が大きな羽を羽ばたかせるたび、強風が巻き起こり木々の枝が激しく揺れる。

《蟲》が巻き起こす風に衣をなびかせ、巨体にまたがって陽気に笑っているのは、二十代後半とおぼしき、豪奢《ごうしゃ》な服を着た若い男だ。

男は場にそぐわぬ、にこやかな笑顔で言を継ぐ。

「余計な手出しだったらゴメンね〜♪　ちょーっと困っているように見えたからさ〜」

なんだろう、底抜けに明るい笑顔のせいか、やたらと男がきらきらして見える。さっき目がくらんだせいだろうか。

「愛しの君はやっぱり離邸かな？　じゃ、ワタシは急ぐからまたね〜っ♪」

どこまでも一方的に告げた男がひらひらと手を振り、またがっている蟲に指示を出す。

蟲の羽ばたきに風が渦巻き激しく梢が揺れたかと思うと、馬よりも速い速度で、見る間に蟲が遠くなる。

呆気《あっけ》にとられて男を見送っていた明珠は、季白の声にはっと我に返った。

「やれやれ……。相変わらず傍若無人な御方ですね。命を救っていただいたことには感謝せねばなりませんが……」

嘆息した季白が腰に下げた鈴に視線を落とす。《刀翅蟲》が現れた時に激しく鳴り響いていた鈴は、今やすっかり沈黙していた。

「術師の気配もなし。まあ、当然ですか」

黒衣の男達のように、さっきの若い男にやられたわけではないだろう。おそらく、劣勢を悟っていったん退《ひ》いたに違いない。

ひとつ吐息した季白は弾き飛ばされた剣のところまで歩むと、拾って刃の様子を確かめる。鋭く剣を振ると、ぱたたっ、と地面に朱の線が描かれた。

線を描いたものが元は何であったのか思い至り、いまさらながらにふたたび身体が震え出す。《蟲》に乗った男が通りかからなかったら、いまごろ季白と明珠はどうなっていただろう。

土を踏むかすかな音とともに、抜身の剣を手にしたままこちらへ戻ってくる季白を、明珠は地面にへたり込んだまま見つめる。立たなくてはと思うのに、萎《な》えたように足に力が入らない。と、ひゅっと風を切る音とともに、明珠の目の前に立った季白が右手を振るい。

「――で、あなたは、何者なのです？」

静かに問いかけながら、明珠に剣を突きつけた。

「え……っ？」

喉元には鋭い切っ先。見下ろす季白のまなざしは、氷よりも冷たい。

突然のことに頭がついてこず、呆《ほう》けた声をこぼした明珠は、季白の切れ長の目に浮かぶ苛烈な怒りに、ようやく己が犯した大失態を思い出した。

「す、すみませんっ！　まさか、《盾蟲》まで消えてしまうとは思わなくて……っ！」

「下手な演技は結構です」

冷ややかに、季白が吐き捨てる。

いつもの叱責が春のそよ風のように感じるほどの、冷たく、温度のない声。

先ほど刺客の殺気を受けた時のように、寒気が背筋を震わせる。いや、それ以上の威圧感だ。

《盾蟲》まで解呪してしまい、季白を窮地に陥らせたこと以外となると、いったいどの失態だろうか。必死に考えを巡らせる明珠を冷ややかに見下ろし、季白がゆっくりと口を開く。

「先ほどの襲撃では、不審な点がありました」

「不審な、点……？」

明珠には、季白が何を言いたいのかわからない。

季白は明珠に剣を突きつけたまま、言を継ぐ。

「ひとつ目、なぜ刺客は剣で襲ってきたのか」

刺客が剣で襲ってきて、何が不思議なのだろう。

「わたし達を殺すつもりなら、あのまま姿を晒さずに、弓と《刀翅蟲》の攻撃だけを繰り返せばよかったはずです。わざわざ身を晒して剣を交える危険を冒す必要はなかったというのに、なぜそれをしなかったのか？」

季白は、明珠の答えを待たずに続ける。

「答えは、選別して確実にわたしだけを殺したかったからです。あなたに矢が誤って当たって殺してはいけませんから」

季白は空いているほうの左手で指を二本立てる。

「二つ目、なぜあなたは一度も刺客達に狙われていないのか」

季白に指摘されて初めて、明珠は自分がまったく狙われなかったことに気がついた。

襲われている時は現状を把握するのに精いっぱいで気づく暇などなかったが、季白に指摘されると、確かに変だと思い至る。

「あの場でわたしを殺したいのなら、足手まといであるあなたを狙えばよかったはずです。そうすればわたしはあなたを庇う必要ができ、途端に行動を制限されていたでしょう。ですが、あなたは《蟲》を使って刺客達を攻撃しているにもかかわらず、反撃されていない。これは、刺客達があなたは攻撃するなと命令されていたからに他なりません」

季白が明珠と視線を合わせ、断言する。

「以上の二点から、あなたは刺客の一員です」

「ち、ちが……っ」

否定したいのに、威圧感に呑まれてうまく言葉が出てこない。

「さあ、あなたの企みを吐きなさい。何を企んでいるのですか？」

張宇に、同じことを問われた時を思い出す。

あの時と同じく、返答次第ではすぐさま叩っ斬られそうだ。鬼気迫る季白の表情は、今にも刃を突き立てられるのではないかと不安になるほど、危うい。

「英翔様の解呪も、何か術を使っているのでしょう？　あなたの存在が特別だなどと……。わたしは、決して認めません」

季白が怒りを抑えつけた声で吐き捨てる。抑えつけているがゆえに、かえって奥にひそむ激情を感じさせずにはいられない声に、明珠は弾かれたようにかぶりを振る。

「ち、ちがいますっ！　私は決して……っ！」

全身が震える。かたかたと鳴る歯を苦労してこらえ、何とか言葉を紡ぐ。

が、季白の表情は変わらない。まるで、品物でも見定めるように、冷ややかに明珠を見つめ返すだけだ。

「ここまで来ても、嘘をつき続けますか。往生際の悪い」

季白の切れ長の瞳に、苛立ちが混じる。

「あなたが解呪に必要だから手出しされないとでも、高をくくっているのですか？」

明珠を見据え、季白が冷徹に嗤《わら》う。

「百歩譲ってあなたが解呪に必要というなら……。余計なことができぬよう、手足を切り落として飼い殺しにしてあげますよ」

いっそにこやかなほどの季白の声。

襟首を摑まれ持ち上げられる。頰《ほお》にふれそうなほど近く迫る、鋭い刃。

「さあ、あなたの正体は何者なのです。首を斬られる前に、答えなさい」


薄く開けていた露台に続く硝子戸《がらすど》から風が流れ込む気配を感じ、張宇は腰に佩いた剣の柄《つか》を握りしめて身構えた。

が、刺客の気配はない。張宇は小さく息を吐いて、柄から手を放す。

ここは離邸の二階にある英翔の部屋だ。まさか主人を書庫の床で寝かせるわけにはいかず、張宇が抱き上げてここまで運んできた。

寝台では、英翔が健やかな寝息を立てている。眠る英翔の整った面輪は驚くほど無防備で、身体相応に幼く見える。

目覚めたら、愛らしい顔が憤怒に染まるに違いないが。

季白と明珠が離邸を出て、すでに半刻は経《た》つ。買い出しを済ませ、刺客に遭うこともなく順調に帰路についていれば、もうしばらくすれば帰ってくるだろう。

英翔に禁呪をかけた刺客を一刻も早く捕らえたいという季白の気持ちはわかるが、明珠を危険な目に遭わせるのは張宇の本意ではない。

どうか刺客に狙われることなく、無事に帰ってきてほしいと心の底から願った時――。

鼻歌を乗せた強風が吹きつけた。露台に続く扉が、強風にがたがたと揺れる。

瞬時に抜剣し、振り返って身構えた張宇の視線の先で、突然、露台に現れたのは。

常人である張宇にも視認できるほどの高位の《蟲》から降り立った若々しい男だった。

「り、遼淵《りょうえん》殿っ!?」

予想だにしていなかった人物の登場に、向けていた剣をあわてて鞘に戻し、膝を折って拱手《きょうしゅ》の礼をとる。

「遼淵殿、あの……?」

まだ二、三日は王城から戻らぬはずの遼淵が、なぜここにいるのか。

「んふっふ～♪　ワタシの愛しの君はどこかな～っ♪」

戸惑う張宇を一顧だにせず、はずむような足取りで部屋に入ってきた遼淵は、寝台に眠る英翔を見るや、おもちゃを見つけた子どもそのままの笑顔で駆け寄った。

「おや。なんで《眠蟲》が……？　えいっ♪」

おそらく眠蟲が止まっていただろう英翔の額の上を、遼淵が指で弾く。途端。

「明珠っ!?」

がばりと英翔が身を起こす。

眠らされる直前との状況の落差に、戸惑ったような表情がよぎったのは、ほんの一瞬。

「あっ、起きたね。愛しの――」

「遼淵！　《風乗蟲《ふうじょうちゅう》》を貸せっ！」

寝台から飛び降りた英翔が、遼淵を見もせず命じる。

「お待ちくださいっ！」

露台に駆けていく英翔を、張宇はあわてて追った。

「ん？　何？　従者クンのお迎えなら大丈夫だよ。途中、何やら襲われてたけど、追っ払って――」

「っ!?」

のほほんと遼淵が告げた言葉に、英翔が鋭く息を呑む。

衣の裾を翻して《風乗蟲》にまたがった英翔の後ろに張宇も続く。

駄目だ、今の英翔は周りが見えていない。何の準備もなく、無力な少年姿のままで飛び出そうとするなんて、ふだんの英翔からはありえない。

「英翔様！　遼淵殿に御助力を……」

「《翔《と》べ！　風乗蟲！》」

張宇の助言を無視して、英翔が命じる。

英翔の蟲語に応えて、風乗蟲が巨大な羽をはためかせ、ふわりと宙に舞い上がる。

「《急げ！》」

英翔の命に、風乗蟲が速度を上げる。

強風に飛ばされそうな少年の痩せた身体に、張宇は思わず腕を回した。

今の英翔にはどんな言葉も届きそうにない。

なら、張宇の任務は、何があろうと英翔を守りきるだけだ。

矢のように飛んでいく英翔達を露台から眺めていた遼淵は、風乗蟲の巨体に乗る二人の姿が小さくなってから、のんきに「あれぇ～」と首をかしげた。

いま飛び出していったのは、ここ半月ほどの間、寝ても覚めても脳裏を離れなかった愛しの君のはずだ。

一刻も早く彼に会いたくて、風乗蟲を召喚して王城からここまで、ひとりで飛んできたというのに。だが。

さっき飛び出していった少年は、遼淵が知る「愛しの君」と、本当に同一人物だろうか？

半月前、自らに禁呪をかけられた時でさえ、落ち着き払って遼淵と取引をした彼が、あれほど動揺している姿は、初めて見た。

「ワタシがいない間に、何か面白いコトでもあったのかな～？」

はなはだ気になるが、愛しの君がいないなら、離邸に留《とど》まる理由はまったくない。

「しょーがない。先に本邸に戻って、秀洞《しゅうどう》のお説教を済ませておくかな～」

「蚕家の当主ともあろう方が、供もつけずにおひとりで蟲に乗ってご帰還なさるなど！　いったい何を考えておられるのです!?」と、渋面の秀洞にくどくどと言われるに違いない。

心置きなく愛しの君を調べるためにも、あらかじめ済ませられる雑務は先に済ませておいたほうが、効率的だ。

数刻も風乗蟲にまたがっていたせいで、すっかり凝り固まった身体を、「うーん」と伸びをしてほぐしながら、遼淵は口元に笑みが浮かぶのを抑えられなかった。

❀ ❀ ❀

強い風が吹き、梢が鳴る。

「明珠っ！」

強風に反射的に目を閉じた明珠の頭上から降ってきた声に、明珠より早く反応したのは季白だ。

「英翔様っ!?　どうしてこちらに!?」

驚愕の声を上げて振り仰いだ季白の顔に、影がかかる。

かと思うと、頭上に止まった巨大な蟲から、英翔が身を躍らせていた。

「明珠！　無事かっ!?」

「え、英翔様っ!?」

軽やかに着地し、飛びついてきた英翔の身体を何とか受け止める。

「どこか怪我はっ!?」

明珠に迫る英翔の顔は蒼白だ。肩を摑んだ小さな手が、血の気を失って震えている。

「だ、大丈夫ですっ！　何ともありませんっ！」

英翔にかけてしまった心労の大きさを思って、申し訳なくなる。

と、愛らしい面輪が激昂に彩られた。

「馬鹿者っ！　囮を買って出るなど、なんと無茶《むちゃ》なことをするっ!?　剣も使えぬ、《蟲》もろくに喚べぬ身で！　無謀すぎるっ！」

この上なく激昂した声に、思わず身がすくむ。

「すみま――」

突然、抱きつかれた衝撃に、言葉が途切れる。

少年の重さと勢いを受け止めかね、無様に尻もちをつく。が、英翔は離れない。

「愚か者っ！　道の血溜《ちだ》まりを見た時、心臓が止まるかと思ったぞ！」

震える声。それが、怒りのせいか恐怖のせいなのか、明珠にはわからない。

だが、自分の無茶が英翔の心を傷つけたのは、震える身体にふれただけでわかる。

「本当に、すみませんでした……。少しでも、英翔様のお役に立ちたかったんですけど……。私のせいで、失敗してしまいました……」

「っ！　お前は……っ！」

息を呑んだ英翔が、言葉の代わりとばかりに、明珠の身体に回した腕に力を込める。

すがりつく英翔は、順雪を思い出させた。母を亡くしてからしばらく、幼い順雪は眠る時はいつも、明珠にすがりついて眠ったものだ。

「ほんとに、すみませんでした。ご心配をおかけして……」

安心させようと英翔の背中に手を回し、優しく撫《な》でる。と。

「そうだな。悪いと思っているなら、まず、説明からしてもらおうか」

顔を上げた英翔の厳しいまなざしに射貫《いぬ》かれる。

「お前達もだぞ」

季白と張宇を振り返った表情は、抑えつけられた怒りが垣間見《かいまみ》えて、我知らず肝が冷える。

形良い唇を歪め、いっそ楽しげに英翔が告げる。

「わたしに何の相談もなく、こんな無茶をしでかしたんだ。それなりの叱責を受ける覚悟は、とうにできているんだろうな？」

第三章

秘められた正体

norowareta
ryu ni
kuchizuke wo

床板の木目がよく見える。毎日、塵《ちり》ひとつ残さず丁寧に英翔《えいしょう》の部屋の掃除をしておいて本当によかったと、明珠《めいじゅ》はしみじみ思う。

でないと、明珠の隣で同じように土下座している季白《きはく》と張宇《ちょうう》に申し訳ない。

「思いがけなく明珠の解呪の能力が発動してしまい、刺客を取り逃したと？　なるほど、経緯はわかった」

床にひれ伏す季白からの報告を、椅子に座って聞いていた英翔が、冷ややかな声で告げる。

椅子から立ち上がった英翔の軽い足音に、明珠達三人は一様に身をすくめ、額を床にこすりつけんばかりに額《ぬか》ずいた。

英翔の自室は、まるで氷室に変わったかのようだ。

冷え冷えとした威圧感に、明珠はおろか、長年英翔に仕えているはずの季白と張宇でさえも顔を上げられない。

口を開くことすらできず報告を季白と張宇任せにしていた明珠は、ただただ萎縮《いしゅく》して震えるばかりだ。

「――で？」

真冬の寒風よりも凍《い》てついた英翔の声。

ちらりと視線を上げた先に、英翔の靴の爪先が見える。英翔が立っているのは、三人の真ん中で土下座する季白の前だ。

「季白。お前はまだ、わたしに報告することがあるだろう？」

隣の季白が身を固くする気配を感じる。

だが、季白は顔を伏せたまま、何も語らない。

そのまま、息が詰まるような沈黙が流れたかと思うと。

「季白っ！」

不意に身を屈《かが》めた英翔が、遠慮容赦なく季白の襟首を摑《つか》み、力任せに上を向かせる。

「どこまでわたしを侮る気だっ!?　わたしが着く寸前、明珠に剣を突きつけていただろう!?　その理由を聞いている！」

激昂《げっこう》にひび割れた英翔の声に明珠が思わず顔を上げると、英翔が鼻先がふれそうなほど間近で季白を睨《にら》みつけていた。

「え、英翔様っ!?　違うんです、あれは私のせいで刺客を捕まえそこなったからで……っ！」

身を起こし反射的に英翔に伸ばした手を、乱暴に振り払われる。指先がじんと痛んだ。

「お前は余計な口出しをするなっ！　わたしは季白に聞いている！」

明珠を見もせず放たれた怒声に、身がすくむ。

激しい怒りを宿した黒曜石の瞳は、季白を見据えたままだ。

「答えろ季白！　このままわたしに叩っ斬られたいか!?」

「え、英翔様っ！　落ち着いてください！　聞くにしても、もう少し聞き方があるんじゃありませんか!?　こんな乱暴に……っ！」

「お黙りなさい、小娘。あなたに庇《かば》ってもらう気など、まったくありません」

頑《かたく》なに唇を引き結んでいた季白が、嫌悪もあらわに明珠の言葉を遮る。

英翔を見つめ返した目には、悲愴《ひそう》なほどの忠誠心があふれていた。

「英翔様はこの小娘に惑わされておいでです！　よくお考えください。英翔様が《毒蟲《どくちゅう》》を盛られた際、汁物をついだのも味見をしたのも、小娘だったではありませんか！　今回のこともです！　この小娘さえ、余計なことをしなければ、刺客を捕らえられたものを……っ！」

握りしめられた季白の拳が、怒りに震える。

「わたしは確信しました。この小娘は敵に間違いありませんっ！」

「お前は……っ！　明珠を試すために、囮《おとり》にして危険な目に遭わせたのか!?　もし遼淵《りょうえん》が通りかからなければ、明珠を喪《うしな》っていたかもしれんのだぞっ!?　たったひとりの解呪の手掛かりを——っ！」

「それこそが、何かの罠《わな》やもしれませんっ！」

「ちょっ、ちょっと待ってください！」

聞き逃せない単語を耳にして、激しく言い争う主従の間に、膝立ちのまま思わず割って入る。

「い、いま、遼淵って……？　それってまさか……っ!?」

「通りすがりに御助力くださったのは、遼淵殿だよ。蚕家《さんけ》当主の」

張宇が小さな声で教えてくれる。

「え……、えええぇぇぇ——っ！」

部屋を震わせるほど大音量を放った明珠に、思わずといった態《てい》で英翔と季白が口をつぐむ。

「あの方がご当主様っ!?　え……っ？　で、でも、どう見ても張宇さんや季白さんと同じお年か少し上くらいで……。えぇ——っ!?」

ちらりと見ただけだが、子どものように笑う遼淵は、どうひいき目に見ても明珠や英翔、清陣《せいじん》の父親には見えなかった。若い。若すぎる。

「明珠……。遼淵殿は非常にお若く見えるが……。実際は、御年四十一歳だ……」

なぜだか申し訳なさそうな顔で、張宇がそっと告げる。

「えぇ――っ!?」

(じゃあ、あれ……。ううん、あの方が、私の実の父さん……!?)

想像していた父親像とのあまりの落差に、ふたたび叫び声が出る。

「今は遼淵などどうでもよい!」

苛々《いらいら》と吐き捨てたのは英翔だ。乱暴に腕を引かれて、両膝立ちの明珠はよろめく。

「明珠が禁呪を解く唯一の手がかりであるという事実は揺るがん！　明珠に手を出すことは、わたしに刃《やいば》を向けることと知れっ！」

英翔の小さな手が明珠の顎を摑む。とっさに明珠は身をよじって逃げようとした。

が、英翔の手は、少年とは思えないほど力強い。

「英翔様っ!?　なぜその小娘を庇われるのですか!?　その者は敵です！」

「違います！　私は決して英翔様の敵では……っ！」

「厚顔も甚だしいっ！　何の証拠があってそう言うのです!?」

「それ、は……、ちょっと英翔様!?　お待ちください！」

言い争う明珠と季白を無視し、顎を摑んだ英翔が面輪を寄せてこようとする。必死に押し返そうとするが、立っている英翔と両膝立ちの明珠では、高さがある分、英翔が優位だ。季白も割って入るが、英翔は止まらない。

「そうです！　小娘に近づくなど危険ですっ！」

「英翔様っ！　いま元の姿に戻る必要なんてありませんよねっ!?」

「少年のままでは、お前達にいいように隠し事をされるとわかったからな。元の姿になれば、そうそう後《おく》れは取らん」

三人入り乱れてのもみ合いになる。

「きゃ……っ」

膝で英翔の足を踏んづけそうになり、避《よ》けようとして体勢を崩す。摑んでいた明珠もろとも体勢を崩した英翔を季白が支えようとするが、英翔が季白の手を振り払う。

尻もちをついた明珠の視界に、英翔の整った面輪が迫る。

「あの……っ!?」

上げようとした手を、英翔に摑まれる。

「次に主《あるじ》に許可なく《眠蟲《みんちゅう》》を喚《よ》んでみろ。減給するぞ」

「っ！」

減給の二文字に思わず息が詰まる。が。

「だめです！　ほんとにだめなんですっ！」

必死で英翔を押し返す。だめだ。押し負けそうだ。

「無駄な抵抗はよせ」

「だめですっ、く、くくくく……、とにかくいけませんっ！　だって――私と英翔様は、兄妹《きょうだい》なんですからっ！」

「…………は？」

部屋の空気が固まる。

ややあって。

「……つくなら、もっとましな嘘《うそ》をつけ」

明珠から顔を離した英翔が、呆《あき》れ果てた様子で呟《つぶや》く。

「くちづけが嫌なら、嫌だとはっきり言われたほうが、よほどましだ」

「嘘じゃありませんっ！　本当に……っ！」

泥水を飲んだような英翔の苦い声。傷ついたような表情に、明珠の胸まで錐《きり》を刺されたようにずきりと痛くなる。

だが、英翔が真実を知らぬのなら、明珠から言うしかない。どうして今まで黙っていたのかと叱責されるかもしれないと震えながら、それでも必死に言い返す。

明珠の様子に、英翔の愛らしい面輪が駄々《だだ》をこねる子どもを前にした時のような表情になる。困り果てた様子で、英翔が立ち上がった季白にちらりと視線を向けた。

「……季白。明珠がわたしの腹違いの妹である可能性は？」

「大海の水一滴ほどもありませんね。皆無です」

無表情の季白が、冷ややかに即答する。

「だ、そうだ。お前が妹など……。ありえん」

明珠から視線を逸《そ》らした英翔の声は苦い。

英翔と季白が、何を根拠に断言するのか、明珠にはまったくわからない。だが、納得できるはずがない。明珠も立ち上がり、抗弁する。

「そんなことありませんっ！　だって、現に私がここにいるじゃないですか！　私と英翔様は腹違いの兄妹で……っ！」

「何を勘違いしているのかは知らんが、そんな事態はありえん。……わたしに流れる父の血は、完全に管理されているからな」

「管理っ!?　じゃあ、私の母さんが嘘をついていたとでもおっしゃるんですか!?　私の実の父は、蚕遼淵様だと母が――」

「待て！　いま何と言ったっ!?」

目を瞠《みは》った英翔が素早く反応する。

「お前の父親は、遼淵なのかっ!?」

「は、はい……っ」

英翔の勢いに気圧《けお》されて頷《うなず》く。いぶかしげな表情のまま英翔が呟いた。

「遼淵に娘がいると聞いた覚えはないが」

「……ご当主様は、何もご存じないと思います。母は私を身ごもってすぐ蚕家を出奔したそうですから……」

「――では、やはりお前とわたしは兄妹ではないな」

静かに言い切られた言葉に、目を見開く。

「な……っ!?　どうしてですかっ!?」

「わたしの父親は、蚕遼淵ではない」

「……え？」

明珠の目を見据え、きっぱりと告げられた言葉に呆《ほう》けた声が出る。今まで信じていたことを突然覆されて、理解が追いつかない。

「英翔様のお父様がご当主様じゃない……？　で、でも……っ。英翔様は、蚕家の跡取り争いでお命を狙われているんじゃ……っ!?」

呆然《ぼうぜん》と呟くと、英翔が困ったように口元を歪めた。

「命を狙われているのは確かだが、蚕家とは、一切関係がない。わたしに蚕家の血は一滴も流れていないのだからな」

というか、と英翔が形良い眉をひそめる。

「これほどくちづけを避けていたのは、兄妹だからという理由だけか？」

「そうですよ！　兄妹でなんて、人倫にもとりますっ！」

きっぱりと頷くと、英翔が安堵《あんど》したように愛らしい面輪に笑みを浮かべた。明珠の緊張まで一瞬ゆるんでしまいそうな柔らかな笑顔。

「ではもう、何の問題もないわけだ」

嬉《うれ》しげに告げた英翔がふたたび距離を詰めてくる。顎に伸ばされた手を明珠は必死に振り払った。

「待ってくださいっ！　兄妹じゃないって言われても納得できませんっ！　じゃあ、英翔様がお召しになっている蚕家の紋入りの護《まも》り絹《ぎぬ》は何ですかっ!?　それに、英翔様のお父様は、いったい何者なんですっ!?」

英翔が自分を騙《だま》すとは思えない。だが、英翔が兄でなければ、説明のつかないことが多すぎる。

それに……。兄妹であることは否定するくせに、なぜ、英翔はひたすらに自分の父親を隠そうとするのだろう。

明珠の詰問に、英翔がほんのわずかに表情を強張《こわば》らせる。

黒曜石の瞳に一瞬よぎったためらいを、明珠は見逃さなかった。

かっ、と怒りが胸を灼《や》く。

「──つまり、英翔様にとって、私は何ひとつ明かすに値しない人間ってことなんですね」

出た声は、自分でも驚くほどひび割れていた。

「違うっ！　そうではないっ！」

英翔が悲痛な声で否定する。傷ついたような表情に、胸がずきりと痛む。だが、それを塗り潰す怒りのほうが大きい。

「明──」

伸ばされた英翔の手を、反射的に振り払う。

ぱんっ、と乾いた音が鳴った次の瞬間、明珠は季白に手首を摑まれていた。遠慮容赦のない力に、思わず呻《うめ》き声《ごえ》が洩《も》れる。

「もう我慢なりませんっ！　英翔様に止められていたゆえ、今まで小娘の目に余る不敬な行動の数々を許容してきましたが、忍耐の限界ですっ！　英翔様のお手を振り払うなど、言語道断っ！　本来ならば、同じ空気を吸うことすら不遜な御方《おかた》なのですよ!?　この御方は──」

「季白っ！」

英翔の制止を振り切り、季白が告げる。

「この御方は、龍華国《りゅうかこく》の第二皇子、龍翔《りゅうしょう》様であらせられますっ！　控えなさいっ、小娘がっ！」

『龍翔』の名に、弾《はじ》かれたように張宇が片膝をつき、臣下の礼をとる。それを、明珠は視界の端で呆然と捉えていた。

「………………へ？」

かすれ、呆けた声が出る。

季白の声は耳に入った――。だが、内容が頭へ届かない。

いま季白は、なんと？

英翔の本当の名前は『龍翔』で、それればかりか第二皇子というとんでもない身分で……。

「……え？　えぇっ!?　えええぇぇぇぇぇ～っ!?」

突然、大絶叫を響き渡らせた明珠に、手を放した季白が眉をひそめる。が、それどころではない。

「え、ええええ英翔様が、皇子様……っ!?」

驚きのあまり、かくんと腰が抜ける。

「明珠っ！」

あわてた声を上げた英翔が、へたり込んだ明珠に視線を合わせるように片膝をついて覗《のぞ》き込む。

決まり悪そうな表情を浮かべた面輪は、少女と見まごうほど愛らしく気品にあふれていて、皇子だと言われたら、すとんと腑《ふ》に落ちてしまう。

けれど、感情が納得するのと頭が理解するのは別物だ。

魅入られたように愛らしい面輪を見つめていると、英翔が困ったように眉を寄せた。

「明珠……」

小さな手のひらがそっと明珠の頬《ほお》にふれた、その時。

「やっほー、愛《いと》しの君♪　キミが戻ってくる前に野暮用《やぼよう》を済ませておこうと思ったら、秀洞《しゅうどう》に長々と捕まっちゃってさぁ。悪いけど、《風乗蟲《ふうじょうちゅう》》で、本邸までご足労願うよ」

突然、露台から聞こえた能天気な声に、四人ともが息を呑《の》む。

一番早く反応したのは張宇だ。足早に露台に続く扉へ歩み寄り、硝子《がらす》がはめられた扉を開け放つ。

広い露台を埋めるようにいたのは、先ほど迎えに来た英翔が乗っていた巨大な蟲《むし》だ。

その頭には、ころんと丸い形の小さな虫、《伝蟲《でんちゅう》》が止まり、遼淵の声を響かせていた。《伝蟲》は離れた場所の声を届けることのできる蟲だが、こちらの声は相手には届かない。一方的に聞くだけだ。

互いにやりとりするための《互伝蟲《ごでんちゅう》》という蟲もいるのだが、こちらは『蟲語《むしご》』でしかやりとりができない上に、扱いが非常に難しい。

沈黙が落ちた室内に、遼淵の声だけが朗々と響く。

「もー。愛しの君に早く会いたい一心で王城から風乗蟲で帰ってきたっていうのに、キミったらお預けを食らわせるんだから。ワタシは我慢の限界だよ。来てくれないんなら、無理矢理《むりやり》さらっちゃうからね♪」

どこまでも場にそぐわぬ能天気な声で、遼淵がとんでもないことをさらりと言う。

（……あれ？　英翔様ってものすごく身分が高い御方なのに……。ご当主様は第二皇子様だということをご存じないのかしら……？）

遼淵の言葉は、とてもではないが第二皇子に対するものとは思えない。

呆気《あっけ》にとられていると、英翔に手を握られた。

「行くぞ。……お前がいないと、話にならん」

「えっ？　あの……っ？」

英翔に手を引かれるままに歩き出す。明珠を振り返った英翔の目には、優しい光が宿っていた。

「遼淵がいつ王都から帰ってくるか気にしていたものな。……会いたいのだろう？　実の父親に」

「そ、それは……っ」

『娘がこんなに困窮しているんだ。実の親として、少しくらい援助してくれたって、罰は当たらないだろう』

義父である寒節《かんせつ》の言葉が脳裏に甦《よみがえ》り、足枷《あしかせ》をつけられたように歩みが重くなる。

蚕家に奉公に来て以来、遼淵に会ってみたいと願っていた。だが、今まで言葉を交わすことはおろか、顔も見たことのない父親に会って、何を話せばいいのだろう。

あなたの娘は借金に苦しんでいるんです、助けてくださいと？　だめだ。会ってすぐにそんなこと、言えるわけがない。

けれど……。ひと目会って、言葉を交わしてみたい。

「それに……」

英翔がわずかに視線を伏せて言《い》い淀《よど》む。

「お前の水晶玉を、遼淵に見せねばならん」

「……そう、ですね……」

なぜだろう。実の父親に会える喜びよりも、英翔の言葉に、心がずきりと痛くなる。

露台に出て英翔と《風乗蟲》にまたがった途端、風乗蟲が巨大な羽をはためかせ、宙に浮く。混乱する明珠の心が形をとったかのように、強い風が髪や衣をはためかせる。

歩けばそこそこの距離だが、蚕家の林の上を一直線に飛べば、本邸まではあっという間だ。

《風乗蟲》が止まったのは、本邸の最上階にある露台だった。朱に塗られた欄干には、細かな装飾が施され、諸所に埋め込まれた金の飾りが、陽光を反射してきらめいている。

待ち構えていたように露台の扉を開け放って出てきたのは、遼淵だ。

第一印象のとおり、年齢を聞いた今でも、遼淵はどう見ても二十代後半、よくて三十歳過ぎにしか見えない。英翔に駆け寄ってくる姿は、まるでおもちゃを見つけた子どものようだ。きらきらと瞳が輝いている。

「会いたかったよ〜っ！　愛しの君！　すまないね、わざわざ来てもらって」

少年姿の英翔に抱きついた遼淵は、そのまま英翔を抱き上げ、くるくると回り出す。

「やめろっ！」

虚をつかれた英翔が、あわてた声を上げる。まさか抱き上げてくるくるされるとは、予想だにしていなかったのだろう。

「下ろせ！　遼淵、お前に紹介したい娘が……っ！」

「娘？　このコ、女の子だったのかい？」

遼淵の言葉に、明珠は自分がいまだに男物の着物を着ていたことに気づく。襲撃のあと着替える暇などなかったため、汚れてよれよれで、みっともないことこの上ない。

急《せ》かされたとはいえ、せめてもう少しましな格好をしてくればよかったと、悔やんだ瞬間。

「どうでもいいよ、こんなコ。ワタシが興味があるのは、キミだけなんだからさ♪」

明珠を見もせず言い捨てた遼淵の言葉が、刃のようにざっくりと胸に突き刺さる。

当然だ。遼淵にとって、明珠など顔も見たことのない一介の侍女にすぎない。

「この娘は……っ！　おいっ！　いい加減放せっ！」

遠慮のない様子で遼淵を蹴りつけた英翔が、腕を振りほどいて露台に下りる。

英翔に腕を引かれ、遼淵の前に引き出された。

「遼淵。この者は、お前の娘だ」

英翔が、厳かに告げる。明珠は不安を隠せず遼淵を見つめた。

だが、遼淵の様子は変わらない。若々しい顔に、にこやかな笑みを浮かべ。

「で？」

「っ！　お前……っ！」

「いやぁ、娘って言われてもねぇ。身に覚えもないのに、ナンでか時々、息子だの娘だのが現れるんだよねぇ～。興味なんてないよ、そんなの。ワタシがいま夢中なのは、愛しの君、キミだけさ！」

笑顔で断言しふたたび抱きつこうとした遼淵の腕を、英翔がひらりとかわす。

明珠は石になったように立ち尽くしていた。

……頭が動かない。

さっき英翔の正体を知った時と同じだ。言葉だけが、耳を通り過ぎていく。

地面に沈んでいくような感覚に囚《とら》われ、縋《すが》るものを探して、無意識に守り袋を握りしめる。

「遼淵、貴様……っ！　これでも同じことが言えるのか!?」

苛立った英翔の声と同時に、ぐいっと腕を引かれる。

唇にふれる、柔らかなもの。

「っ⁉」

息を呑んだのは、自分か、それとも遼淵か。

「なんだいそれっ⁉　あれほど強力な禁呪が一瞬で解呪されるなんて……⁉　よく見せてくれっ！」

遼淵が、明珠を押しのけるようにして、青年姿に戻った英翔に取り縋る。

「遼淵っ！　お前は――っ！」

英翔が遼淵を引きはがそうとする。それより早く。

「ひどいですっ！」

青年姿の英翔の長身を、明珠は思わず突き飛ばしていた。

「急にこんな……っ！　と……、ご当主様の目の前でっ！　英翔様の破廉恥っ！　私の力だけが必要なら、最初からそうおっしゃってくれればいいじゃないですかっ！　期待なんて、させないでくださいっ！」

目頭が熱い。感情が沸騰して爆発しそうだ。

涙腺が壊れたように目からあふれ続ける涙をぬぐいもせずに、駆け出す。

露台の扉を押し開け、豪奢《ごうしゃ》な部屋の中を突っ切り。

「明珠っ！」

英翔の呼びかけを無視し、乱暴に扉を開け放って廊下に飛び出す。

もうだめだ。心の許容量はとっくに上限を突破している。

きっとこれは悪い夢に違いない。

どこからだろう？　刺客に襲われた時から？　英翔の本当の身分を聞いた時から？　実の父に「どうでもいい」と言われた時から？

《眠蟲》を喚び出した時に、自分も一緒に眠ってしまったのだ。きっとそうだ。そうならいい。

そうすれば――。

目覚めさえすれば、混乱の極みのこの中から、抜け出せるに違いない。

「明珠っ！」

扉の向こうへと消えた華奢《きゃしゃ》な背中を追おうとして、英翔は遼淵に阻まれた。

「どこに行くのさ、愛しの君。ワタシの願いを叶《かな》えてくれるんじゃなかったのかい？」

「どけっ！」

離れようとしない遼淵を無理矢理引きはがす。怒りに突き動かされるままに、青年に戻ったおかげで背を追い越した遼淵の胸ぐらを摑む。

「何だあの態度はっ!?　明珠がどんな気持ちでお前の娘だと明かしたと……っ!?」

怒鳴り、己の失策にようやく気づく。

そうだ。遼淵はこんな男だ。親子の情より、公務より、己の好奇心を優先させる男。

だからこそ、英翔も取引したのだから。

今回は、完全に英翔の失策だ。明珠に引き合わせるなら、もっと時と場所を選ぶべきだった。

遼淵の衣から手を放し明珠を追いかけようとする背に、楽しげな声が飛んでくる。

「そのお姿で行かれるのかな〜？」

「っ!?」

言われて、初めて気づく。

自分は蚕家《ここ》にはいないはずの人間だ。

宮廷術師を多く輩出《はいしゅつ》している蚕家の奥向きなら、英翔の顔と名前が一致する人物は数多くいる。そんなことにすら気づかないほど、動揺していた。

「よかったら、それでも使うかい？」

遼淵が笑って指し示したのは、壁の一画だ。そこには、演劇で使う仮面がいくつか掛けられている。そういえば、しばらく前に王都でも有名な劇団の看板女優が遼淵に言い寄っていたな、と埒《らち》もない噂《うわさ》が脳裏をよぎる。が、そんなことはどうでもいい。

色とりどりの仮面の中から一番簡素な、目元だけを隠す青く塗られた幽鬼の役を示す仮面を手に取り、英翔は振り返りもせず部屋を飛び出した。

❀　❀　❀

「ふっ、……くくくくくっ」

乱暴に扉が閉まった室内で、遼淵は腹の底からこみ上がる笑いを、抑えきれずに洩らした。

《風乗蟲》で急いで帰ってきた甲斐《かい》があった。こんなに心躍る事態に遭遇できるとは、予想だにしていなかった。

自分ですらいまだ解呪の方法が摑めていない禁呪への対抗手段を、先に見つけられているとは。

娘だと名乗った男装の少女を思う。

正直、まったく記憶にない顔だし、娘だと言われても一片の感慨すら湧かない。

英翔に言った内容は、掛け値なしの本心だ。

年にひとりは、遼淵の息子だの娘だのが現れる。大抵は未熟な術師の卵なのだが、いったい何を考えているのか、遼淵にはさっぱり意味がわからない。身に覚えなどないというのに……。

「……あ」

いや、ひとりだけいる。遠い過去の甘やかな記憶の──。

「……麗珠《れいじゅ》？」

かつて愛し──。そして失った女人の名が、口をついて出る。

もう、十数年も呼んだ記憶のない名。

言われてみれば、顔立ちは似ていないこともなかった。だが、纏《まと》う雰囲気が麗珠とは違い過ぎる。

（……泣きそうになった顔は、少し似ていた、かな……？）

遼淵は布張りの椅子にゆったりと腰かける。

あの娘が麗珠の娘であろうと、なかろうと。

英翔の解呪に関わってくるというのなら。

「欲しいな～♪」

遼淵は新しく増えた興味の対象に、くつくつと喉を鳴らした。

涙で周りがよく見えない。そもそも、ここがどこなのかまったくわからない。

無我夢中で廊下を走っていた明珠は、息切れして足を止めた。

涙が後から後からあふれてくる。何がこんなに哀《かな》しいのか、自分でももう、わからない。

うつむいた目から、ぽたぽたと涙がこぼれ落ちる。

嗚咽《おえつ》を洩らし立ち尽くしていると、不意に、近くで扉が開く音がした。

「いったい何の声だ？　面妖な……？」

いぶかしげな声を上げながら廊下へ出てきたのは、蚕家の嫡男である清陣だった。つい三日前、本邸に忍び込んだ際に絡まれ、張宇に助けられて逃げ出した相手だ。

廊下に出てきた清陣と目が合う。驚いたのは、明珠だけでなく清陣も同じらしかった。

「お前は……っ！」

つかつかと寄ってきた清陣に、乱暴に腕を摑まれる。

「来いっ！」

「あ、あの……っ!?」

引きずられるように清陣に連れていかれる。突き飛ばされて入ったのは、先ほど清陣が出てきた部屋だ。豪奢な家具に囲まれた部屋だが、むっとする酒の臭いがこもっている。清陣が吐く息も、酒の気配が濃い。

「このあいだの男は何者だっ⁉　離邸にはいま誰がいるっ⁉」

清陣が明珠の両肩を摑み、赤らんだ顔を寄せるようにして怒鳴る。驚きに目を瞠った拍子に、最後の涙がぽろりと頰にこぼれ落ちた。

なぜ、清陣が張宇や英翔のことを聞くのだろう。反射的に湧いた疑問に、わずかに思考力が戻る。

（英翔様……。ううん、季白さんは『龍翔様』と言っていた……。ということは、英翔という名前はきっと偽名なんだ……。刺客から身を隠すために、英翔様達が離邸にいるのだとしたら……）

清陣の問いに答えることなどできない。絶対に。

「な、何のことでしょう……？」

ごまかすには苦しいと思いつつ首をかしげると、乱暴に片襟を摑み上げられた。

「あ……っ」

襟元がはだけそうになり、思わず身をよじって胸元を押さえる。

が、それよりも早く、清陣がのしかかってきた。成人男性の重さにこらえきれず、尻もちをつく。

だが、清陣は離れるどころか、押し倒した明珠に馬乗りになってきた。

「何をなさるんですかっ⁉」

抵抗して振り上げた指先が、清陣の頰をかすめる。

痛みなど感じなかっただろうが、清陣の理性の糸が切れるには、それだけで十分だった。

「貴様っ！」

酒で濁った目に怒気を宿らせた清陣が、《縛蟲《ばくちゅう》》を召喚する。術師としての技量の高さを感心する余裕などなかった。両腕に巻きついた縛蟲に動きを封じられる。

「な、何を……っ!?」

明珠を痛めつけて英翔のことを無理やり聞き出すつもりなのか。

《縛蟲》を還《かえ》さなくてはと思うのに、恐怖と混乱で集中できない。力をこめても、しっかと巻きついた《縛蟲》はまったくゆるむ様子がなかった。

「放してくださいっ！　痛めつけられたって何も話しませんからっ！」

震えそうになるのをこらえ、きっ！　と清陣を睨み上げると、酔いが回った赤ら顔に嘲るような笑みが浮かんだ。

「三日前は自分からおれにすりよってきたくせに、ずいぶんな言いようじゃないか。侍女ごときがこのおれを虚仮《こけ》にしたんだ。ただで済むと思うなよ。じっくりとその身体《からだ》に聞いてやる」

清陣のまなざしに淀んだ熱が宿り、明珠は言いようのない悪寒に身体を震わせる。と、馬乗りになった清陣がのしかかってきた。

「いや……っ」

恐怖に突き動かされ、近づいてきた清陣の顔に反射的に肘を食らわせると、頬を張られた。

「つっ！」

涙で濡《ぬ》れていた頬が灼けるようにじんじんと痛む。が、抵抗をやめる気はない。

恐怖に鳴りそうな歯を嚙《か》みしめ、清陣を押しのけようと暴れる。幸い男物の服なので、裾がはだける心配はない。

「いったい何をする気なんですかっ!?　どいてくださいっ！」

足をばたつかせ、清陣を蹴り上げようとした瞬間。

「明珠っ！」

蹴破らんばかりの勢いで乱暴に扉が開けられる。

のしかかる清陣で姿は見えずとも、声だけで青年姿の英翔だとわかる。英翔が召喚したらしい《感気蟲《かんきちゅう》》が、ふわりと明珠の目の前をよぎった。

「貴様……っ！」

英翔の声が激昂にひび割れる。

「ぐっ」

清陣がくぐもった声を上げて、明珠から身を離す——いや、無理やり引き離される。

清陣の身体に巻きついているのは、淡く銀色に輝く蛇のように細長い《蟲》だ。昨日、短冊を燃やした時に見た蟲とそっくりだが、今日の方がずっと大きい。

英翔が床にへたり込んだままの明珠に駆け寄る。《縛蟲》に腕を縛られ、床に押し倒された明珠の姿を見た途端、仮面をつけている秀麗な面輪が刃を突き込まれたように歪《ゆが》んだ。

一瞬、明珠は英翔が泣き出すのではないかと本気で心配になる。

「えい——」

反射的に呼びそうになり、口をつぐむ。今の英翔は見たことのない青い仮面をつけている。ということは、名を呼ばないほうがいいのだろう。

英翔の姿を見るだけで、もう大丈夫だと無条件に信じられる。胸の奥から安堵があふれ出すと同時に、一緒に涙までこぼれそうになり、明珠はきゅっと唇を噛みしめた。

「明珠……っ」

感情を抑えつけたような声で名を紡いだ英翔が、まるで壊れものにふれるようにそっと明珠を横抱きにする。両腕に巻きついていた縛蟲は、英翔が「消えろ」と呟いただけで霧散していた。

包み込むように明珠を抱きしめた英翔がすっくと立ち上がる。

だが、清陣を振り向いた時には、秀麗な面輪に苛烈な怒気が宿っていた。

「どうしようもないろくでなしという噂は、事実だったらしいな」

侮蔑と怒りに満ちた声は、室内を凍りつかせるのに十分だった。矛先を向けられていない明珠ですら、そばにいるだけで威圧感に息が苦しくなる。

まるで、手負いの虎を目の前にしたようだ。喉がからからに渇く。

「き、貴様っ、何奴《なにやつ》……っ!?」

英翔を睨みつけた清陣の首を、銀色の蛇が締めあげる。

酒で赤らんだ顔が苦悶《くもん》に歪み、どす赤く変わっていく。ついに白目をむいた清陣が、どさりと床に倒れた。

「だ、だめですっ、これ以上は！　殺す気ですかっ!?」

床に倒れてもなおゆるむ気配のない戒めに、英翔の顔を仰ぎ見て訴える。だが、黒曜石の瞳を怒りで炯々《けいけい》と輝かせる英翔は、冷ややかに清陣を見下ろすだけだ。

「このような下郎、生きている価値もないだろう？」

仮面の奥の瞳に宿る苛烈な怒気を目の当たりにして、身体が震える。

が、自分のせいで英翔の手を汚させるなんて、絶対に嫌だ。

「罰を与えたければ自分でしますっ！　それに……。腐っても、腹違いの兄です」

息を呑んだ英翔が、唇を噛みしめ蛇を還す。

「……やはりお前は、人が好《よ》すぎる」

英翔の呟きは乱暴な足取りに紛れて、よく聞こえなかった。

明珠を横抱きにしたまま、英翔が部屋を出る。

「あ、あのっ、もう大丈夫です！　自分で歩けますからっ！」

英翔が来てくれた時は恐怖で身体が強張ってすぐに自力で立てる気がしなかったが、今はもう大丈夫だ。だが、明珠が訴えても、英翔は下ろしてくれる気配がない。

「あ、あの……っ」

口を開きかけ、まだ礼を言えていないと気づく。

「助けていただいて、本当にありがとうございました……っ！」

はだけかけた襟元をかき合わせて礼を言う。

清陣にのしかかられたことを思い出すだけで恐怖に身体が震え、服の上からぎゅっと守り袋を握りしめる。

ぎりっ、と英翔が奥歯を噛みしめる気配がした。と、やにわに手近な扉のひとつを開ける。

そこは、今は使われていない部屋らしかった。長椅子や卓など家具が置かれてはいるものの、すべての家具に埃《ほこり》よけの布がかけられている。

部屋に入った英翔が、布をかぶせられたままの長椅子にそっと明珠を下ろす。

続いて隣に座るかと思いきや、英翔が明珠の前の床にひざまずき。

「すまなかった」

深く頭を下げられ、明珠は心底驚いた。

「な……っ⁉　えぇぇっ⁉　どうして英翔様が謝られるんですかっ⁉」

「わたしの失策だ……。遼淵に娘だと告げるなら、もっと時機を見定めるべきだった。しかも、お前をひとりにしたせいで清陣などに……っ！」

こらえきれぬ怒りをぶつけるように、英翔が固く拳を握りしめる。青い仮面の上からでもわかるほど顔をしかめた英翔の声は、泥水を飲んだかのように苦い。

「さっきのは英翔様のせいじゃないですよっ！」

英翔にこんなつらそうな顔をさせたくなくて、明珠はあわてて口を開く。

「いきなり、見知らぬみすぼらしい侍女から娘ですなんて言われたら、ふつう誰だって疑いますもん！　ご当主様の反応は当然です！」

『どうでもいい』と一片の興味も持たずに告げた遼淵の言葉が甦り、胸が痛む。

だが、それよりも、もっとずっと痛かったのは。

「あ、あの……っ。本当にすみませんでした！　突き飛ばしてしまって……っ」

ぎゅっと膝の上で両手を握りしめ、身を縮めるように頭を下げる。と、拳をあたたかな手のひらに包まれた。

「頼むから謝ってくれるな。先ほどのわたしは、突き飛ばされて当然だ」

かぶりを振って視線を上げた英翔の表情が、顔を上げた明珠を見た瞬間凍りつく。

「つ⁉　その顔は……っ⁉」

「え？　あ、さっき清陣様に……」

赤みでも残っているのだろうか。清陣に張られた頬は、まだ少しじんじんしている。

告げると、仮面の奥の黒曜石の瞳が、先ほど見たのと同じ苛烈な怒気に彩られる。

「あの男……っ！　やはりさっき、縊《くび》り殺しておけば……っ！」

「え、英翔様っ⁉　なんてことをおっしゃるんですかっ⁉」

物騒すぎる発言に、思わず名を呼ぶと、白く骨が浮き出るほど拳を握りしめていた英翔が、我に返ったように拳をゆるめた。

長い指が、そっと明珠の頬に伸ばされる。涙で濡れたままの頬にあたたかな指先がふれ。

「《癒蟲《ゆちゅう》》」

英翔が召喚した癒蟲が明珠の頬に融《と》けるように消え、すぐに痛みを散らしてくれる。

「ありがとうございます。でも大丈夫ですよ、これくらい……」

「大丈夫なわけがあるか！」

ぺこりと頭を下げて礼を述べると即座に叱られた。

「わたしが不甲斐《ふがい》ないせいで、お前を恐ろしい目に遭わせた挙句、花の顔《かんばせ》に傷を負わせたなど、どれほど詫《わ》びても詫び足りん……っ！」

「も、もう謝ってくださったじゃないですかっ！　そんなこと、おっしゃらないでくださいっ！」

聞いている明珠のほうが胸が痛くなりそうな声音に、あわててぶんぶんとかぶりを振る。

「す、すみません……。お手を、濡らしてしまいましたね」

鏡を見ていないのでよくわからないが、大泣きしたのでとんでもなくひどい顔をしているに違いない。涙は止まっているものの、ぬぐう暇がなかったので、まだ濡れている気配がする。

だが、今は明珠よりも英翔だ。

清陣に絡まれたのは英翔のせいではないというのに、これほど真摯に詫びてもらっては申し訳ない。懐から出した手巾で、涙で濡れてしまった英翔の手をぬぐおうとすると、左手も摑まれた。

疑問に思う間もなく、英翔が腰を上げる。秀麗な面輪が間近に迫り。

「きゃ……っ」

反射的に目を閉じた明珠の頰に柔らかなものがふれる。

唇で涙を吸われているのだとわかった途端、恥ずかしさで気を失いそうになった。

「な、何をなさるんですか……っ!?」

押し返そうと思っても、両手をしっかりと摑まれていてかなわない。

せめてもと顔を背けるが、左手一本で明珠の両手を摑んだ英翔に右手で頰を包み込まれ、あえなく抵抗を封じられる。

ちゅ、ちゅ、とかすかな音が鳴るたび、恥ずかしさで顔が爆発するのではないかと思う。

だが、清陣の酒臭い息とは違う、英翔の高貴な香の薫りが揺蕩《たゆた》ってくるだけで、なぜか涙があふれそうなほど安堵する。

「え、英翔様……っ！」

けれど、このままではそのうち心臓が壊れてしまう。

懇願するように声を上げると、からかい混じりの声が返ってきた。

「涙を試そうと言ったのは、お前だろう？」

怒気の消えたいつもどおりの声にほっとする。

「そ、そうですけど、でも……っ」

くちづけも恥ずかしいが、これも十分恥ずかしい。心臓が壊れそうだ。

「……お前の頬が熱くて、唇が融けてしまいそうだ」

「え？」

熱くかすれた声が聞き取れず、顔を動かした拍子に冷たいものが頬にふれた。英翔がつけている陶器製の仮面だ。

「すまん。当たってしまったな。冷たかっただろう」

低い囁《ささや》き声で詫びた英翔が仮面を取る。

「い、いえ……。あの、その仮面は……？」

「遼淵に借りた。――この顔を、蚕家で晒《さら》すわけにはいかんのでな」

「ということは、今後も龍翔様とはお呼びしないほうがいいんですよね……？」

英翔が正体を隠す理由はまったくわからないが、その程度のことはさすがに推測がつく。確認のために尋ねて、明珠はようやく気づく。

果たして、今後があるのかと。

ようやく顔を離した英翔に、不安を隠さず問いかける。

「あ、あの……っ！　わ、私、不敬罪で死刑になるんでしょうか……っ!?」

「うん？　何を言っている？」

「だ、だって私、皇子様に今までさんざん失礼なことを……っ！」

話しているうちに、声だけでなくがくがく身体が震え出す。

龍華国の第二皇子。いま目の前にいるのは、本来なら直接拝謁することすら一生叶わぬ、雲の上の御方だ。

「すっ、すみませんっ！　お給金も特別手当も、全部お返ししますからっ！　どうかなにとぞ、家族に累《るい》を及ぼすことだけはお許しください……っ！」

がたたっ、と長椅子から下りて土下座しようとすると、床に膝立ちになった英翔に抱きとめられた。

「落ち着け。お前を死刑になどするわけがないだろう？　お前は、唯一の解呪の手立てなのだぞ？」

優しい声音で諭しながら、英翔があやすように背中を撫《な》でる。

「え？　あ……。そ、そうですよね……」

なぜだろう。ここは英翔の寛大さに感謝するところなのに、遼淵に『どうでもいい』と言われた時よりも、心が痛い。

「そういえば……」

英翔の身分に思い至ると同時に、清陣に詰問された内容を思い出す。

「さっき、清陣様に、英翔様や張宇さんのことを尋ねられたんです……っ。だ、大丈夫です！　何も話していませんから！」

「……もしや、手を上げられたのは話さなかったせいなのか？」

告げた瞬間、英翔の視線が凄《すご》みを増す。

「い、いえっ、これは抵抗した時に清陣様を怒らせてしまって……っ」

「あんな屑《くず》に敬称などいらん！」

吐き捨てた英翔が、明珠を抱き寄せた腕に力をこめる。

「すまぬ……。どれほど詫びても詫び足りぬ。お前を危険な目にばかり遭わせて……。すべてわたしの咎《とが》だ。お前には、何も知らせたくなかったというのに……」

腕の中の雛鳥《ひなどり》を守るかのように、英翔がぎゅっと明珠を抱きしめる。だが、明珠はそれどころではなかった。英翔の言葉に、目を瞠る。

「な……っ!? どうしてですかっ!? どうしてそんなことをおっしゃるんです!?」

言い返した声が湿る。

英翔の言葉が不可視の刃と化して、明珠の心を切り裂いている。

胸が痛くていたくて……。

さっき、あれほど泣いたというのに、また目が潤む。

自制しなければと理性が叫んでいるのに、あふれ出す感情と涙が、あっさり理性を突き崩す。

「私は解呪のための手段にすぎないからですかっ!? 季白さんや張宇さんと違って、解呪の役にしか立たないからですかっ!? それとも、信用されてないからですかっ!? だから――っ!」

「待て、明珠。何を言っている?」

身を離した英翔が、あわてた様子で問う。

戸惑いに満ちた秀麗な面輪が、にじんだ視界の中でぼやける。困り果てた様子で見つめ返す英翔の様子に、ただただ哀しくなる。

なぜ、わかってもらえないのだろう。

私は、この方を……っ！

あふれる涙もそのままに、ありったけの想《おも》いを込めて告げる。

「英翔様のことをもっとちゃんと知りたいんですっ！　私――っ！」

「明――」

「私だって、英翔様のお役に立ちたいんですっ！　私にできることなんて限られてますけど、それでも……。私ひとり何も知らされないままなんて、嫌ですっ！」

言い切った瞬間、息が詰まるほど強く抱き寄せられた。

英翔の手のひらが、壊れものを扱うように頬にふれる。下りてきた唇が、優しく涙を吸いとった。

「……お前は、涙でさえ甘いのだな」

「……？」

甘いと言いつつ、英翔の声は苦い。

「わたしは、お前を解呪のためだけの存在だと思ったことなど、一度もない」

もう一度、今度は優しく抱き寄せられる。

英翔の長い指先が乱れた髪を優しく梳《す》く。

あらわになった耳朶《じだ》に、低く、苦い声が届く。

「わたしは肩書こそ第二皇子だが……。母は没落貴族の出で、後宮での地位など無きに等しかった。現皇帝にはわたしを含めて息子が三人いるが、第一皇子の生母は有力貴族の娘、第三皇子の生母は皇后だ。宮中になんの後ろ盾もなく……。だが、代々、皇族の男子のみに受け継がれる《龍》の気だけは、三人の皇子の中で突出していると言われるわたしは、第一皇子と第三皇子、どちらの陣営にとっても、目の上の瘤《こぶ》なのだ」

英翔の言葉に息を呑む。問うた声は自分でも驚くほどに震えていた。

「そんな……っ！　そのせいで、英翔様は刺客に狙われているのですかっ!?」

明珠は政治のことはさっぱりわからない。英翔の命を狙っているのは、第一皇子と第三皇子のどちらの陣営なのだろう。

視線を上げた明珠が見たのは、英翔の苦い笑みだった。

「お前に深い事情を話したくなかった理由は、事情を知れば知るほど、お前も狙われる危険が増すためだ。わたしのせいでお前を危険な目に遭わせるなど、許せることではない。いや……」

英翔の秀麗な面輪が自嘲に歪む。

「わたしは怯《おび》えているのだ。わたしの事情を知って、自分がどれほど危ない橋を渡っているか理解すれば、お前がわたしのもとから逃げてしまうのではないかと……」

「逃げ出したりなんてしませんっ！　前に言ったではありませんか、一度引き受けた仕事を放り出したりなんてしません、と！」

間髪入れずに反論すると、黒曜石の瞳が咎めるように細くなる。

「あの時と今では事情が違う！　刺客は本気で動き出した。いつ命を狙われてもおかしくないのだぞっ!?　もし、お前が解呪の手かがりだと知られて狙われたら――っ！」

血を吐くように叫んだ英翔が、息が詰まるほど強く明珠を抱きしめる。

背中に回された英翔の手が、震えている。

明珠は順雪《じゅんせつ》にするように英翔の広い背中を優しく撫でた。

「大丈夫ですよ。刺客が一介の侍女など、気にするはずがありません。それに……。少しは術だって使えます。自分の身くらい、守れますから」

「敵を甘く見るなっ！」

顔を上げた英翔が、厳しい声で叱責する。真っ直《まっす》ぐなまなざしは、恐ろしいほど真剣だ。

英翔がこれほど叱るのは、心から明珠を心配してくれているからだ。

わかっていると伝えたくて、明珠は英翔と視線を合わせてこくりと頷く。

「もちろん、わかっております。侮る気など、少しもありません。でも……。私はどんな危険があろうとも、英翔様のお役に立ちたいんです」

きっぱりと、真っ直ぐ英翔を見上げて断言する。

「……なぜ、そこまでわたしに尽くそうとしてくれる？」

英翔のまなざしは、明珠の言葉が理解できぬと言いたげだ。明珠は小さく微笑《ほほえ》んだ。

「最初は、英翔様を弟だと思っていたからですけど……。たとえ兄妹でなくとも、私は、お仕えするなら、英翔様がいいんです」

英翔の黒曜石の瞳を見つめ、真摯な想いを乗せて告げる。

「私……。英翔様なら、きっと民草に優しい政《まつりごと》を行ってくださると信じていますから」

明珠は術師である母が生きていた頃の比較的裕福な暮らしも、母を亡くして貧乏になった今の困窮した暮らしも、どちらも知っている。いくつもの町や村を移り住んだことも。

だからこそ、町や村を治める役人の資質によって、日々の暮らしがどれほど変わってくるのか、実感として知っている。

まだ短いつきあいだが、英翔ならばきっと民のことを考えた政をしてくれるに違いない。

たったひとつの小石ほどの価値しかなくても、英翔を支える礎《いしずえ》の欠片《かけら》となれるなら、これほど嬉しいことはない。

仕えるなら、英翔がいい。英翔以外はもう、考えられない。考えたくない。

心からの信頼とともに告げると、英翔が虚をつかれたように目を瞠った。かと思うと秀麗な面輪にとろけるような柔らかな笑みが浮かぶ。

「お前という奴は……」

英翔のあたたかく大きな手のひらが、そっと頰を包み込む。

「？」

わけがわからぬうちに、優しくくちづけをされ。

「……えっ、英翔様っ!?　い、いま、く、くくく……っ、そのっ、する必要なんてありませんよねっ!?」

うろたえながら英翔を睨み上げると、甘やかな微笑みが返ってきた。

「お前が、甘すぎるのが悪い」

「なんですかそれっ!?　どうせ私は、脇も詰めも甘いんでしょうけど……っ。っていうか、あのっ、いい加減、放してください！」

ようやく今の状況を理解した途端、心臓が暴れ始める。

というか近い。近すぎる。

明珠の背中に回されたたくましい腕も、頰を包むあたたかな手のひらも、抱き寄せられた引き締まった胸元も。あまりに近すぎて、英翔の香の薫りに溺れてしまいそうだ。

「……ってあれ？　そういえば、ご当主様は……？」

明珠が逃げ出し、英翔が追ってきてくれたということは、遼淵は今、何をしているのだろう。

疑問を口にすると、英翔が不機嫌に吐き捨てた。

「お前を泣かせるような不届き者など、放っておけばよい」

「ちょっ!?　何をおっしゃるんですか!?　だめですよっ！　ご当主様はお忙しいんでしょう!?　お話をうかがえる機会に、ちゃんとうかがわなくては……っ！」

「真面目だな、明珠は」

「当たり前ですっ！　英翔様の解呪がかかっているんですから！」

拳を握りしめて力説すると、英翔が苦笑した。優しく頭を撫でられる。

「お前にそう言われては、戻らぬわけにはいかぬな」

仕方がなさそうに呟いた英翔が、脇に置いていた仮面をつけ直す。そこまではよかったのだが。

「ってあの、どうして抱き上げるんですかっ!?　もう自分で歩けます！」

ごく自然な動作で横抱きに抱き上げられ、明珠は度肝を抜かれた。

「こんなところを、他の人に見られたらどうするんですかっ!?」

扉を開けて廊下に出ようとする英翔に抗議し、足をばたつかせる。

今、廊下は無人なのでよいものの、仮面をつけていても美貌を隠し切れない英翔が男装の侍女を抱きかかえて歩いているなんて、誰がどう見ても尋常ではない光景だ。万が一見られたら、変な噂が立つに違いない。

明珠の抗議に、「仕方ないな」と吐息した英翔が下ろしてくれる。が、代わりとばかりに手をつたった。

「このくらい、かまわぬだろう？　今のわたしは幽鬼だ。誰も気に留《と》めん」

明珠の手を引いて歩みながら英翔が悪戯《いたずら》っぽい笑みを浮かべる。明珠はきょとんと首をかしげた。

「幽鬼って……。何ですか、それ？」

「知らんのか？　この青い仮面は、劇では幽鬼を表す仮面だ」

「すみません。演劇なんて、祭りの日に道端でやっている寸劇くらいしか、見たことがなくて……」

劇場の入場料はかなり高い。貧乏人の明珠には、いっときの娯楽に使える金など、逆立ちしたって出てこない。

「では、そのうち観《み》に行こう」

あっさり告げる英翔に、小さな頷きだけを返す。

第二皇子である英翔と観劇に行ける機会など、あるはずもない。そもそも、皇族は劇場で観劇するのだろうか。そこからして疑問だ。

「英翔様が観劇なさる際には、ぜひお供に選んでくださいね」

けれども、英翔の気遣いが嬉しくて、一歩先を行く長身を見上げて告げる。

仮面で目元が隠されていても英翔の涼やかな美貌は損なわれるどころか、神秘的な雰囲気をたたえている。ただ歩いているだけなのに気品を感じさせる所作は、国一番の人気劇団の看板俳優だと言っても、疑う者はいまい。

まるで、明珠のほうが物語の中に迷い込んでしまったようだ。

右手を握る英翔の大きく優しい手だけが、たったひとつのよすがのように感じて、明珠は思わずつないだ指先にきゅっと力をこめた。

❖　❖　❖

《風乗蟲》に乗って飛び去った英翔と明珠の姿が見えなくなるまで見送ってから、張宇は露台の扉を閉めた。

露台の扉は格子に高価な硝子がはめられていて、明珠が毎日綺麗《きれい》に拭いてくれているおかげで、外がよく見える。

張宇は、先ほどからずっと黙したままの同僚を振り返る。

英翔の叱責がよほどこたえたのか、季白は蒼白《そうはく》な顔でうつむき、握りしめた両の拳をぶるぶると震わせている。

何と声をかけて慰めればいいかと、張宇が悩んでいると。

「さすがは英翔様。わたしが一生仕えるべき主と見込んだ御方……っ！　少年のお姿なれども、あの圧倒的な威圧感……！　感服です……っ！」

「あ……、うん。よかった、な……？」

なんだろう。ここは季白の忠誠心を喜ぶべきところなのだろうが、あまりといえばあまりにいつもどおりな季白に、嘆息しか出てこない。心配した自分が愚かだった。

「……で。どうだったんだ？　明珠への疑いは晴れたのか？」

ひとつ吐息して気持ちを切り替え、問いかける。

季白は切れ長の目に冷え冷えとした敵意を込めて言い切った。

「真っ黒ですね」

「おいっ！」

断言した季白に、先ほどの英翔の激昂を思い返して、思わず咎める声が出る。

英翔の怒りは、矛先が張宇に向いているものでないと理解していても、身がすくむほどの苛烈さだった。

英翔の激しい怒りを真正面から受けてなお己の意見を覆そうとしない季白の、主の身を案じる献身ぶりは、恐れ入るしかない。

張宇自身も、英翔の身を守るためならどんな苦難も恐れはしない。が。

「どうする気だ？　英翔様直々に、『明珠に手を出すことは、わたしに刃を向けることと知れ』と言われてもまだ、明珠に手を出すつもりか？」

明珠に剣を突きつけている季白を見た時の驚愕《きょうがく》は、今も鮮明に思い出せる。

張宇の知る季白は、英翔の解呪の手がかりとなる人物をむざむざと殺すような男ではない。

よほど季白が精神的に追い詰められていたのか、それとも、季白が処断しようと思うほど、明珠が疑わしい行動をとったのか。

二人を知る張宇には、どちらも納得いかないが――。見た光景は事実だ。

「何としても禁呪を解呪なさりたいと願う英翔様の弱みにつけ込んで、我が身を守ろうとは……。まったくもって、許しがたい所業です」

季白が憤怒の形相で歯ぎしりする。

「……英翔様に免じて、表立って手を出すのは控えてあげましょう。今日のことも、英翔様の目を覚まさせるほどの、完全に敵とわかる証拠があるわけではありませんからね。まったく、尻尾《しっぽ》を出さぬ忌々しい小娘め……」

季白が固く拳を握りしめる。

「見ていなさい。明々白々な証拠を摑んだ暁には、極刑に処してやります！」

切れ長の目に冴《さ》え冴《ざ》えとした光を宿して宣言した季白の声音に、背筋どころか背骨まで凍る思いを感じながら、張宇は言わずにはいられなかった。

「……季白。お前のことだから、怒りで目がくらんで誤った判断を下すことなどないと信じているが……。くれぐれも、冷静に見極めろよ？　そもそも、明珠に出す尻尾がない可能性だってあるだろう？　少なくとも俺には、明珠が何か企《たくら》んでいるようには見えないが……」

言っても無駄と知りつつ、言わずにはいられない。

この同僚ときたら、こと崇拝する英翔に関わる事柄については、張宇の制止を振り切って暴走することもしばしばなのだから。

もうひとりの同僚である安理《あんり》がいない今、季白を止められるのは自分しかいないと、張宇は季白の切れ長の目をひたと見据え、強い声音で告げる。

「言っておくが、間違っても英翔様には疑念を悟られるなよ？」

季白が暴走したせいでこちらまで英翔の怒りを受けるなんて、御免こうむりたい。

だが、張宇のまなざしを受けても、季白の凄絶な笑みは崩れない。

「わたしの浅慮を英翔様が見抜かれたとしたら、それは英翔様のご慧眼《けいがん》が優れていたということ。むしろ、わたしの深い疑惑を知って、英翔様が小娘の幻惑から抜け出せるのなら、それに勝る事態はありません」

きっぱりと断言した季白に、張宇は諦めの息をつき、決意する。

少なくとも、蚕家にいる間、季白の暴走を止める役目は、自分が負わねばならないのだと。

脇目もふらず逃げたせいで、明珠は自分が屋敷のどこにいるのかさえわからない。見覚えのない無人の廊下を英翔に手を引かれながら進むと、ほどなくひときわ豪華な扉の前に着いた。

「入るぞ」

ひと声かけただけで、許可も待たずに英翔が扉を開ける。

「やあ、意外と遅かったね～。もう少ししたら、《感気蟲》だの《縛蟲》だのを放って、無理矢理、連行しようかと思ってたよ～♪」

卓についた遼淵が、にこやかな笑顔でとんでもないことを言う。笑う遼淵が手に持っているのは。

「……おい、何をしている？」

英翔が呆れ果てた声を出す。

卓の上に置いた格子状の虫籠に、遼淵はせっせと乾燥ワカメを詰めていた。

「あ、これ？　侍女に命じて用意させたんだよね～♪」

邃淵の返事は答えになっていない。

「……ご当主様って、英翔様の本当のご身分を、ご存じなんですよ、ね……？」

仮にも第二皇子である英翔に対して、あまりにざっくばらんすぎる邃淵の対応に、不安を覚えて問いかける。

「もちろんだ。そもそも、最初に刺客に襲われた際に、離邸に身を潜めるよう勧めたのは邃淵だからな。……わたしに協力すると、取引したのも」

「取引……、ですか？」

「そうだよ〜♪　愛しの君に協力する代わりに、《龍》について調べさせてもらうって！　すべての蟲の頂点に立つ崇高なる存在、《龍》！　不敬にあたるとして研究が禁じられている《龍》の調査ができるなんて……っ！　もうっ、たまんないよねっ！」

にこやかに——いっそ深淵を感じさせるほど楽しげに、邃淵が笑う。

若々しい顔には生気がみなぎり、瞳の輝きは宝石をちりばめたようだ。

明珠は、これほど無邪気に笑う大人を見たことがない。底抜けに明るくて無邪気なのに、どこかうすら寒いものを感じさせる笑顔。

（……英翔様のお味方みたいだし、当の英翔様も何もおっしゃらないし……。いいのかな、とりあえずは……）

「で、キミは麗珠の娘なんだよね？」

突然振り向いた邃淵に尋ねられ、心底驚く。

「えっ!?　そ、そのとおりですけど……？　私のこと、ご存じなんですか!?」

「ううん、知らないよ」

あっさりと遼淵がかぶりを振る。

「でも、心当たりがあったのを思い出してね。いやー、キミ、顔立ちは麗珠によく似てるけど、雰囲気はまったく違うんだもん！　ぱっと見じゃわからないよ！　麗珠が貴族の庭園で大切に育てられた芍薬《しゃくやく》だとしたら、キミは……。たくましい雑草って感じ？」

「おいっ！」

にこにことものすごく失礼なことを言う遼淵に、明珠の代わりとばかりに英翔が声を荒らげる。

「いいんです、英翔様。顔立ちは母さんに似てるけど、中身や雰囲気は全然似てなくてがさつだって、今までさんざん言われてきましたから……。慣れてます。それより……」

遼淵を見た視界が、わずかににじむ。

「母を覚えていてくださったことが、嬉しいです」

「忘れるわけがないよ！　麗珠ほど優秀な弟子は、後にも先にもいなかったからねっ！　でもそうか、麗珠がワタシの子を……。十八年前、突然出奔して行方《ゆくえ》知れずになったから、何事かと思ったものだけど……。水臭いなあ。子どもが生まれたんなら、そう教えてくれればよかったのに」

さばさばと告げる遼淵の声は残念そうな響きはあるものの、あまり情感は感じられない。

きっと急な出来事に戸惑っているのだろうと、明珠は亡き母に代わって事情を説明する。

「母は……。生まれてくる私が、蚕家の跡取り争いに巻き込まれないように身を隠したのだと、昔、話してくれました……」

「跡取り争い、か。まあ、確かに麗珠とワタシの子なら、優秀さは約束されたようなものだからね。

今からでも、清陣とすげ替えて――」

「ちょっ、ちょっと待ってくださいっ！　何をおっしゃるんですか!?　私はぜんぜん優秀じゃないですよ！　母さんにも、『術師を目指すのはやめたほうがいい』って言われたくらいで……っ！」

さらりととんでもないことを言う遼淵を、あわてて止める。

何だか、とてつもない誤解をされている気がする。

「そうなのかい？　でも、愛しの君の解呪には、キミが関わっているんだろう？　いったい、どんな方法で――」

「遼淵」

不意に、英翔が低い声で遼淵の言葉を遮る。

明珠より優に頭ひとつ高い英翔を振り仰ぐと、黒曜石の瞳に険しい光がたたえられていた。青い仮面はすでに外され、手の中に収まっている。

「何を企んでいる？　お前は、親子の情に動かされるような人間ではないだろう？」

つないだままの手を引いて明珠を引き寄せ、英翔が庇うように一歩踏み出す。遼淵を睨みつけるまなざしは刃のように鋭い。

「忘れるな。お前と取引をしたのは、あくまでわたしだ。明珠を研究材料にすることは、わたしが許さん！」

「えっ、でも……っ！」

英翔の陰から思わず身を乗り出す。

「英翔様の禁呪を解くための研究なんですよねっ!?　だったら、私だって協力します！　協力しない理由がありませんっ！」

告げた瞬間、ものすごい勢いで振り向いた英翔に痛いほど強く肩を摑まれる。明珠を見下ろす瞳には恐ろしいほど真剣な光が宿っていた。

「少しは考えて物を言えっ！　お前は自分を安売りしすぎだ！」

厳しい声に肩が震える。なぜ英翔がこれほど怒っているのか、わからない。

「す、すみません……っ。で、でも、私なんかでも英翔様のお役に立てることがあるなら、何だってしたくて……」

おずおずと返すと、英翔が虚をつかれたように息を吞んだ。

「まったくお前は……」

英翔が深い吐息をつく。だが、こぼれた声音は先ほどの厳しさが融けたかのように柔らかい。

「わたしのためを思って言ってくれるお前の心根は嬉しいことこの上ない。だが、わたしは自分の解呪のために、お前に無理を強いたくはないのだ。それだけは、しっかり覚えておいてくれ」

「は、はい……？」

告げられた言葉の意味を完全には理解できないまま、頷く。

だが、英翔が明珠を気遣ってくれていることは、はっきりわかる。一介の侍女を思いやってくれるなんて、なんと優しいのだろう。英翔が元に戻るためなら、何だってしようと、改めて心に誓う。

「と、とにかく！　私は蚕家の跡取り争いに加わる気なんて、これっぽっちもありませんからっ！ただその……。ご当主様に、娘だとお伝えしたかっただけで……」

本当は借金を何とかしてほしいのだが、さすがに今の状況では言えない。

せめて誤解だけは生まぬようにと、蚕家の跡取りに立候補する気など欠片もないことを宣言すると、遼淵が笑顔で頷いた。

「うん、認めた！　キミはワタシの娘だ！　たとえ血がつながってなくったって、キミなら娘にしていいよっ！」

ぱぁん！　と手を打ち合わせた遼淵にあっさり告げられ、面食らう。

何か不穏な言葉が混ざっていたような気がするのだが……。

だが、「どうでもいい」から「娘と認める」に変わったのだ。深くは突っ込まないことにする。

「あのっ、私、ご当主様に見ていただきたいものが……」

自分のことよりも大切な用件を思い出し、服の中にしまっていた守り袋を引っ張り出す。

中から丁寧に水晶玉を取り出した途端、椅子を蹴倒さんばかりの勢いで遼淵が立ち上がった。卓を乗り越えそうな勢いで、明珠に迫る。

「そ、その水晶玉は……っ!?　もしかして、《龍玉》かいっ!?　初めて見たよ！　もっとよく見せてくれっ！」

あまりの勢いに反射的にのけぞりそうになった背中を、英翔の大きな手が支えてくれる。あたたかな手の力強さに勇気づけられ、明珠はそっと水晶玉を遼淵に差し出した。

遼淵が「おぉぉ……っ！」と感極まった様子で水晶玉を手に取る。

「天へ舞い昇る《龍》が宿る珠《たま》……っ！　これぞ、伝承に謳《うた》われた、《龍》の幻の宝珠……っ！の割には、ちょっと小さすぎるみたいだけど」

震える声と指先で、水晶玉をためつすがめつしていた遼淵が、嚙みつくように尋ねる。

「明珠っ！　いったい、これをどこでどうやって手に入れたんだいっ!?」

らんらんと目を輝かせる遼淵は、入手方法さえわかれば、今すぐ自ら取りに行かんばかりだ。

「わ、私は知らないんです。これは母さんの形見で……」

「麗珠のっ!?」

「遼淵、少し落ち着け。明珠が言ったとおり、この水晶玉は麗珠のものだったそうだが、明珠は由来をまったく知らぬそうだ。わたしにかけられた禁呪を解くためには、この水晶玉が欠かせぬようでな。それで、お前なら何かわかるかと思って尋ねたのだが」

明珠の代わりに、英翔が簡潔に説明してくれる。

「これが解呪にっ!?　ますます興味深い……っ！」

「残念ながら、わたしと季白はこれが何かわからなかったのでな。お前なら、何か知っているのではないかと思ったのだが……」

「さすがのワタシでも、すぐにはわからないねぇ～。見たところ、伝承に謳われる《龍玉》に似てる気がするけど……」

遼淵が眉根を寄せる。

「龍玉って……。《龍》が描かれた絵で、よく手に持っている珠ですか？」

明珠の問いに、遼淵は「そうそう」と、水晶玉から視線も離さずに頷く。

「まるで、天へと舞い昇る《龍》のようなこの紋様！　加工した様子もまったくないし……。何より、この玉からは、ほんのかすかだけれど、《龍》の気を感じるよっ！」

遼淵の言葉に、英翔も同意する。

「ああ。わたしもこの水晶玉を握ると、どこか懐かしいような心地を覚える」

ひとまず落ち着いて席に着くようにと、英翔が遼淵と明珠を促す。

部屋の中央に置かれた卓を挟んで、一人がけの椅子に遼淵が、長椅子に明珠と英翔が並んで座る。

さすが蚕家の当主の部屋というべきか、綿入りの絹で布張りがされた椅子は、今まで明珠が座ったことのないふかふかの座り心地だった。

「この龍玉を麗珠がねえ……。少なくとも、ワタシは今日まで、この龍玉の存在を麗珠から知らされたことはなかったよ。知ってたら、絶対ぜったい調べまくってたに違いないからねっ！　ワタシが知らないとなると、麗珠が出奔した後に手に入れた可能性も出てくるけど……。どういった経緯で麗珠がこれを手に入れたのか、調べてみる必要がありそうだねぇ～♪」

今にも頬ずりしそうなうっとりとした表情で水晶玉を見つめ、撫で回していた遼淵が、やにわに「で？」と顔を上げる。

「この龍玉が解呪に関係してるって、どういうワケだいっ!?」

「それ、は……」

英翔との解呪のやりとりを思い出した途端、かあっ、と頬が熱くなる。

代わりに答えてくれたのは、またもや英翔だ。英翔はこれまでの元の姿に戻った経緯を、簡潔に説明していく。内容がくちづけのことに及ぶと、明珠はもう、うつむいてただただ身を縮めるしかなかった。

解呪のためと頭ではわかっているものの、いつどうやってくちづけしたかなんて話を、他の人に説明されては、心穏やかではいられない。

「いや～っ、興味深い話だねっ♪」

目を輝かせ、この上なく真剣な顔で説明を聞いていた遼淵がはずんだ声を上げる。

「愛しの君の推測は、合っていると思うよ～♪　この水晶玉に《龍》の気が宿っているのは、間違いないねっ♪　常人に、この力を引き出すのは不可能だろうけど……。明珠の解呪の特性が、それを可能にしているんだろう。どうやら、明珠の解呪の特性は、麗珠譲りらしいねっ♪」

明珠に視線を向けた遼淵が、にっこりと微笑む。

「やっぱり、母も解呪の特性を持っていたんですか……？」

英翔の部屋で灯籠の《光蟲《こうちゅう》》を還した時、同じことを言われたが実感がなかった。明珠にとって一番身近な術師は母で、母以外の術師はほとんど知らない。なので、英翔に指摘されるまで、母がふつうだと思っていたのだ。

明珠の言葉に遼淵が「あれ？」と首をかしげる。

「麗珠から、解呪の特性について聞いてないのかい？」

「は、はい……。私に『蟲招術《ちゅうしょうじゅつ》』の手ほどきをしてくれたのは母ですが、母からは解呪の特性については何も……」

それどころか、『ふつうの術師には向かない』とまで言われていたのだ。優れた術師だった母のことだから、早々に明珠の解呪の特性と、解呪の特性があるがゆえに《蟲》の召喚が苦手なことに気づき、そう告げた可能性も高いが。

「ふぅむ……。でも、キミが麗珠の娘なら、さっき林でワタシの《盾蟲《じゅんちゅう》》が還されたのにも納得だよっ！　ワタシの《蟲》をたやすく還すなんて、麗珠くらいしかできなかったもんねっ！」

悪気なく暴露した遼淵の言葉に、英翔の眉がぴくりと動く。

あわてて明珠は長椅子から床に下り、深々と土下座した。

「す、すみませんっ！　刺客を捕らえるのに失敗したのは、全部、私のせいなんですっ！」

「……どういうことだ？」

表情は見えないが、英翔の声の低さに背筋が震える。額を床にこすりつけたまま明珠はびくびくと説明した。

「その、禁呪使いに私の知らない《蟲》を放たれて、それをどうにかしたくて……。『消えて』って強く念じたら、季白さんが巻物から喚んでいた盾蟲や他の蟲まで全部消えてしまって……」

「そうそう。たった二人で、盾蟲の守りもなく取り囲まれていたから、どうしようかと思ってね。従者クンの顔には見覚えがあったから、とりあえず《雷電蟲《らいでんちゅう》》を喚んだけど、余計なお世話だったかな？」

「とんでもないことです！　ご当主様が通りかかってご助力くださらなかったら、どうなっていたことか……っ！　助けていただいて、本当にありがとうございましたっ！」

遼淵に向き直り、改めて深々と頭を下げると、不意に肩を強く摑んで引き起こされた。

明珠を見下ろす黒曜石の瞳に宿った苛烈な光を目にしただけで、聞かずとも英翔がとんでもなく怒っているのがわかる。

「本当に申し訳ありませんっ！　私のせいで季白さんの策を――」

「そんなことはどうでもよい！」

叩《たた》きつけるような怒声に、びくりと身体が震える。

「事情を知っていたら、迎えに行った時にもっと厳しく叱ったものを！」

英翔の叱責に、自分がどれほど心配をかけたのかを思い出し、いたたまれない気持ちになる。

「済んだ話を持ち出すのは好まんが、お前は無茶《むちゃ》をしすぎだ！　何より、お前が危険な目に遭っていた時、のうのうと眠りこけていた己に腹が立つ！」

「それは英翔様のせいじゃありません！　私が《眠蟲》で……」

「言い訳は聞かん！　お前はもう、私の目の届かぬところへ行くのは禁止だっ！」

横暴この上ないことを告げた英翔が、やにわに身を乗り出したかと思うと、床にいる明珠を抱き上げる。

「ひゃっ!?」

そのまま横抱きに英翔の膝の上に座らされ、明珠は悲鳴を上げた。

「な、何をなさるんですかっ!?　下ろしてくださいっ！」

「こうしておけば、お前が勝手な真似《まね》をすることもなかろう」

「そ、そういう問題じゃありませんっ！　こ、こんな風に抱き上げなくったって……っ！」

目の前には遼淵もいるというのに、恥ずかしすぎる。と、こらえきれない遼淵の笑い声が聞こえてきた。

「そうだねぇ〜。くわしい仕組みはこれから調べるほかないけど、明珠と龍玉が解呪の鍵になっているのは確かだからね♪　そばに置いておくのは、妙案だと思うよ♪」

「ちょっ、ご当主様……っ！　なんてことをおっしゃるんですか!?」

英翔の解呪のために努めるのは望むところだが、この状況は絶対に違うと思う。本人の意思を無視して勝手なことを言う遼淵に抗議の声を上げると、不満そうに唇を尖《とが》らせられた。

「つれないなあ。親子ってわかったんだから、『お父様』って呼んでくれていいんだよ♪」

「いえっ、それは余計な混乱を招くだけだと思うので、謹《つつし》んで辞退させてください！」

母の遺志を無視して、いまさら蚕家の跡取り問題に関わる気など、毛頭ない。

きっぱり告げると、遼淵は子どものように「ちぇーっ」と呟いた。

「明珠がそう言うんなら、とりあえずは引くけど。あっ、それより……。ワタシの推測では、愛しの君の状態は、コレだと思うんだよねっ！」

ずばーん！

遼淵が勢いよく明珠と英翔に差し出したのは。

「……乾燥ワカメ、ですか？」

先ほど遼淵が、乾燥ワカメをせっせと詰めていた虫籠だ。

つやつやぴかぴかの英翔が、どこをどう間違ったら、カサカサしわしわの乾燥ワカメになるのだろう。

「あの、すみません。おっしゃりたい意味が、全然わからないんですが……？　っていうか、英翔様っ！　このままではご当主様のお話を聞くどころではありませんっ！　お願いですから下ろしてくださいっ！」

身じろぎして抗議すると、仕方がなさそうに吐息した英翔がようやく腕をゆるめてくれた。

明珠が長椅子の端に座ると同時に、遼淵が「だから～」と、手に持った乾燥ワカメを一枚、ひらひらさせる。

「虫籠が、禁呪を表しているとするだろう？　愛しの君が少年の姿になった原因は、禁呪によって《龍》の気が封じられたか奪われたせいだと思うんだよね～。つまり、水分を《龍》の気だと考えると、ほとんどを失って、からっからの状態ってワケ♪」

遼淵が虫籠を軽く振る。細い木が格子状に木釘《きくぎ》で打たれた虫籠の中で、乾燥ワカメが乾いた音を立てた。

「正直、禁呪の正体は、まだ全然わかってないんだよねぇ～。ワタシの力をもってすれば、無理やり解くことも可能かもしれないけど……」

手に持っていた乾燥ワカメを放り込み蓋を閉めた遼淵が、小さな虫籠を両手で持って力を込める。

細い木枠が、みしり、と不吉な音を立てた。

「……中まで壊すワケには、いかないもんね♪」

あっさり告げられた言葉に、背筋に冷たい汗がにじむ。

禁呪を解くために、英翔自身に危険が及ぶかもしれない方法を採れるわけがない。本末転倒だ。

「で、この乾燥ワカメ状態だと、《蟲》は見えるものの、術は使えないし、どうしようもないんだけど……」

話を戻した遼淵が、今度は激しく虫籠を振る。

虫籠の八分目まで入れられている乾燥ワカメが中で暴れ回るが、格子の隙間が狭いため、飛び出しはしない。

「龍玉と明珠の解呪の特性で、一時的に元の姿に戻る理屈は、こういう原理だと思うんだよね～♪」

虫籠を卓の上に置いた遼淵が、突然、水差しの水を虫籠にぶっかける。

「わあっ!? 何をなさるんですか!?」

たぱー、と卓の上に広がった水を、明珠は懐から手巾を取り出して急いで拭く。

「いったい何を……?」

明珠が呆気に取られているうちに水を含んだ乾燥ワカメがあっという間にふやけて、格子の隙間からはみ出し始める。

「……つまり、わたしの身の中に、《龍》の気が流れ込むことによって、一時的に禁呪の隙間を突いている、と?」

虫籠を見つめていた英翔が、推論を述べる。

「たぶんね～♪ 禁呪が変化したのでなければ、考えられる可能性は、禁呪をかけられた対象である愛しの君自身の変化しか、考えられないかな～って♪」

遼淵が頷きを返す。

「なるほど……。外から破ることができないのであれば、内側から破ればいいというわけか」

「その方法があることは否定しないけど……。でも、実行するのは早計かな? 本当にその方法で完全な解呪ができるのか、検証も何もしていないし、禁呪を破るほどの《気》を一度にそそいで、身体にどれほどの負担がかかるかもわからないしねぇ～」

「つまり、もうしばらくは様子見ということか」

苛立たしげに英翔が呟く。一刻も早く禁呪を解きたいと願っているのは、英翔自身だろう。

遼淵には会えたが、推測が合っているだろうとわかっただけで、新しいことはまだ何も判明していない。英翔としては、もどかしい限りに違いない。

卓の上に広がった水を拭き、立ち上がったところで急に英翔の腕が伸びてきた。腰に英翔の腕が巻きついたかと思うと、ぐいと引き寄せられてたたらを踏む。

「あ、あの……っ？」

気がついた時には、先ほどと同じように英翔の膝の上に座らされていた。

「え、英翔様っ!?　下ろしてくださいっ！」

足をばたつかせて抗議するが、英翔の腕はゆるまない。

「遼淵の話は終わったようだし、かまわぬだろう？　様子見ということは、しばらくお前を離せんしな」

暴れる明珠にからかうように告げた英翔が、腕にますます力を込める。

「兄妹ではないとわかったのだ。もう何の問題もないだろう？」

「ありますよっ！　とりあえず、放してくださいっ！」

「ん？　兄妹ってなんだい？」

英翔の言葉に反応したのは遼淵だ。

なんでそこに食いつくのか。「何でもないですっ！」と返すより早く、英翔が口を開く。

「明珠が、つい先ほどまで、わたしのことを兄だと誤解していてな」

「ぶっ！」

吹き出した遼淵が、英翔とその膝に抱き上げられた明珠の顔を交互に見、もう一度、「ぶくくくくっ！」と吹き出す。

何をどう見て吹き出したのか問い詰めたいが、余計に恥をかきそうで突っ込めない。

「いやーっ、それはありえないでしょ！　愛しの君と明珠が兄妹って！　なんでまた、そんなオモシロイ勘違いをしたのさ？」

遼淵のにこやかな笑顔が心に突き刺さる。

「そ、その……っ。離邸で暮らしてらっしゃるってお話でしたし、何より、蚕家の紋付きの護り絹を着てらっしゃったので、てっきり蚕家のご子息だと……」

恥ずかしさにうつむいて、もごもごと呟く。

兄妹ではないとわかった今なら、明珠と英翔ではまったく顔立ちが似ていないし、そもそも、人格の高潔さとか気品とか優雅な身のこなしとか、さまざまな部分が英翔とまったく共通点がないと冷静に判断できる。だが、出逢《であ》った当初は、英翔が蚕家の子息でない可能性なんて、芥子粒《けしつぶ》ほども頭に浮かばなかったのだ。

「あ、あの、英翔様……。もしかして、私が腹違いの兄妹だと誤解したことを、かなり怒ってらっしゃいます？」

「うん？　なぜだ？」

明珠を抱えたまま、不思議そうに英翔が聞き返す。

「だ、だって……。さっきからお願いしているのに放してくださいませんし、私なんかと兄妹だと思われて、ご不快に感じてらっしゃるのかなと……」

「怒ってなどいないぞ」

苦笑した英翔が、仕方がないとばかりに手をゆるめる。明珠は素早く膝から飛び降りると、英翔から一番離れた長椅子の端っこに避難した。納得したような声を上げたのは遼淵だ。

「なるほど、蚕家の紋入りの護り絹ね。あれは、清陣のおさがりだよ。清陣は一人息子だったたし、他に着る者はいないからね。ちょうど丈の合うのがあったから、貸したんだ〜♪」

「清陣、か」

不意に英翔の声が低くなる。じわりと背中に冷たい汗がにじんだのは、先ほど襲われた恐怖を思い出したからか、それとも英翔の苛烈な怒りを思い出したからか、自分でも判断がつかない。

「遼淵。お前は本当に、あのろくでなしを蚕家の次期当主に据える気か？」

英翔の怒気を目の当たりにしても、遼淵の笑顔は崩れない。

「今のところはね〜。一応、あれでも術師としての腕はなかなかだし、清陣以外に子どもはいないから、他に選択肢はないし……。って、あ。できたか今」

「先ほど申し上げましたでしょう!?　私は蚕家の娘だと名乗りを上げる気は、これっぽちもありませんっ！」

遼淵に楽しげに視線を向けられ、ぶんぶんぶんぶんっ！　と千切れんばかりに首を横に振る。

ろくに《蟲》も喚び出せぬというのに、蚕家の跡取り問題に巻き込まれるのは、心の底からご遠慮願いたい。

「ま、ワタシは死ぬまで家督を譲る気はないし、ワタシが死んだ後の蚕家がどうなろうと、知ったことじゃないしね〜♪」

さらっと恐ろしいことを告げる遼淵に、ようやく彼の異質さを理解する。

遼淵にとっては、自分の興味や好奇心を満たすことが、唯一絶対の行動指針なのだ。

明珠とはあまりに異なる価値観を目の当たりにして、なんだか気が遠くなる心地がする。

午後から囮となって刺客に襲われたばかりか、英翔の正体を知り、遼淵と会い……。今日は、精神的にも身体的にも負荷がかかりすぎだ。

「さあ、蚕家の跡取りなんてどうでもいいじゃないか！　もうおあずけはいいだろう!?　愛しの君、そろそろ《龍》を見せておくれ！」

明珠の様子などおかまいなしに遼淵が目を輝かせて卓に乗り出す。軽く頷いた英翔が卓の上に手をかざした。

「《我がもとへ》」

英翔の召喚に応じて現れたのは、一尺ほどの長さの白銀に輝く細長い蛇だ。

いや、蛇ではない。小さいながらも角があり、背にはたてがみが生えている。細長い体の両側についているのは、二対の短い脚だ。

「こ、これって……っ!?」

昨夜、露台で英翔が喚んだモノは、これに違いない。先ほど、清陣に放ったモノも。

「やった――っ！　皇族の中でも限られた者しか召喚できない《龍》をまじまじと観察できるなんて、取引した甲斐があったねっ！　もう最高だよっ！」

遼淵が子どもみたいに無邪気な歓声を上げる。

ということは、やはりこれは《龍》なのだ。

「さわってもいいよねっ!?　さわっちゃうよ!?　いやもーっ、頬ずりして食べちゃいたいっ！」

やに下がった顔で「ほ～ら、よちよち、おいで～♪」と《龍》を撫で繰り回しているさまは、どう見てもアブナイ人にしか見えない。術師の頂点に立つ蚕家の当主だと言っても、信じる者はいないだろう。放っておいたら、本当に舐《な》め回しそうな気がする。

呆気にとられて英翔に視線をやると、凛々《りり》しい眉をひそめ、戸惑った表情をしているのに気がついた。遼淵に呆れているのかと思ったが、英翔の視線は遼淵に向けられてさえいない。

「どうかなさったんですか？」

声をかけると、「いや……」と英翔が己の手を見つめながら口を開いた。

「この姿に戻った時の長さが、まちまちな気がしてな……。この身に一時的に戻った《龍》の気が一定の値を下回ると、少年になってしまうのだと推測していたのだが……。今日は、二度も《龍》を召喚したにもかかわらず、まだこの姿を保っているのでな」

小首をかしげる英翔に、遼淵が同意する。

「ワタシの推測も愛しの君と同じだよ♪　っていうか、何か興味深い新事実が判明したのかい!?」

噛みつくように遼淵が問う。その首に襟巻《えりまき》のように巻かれているのは《龍》だ。

明珠には《龍》が考えていることなどわからないが、《龍》がすごく迷惑そうな顔をしているように感じるのは、気のせいだろうか。

「いや、たいしたことではない……。それにしても、増えたものだな」

英翔が視線をやった先は、大きな卓の端っこに追いやられた虫籠だ。時間が経《た》ち、今では格子の隙間からでろでろとワカメがはみ出している。

「ちゃんと水につけていたら、もっと嵩《かさ》が増しますよ。乾燥ワカメって、すごくよく水を吸うんですから」

きっと第二皇子である英翔は、乾燥ワカメを水で戻したところなど見たこともないのだろう。

「なるほど。乾いている分、流れ込んでくるものをあれほど甘く感じるのか……？」

「英翔様？」

「いや……。きっと、今回青年の姿を長く保っていられるのは、お前の涙ゆえだろうと思ってな」

「っ!?」

明珠に向けられた甘やかな笑みに、頰にくちづけされた時のことを思い出し、息を吞む。

が、息を吞んで目を瞠ったのは英翔も同じだった。

「どうしたっ!?　ひどい顔色だぞ!?」

「え……？　ひゃっ!?」

ずいっと身を乗り出した英翔が両手で明珠の頰を挟む。

言われてみれば、先ほどから少し頭がぼうっとしている気がする。想像の埒外《らちがい》の事態が立て続けに起こりすぎて、精神力を使い果たしたのだろうと思っていたが。

「だ、大丈夫ですよ。すぐによくなりますから……」

「そんな青い顔をしていて、大丈夫なわけがあるかっ！」

明珠の言葉を最後まで聞かず、英翔が立ち上がる。

ひょいと横抱きに抱えられ、明珠は大いにあわてた。

「ちょっ、英翔様っ!?」

「遼淵。離邸に戻る。その《龍》は、あと一刻は還らん。まだ用があるなら、お前が離邸に来い」

「やったぁっ♪　あと一刻も《龍》とふれあえるなんて、最高だねっ！」

明珠の声を無視して遼淵に言い捨てた英翔が、露台に出ていく。広い露台には、《風乗蟲》が、巨体を丸めるようにして待機していた。

明珠を横抱きにしたまま《風乗蟲》にまたがった英翔が、離邸まで飛べと命じる。大きな羽をはためかせた《風乗蟲》がふわりと浮き上がった。

強い風に着物の裾がはためくが、たくましい腕にしっかりと抱きしめられているので不安はない。というかむしろ、恥ずかしいのでもう少しゆるめてほしいくらいだ。

「あ、あの、私でしたら大丈夫ですからっ！　まだご当主様と、大切な話があったんじゃありませんか……っ？」

自分のせいで英翔と遼淵の邪魔をしてしまったのではないかと不安になって問うと、明珠を見下ろした英翔が呆れたように吐息した。

「それほど青い顔で大丈夫だと言われても、信じられるわけがないだろう。それに、遼淵は《龍》に夢中だ。しばらくまともな会話はできまい」

先ほどの遼淵の様子からすると、英翔の言うことはもっともな気がする。が、本当に英翔はいいのだろうか。

明珠が重ねて問いを口にするより早く、大きな手のひらに優しく頭を撫でられた。

「すまなかった。今日は心労が重なることばかりだったというのに……。もっと、お前の体調に気を配るべきだった」

「とんでもないですっ！　私が、勝手に無茶をしたんですから……っ」

ふるふるとかぶりを振っているうちに、あっという間に離邸に着く。《風乗蟲》が下りたのは、英翔の部屋の露台だ。離邸で露台があるほど立派な部屋は、この一室しかない。

「下ろしてくださいっ！　自分で歩けますからっ！」

《風乗蟲》に乗っている間は、暴れては危ないと思い大人しくしていたが、露台に下りたのなら、明珠も下ろしてほしい。

英翔は顔色が悪いと言うが、明珠自身は少し頭がぼうっとするくらいで、さほど不調を感じていないのだ。横抱きにされる理由はない。というか、恥ずかしいからやめてほしい。

「わたしが運んだほうが早い」

英翔はひと言のもとに却下すると、明珠の抗議を無視して大股で歩いていく。

廊下で待機していたのか、英翔が扉にふれるより早く張宇が扉を開ける。

「英翔様、おかえりなさ――」

英翔に抱きかかえられた明珠を見て、張宇が驚いたように目を瞠る。対して、張宇の隣に立つ季白が不快げに眉をひそめた。

が、英翔は従者達の様子に頓着した様子もなく歩を進める。英翔の行き先を見て取った張宇が、すかさず明珠の部屋の扉を開けた。

「邪魔するぞ」

断りを入れた英翔が勝手知ったる様子で進み、寝台に明珠を座らせる。

明珠が止めるより早く、屈んだ英翔が明珠の足から靴を脱がせた。

「新しい靴なのだな。それにしてはやけに地味な色だが……」

「そ、それは……。季白さんが、激しく動くかもしれないから、穴が空いて転ぶような靴では困る、と用意してくださって……」

「……今日の季白は、わたしの神経をこれでもかと逆撫でしているが、新しい靴を用意した点だけは、褒めてやってもいい。が、年頃の娘に履かせる色ではないだろう」

地味な茶色の靴は、年頃の娘にふさわしい色ではないかもしれないが、明珠にとって大切なのは、「ただで靴がもらえた」という点だ。季白の太っ腹には感謝するほかない。そもそも、男装のために用意された靴なのだから、地味なのは当然だ。

が、それを言った時の英翔の反応が恐ろしいので口をつぐんでおく。

あれほど激昂した英翔は、できればもう二度と見たくない。

「ともあれ、少し休め。今日はもう、何もしなくてよい」

「そんなわけにはいきませんっ」

あわてて寝台から下りようとすると、両肩を掴まれた。優しいが有無を言わさぬ力で布団に寝かされる。

秀麗な面輪に悪戯っぽい笑みを浮かべた英翔が身を屈める。服に焚《た》き染《し》められた香の薫りが、ふわりと鼻をくすぐり。

「独り寝が寂しかったら、一緒に寝てやってもよいぞ？」

「っ!?」

初日、少年姿の英翔に言われた提案。

その時は、単なる甘えん坊の言葉と思い、「英翔様ったら。もう独り寝で泣くようなお年じゃありませんでしょう？」と返したが。

一瞬で頬が火照《ほて》る。うまく言葉が出てこない。

魚のように口をぱくぱくさせていると、ふはっと英翔が吹き出した。

「冗談だ。今日のお前は、すでに一日分の働きをした。ひとまず、今はゆっくり休め。もし気が咎めるというのなら、明日からまた精を出せばいい」

柔らかな笑みを浮かべた英翔が、優しく髪を撫でる。

「何か不調を感じたら、すぐに言うのだぞ？」

英翔がそっと掛け布団をかけてくれる。

「ありがとうございます……」

できれば、今すぐ頭の上まで布団を引っ張り上げて、真っ赤になっているだろう顔を隠したい。が、それは英翔に失礼な気がする、
迷った末、顎のところまで布団を引き上げて礼を言うと、英翔がもう一度くしゃりと髪を撫でて背を向けた。

英翔が出てぱたりと静かに扉が閉まった途端、我知らず深い吐息がこぼれ出る。

自分では大丈夫だと思っていたが、どうやら緊張の連続で気が張っていたらしい。あたたかく柔らかな布団にくるまると、途端に眠気に襲われる。

今は何も考えずに、心地よい睡魔に身をゆだねてしまいたい。

怒涛《どとう》のように押し寄せてくる睡魔に、明珠は抗《あらが》うことなく意識を手放した。

夕方近く、昼寝から目覚め、いつものお仕着せに着替えて台所に向かった明珠を迎えたのは、張宇の驚いた声だった。

「明珠っ!?　もう起きていいのか？　夕飯の支度なら俺がするから、もっとゆっくり――」

「大丈夫ですよ！　ゆっくり休ませていただきましたから、もう平気ですっ！」

凛々しい面輪を心配そうにしかめて尋ねる張宇に、にっこりと笑って答える。

優しい張宇のことだ。きっと季白と明珠が出かけている間、ずっと心配してくれていたに違いない。そんな張宇の心にこれ以上、負担をかけたくなくて、明珠はできるだけ張りのある声を出した。

「明珠がそう言うのならいいが……。だが、本当に無茶をするんじゃないぞ。もし明珠に何かあれば、英翔様がひどくご自分を責められるに違いないからな」

「す、すみません……っ！」

どれほど英翔と張宇に心配をかけてしまったのか改めて思い知らされ、しゅんと身を縮めて詫びる。と、うつむいた頭を大きな手のひらで優しく撫でられた。

「謝ることはないさ。俺はその場にいられなかったけれど、明珠が英翔様のために必死に努力しただろうことはわかるよ。怖かっただろうに、よく頑張ったな」

「張宇さん……っ！」

心がほぐされるようなあたたかな手のひらと穏やかな声に、心の奥底に固まっていた冷たい塊が融けてゆくような心地がする。

安堵のあまり、じわりと涙がにじんだ途端、張宇が驚愕に目を瞠った。

「め、明珠っ!?　す、すまんっ！　何か意に染まぬことをやってしまったか!?　あっ、怖かったことを思い出させてしまったとかそういう――」

「ちっ、違うんです……っ」

あわてて目元を手の甲でぬぐいながら、ぷるぷるとかぶりを振る。

「た、確かにすごく怖かったですけれど……っ！　でも、張宇さんにそんな風に認めてもらえたのが嬉しくて……っ！」

泣きやまなくてはと思うのに、涙がどんどんあふれてくる。

本当は禁呪使いを捕まえそこなったことを謝るべきなのかもしれない。けれど、張宇にねぎらってもらえたことが嬉しくて仕方がない。

「明珠……」

よしよし、よしよしと小さい子どもにするように張宇が頭を撫で続けてくれる。すん、と鼻をすすったところで。

「張宇。先ほど明珠の声が聞こえた気がしたが……。おいっ、明珠!?」

台所の入り口から青年姿の英翔の声が聞こえたかと思うと、鋭く息を呑む音が続いた。

「どうしたっ!?　いったい何があった!?」

足早に入ってきた英翔が、ぐいと腕を引く。次の瞬間、明珠はぎゅっと抱きしめられていた。英翔の衣に焚き染められている香の薫りがふわりと揺蕩う。

「えええええ英翔様っ!?」

反射的に睨み上げると、こちらを見下ろす真っ直ぐなまなざしとぶつかった。真剣さに気圧されて反射的に口をつぐむ。

「なぜ、泣いている？　張宇に何か言われたのか？」

手のひらで明珠の頬を包み込んだ英翔の親指が、頬を伝う涙をそっとぬぐう。黒曜石の瞳にはあふれんばかりの気遣いがにじんでいた。

「張宇さんが……」

説明しようと張宇の名を口にした途端、英翔が鋭く張宇を睨みつけ、明珠はあわてて言を継ぐ。

「ち、違うんですっ！　ちゃんと最後まで聞いてくださいっ！　張宇さんが頑張ったと褒めてくださったんですっ！　それが、とても嬉しくて……っ！」

話すうちに張宇にねぎらってもらった時の胸の熱さを思い出して、ふたたび目が潤んでくる。と、不意に、秀麗な面輪が下りてきた。

ちゅ、と濡れた頬にくちづけられる。

「な、なななななさるんですか――っ!?　わぷっ！」

反射的に突き飛ばそうとするが、それよりも早くふたたびぎゅっと抱きしめられる。

「すまん……。確かにわたしはお前を叱ってばかりで、ねぎらってやれていなかったな。しかも、張宇はちゃんとお前を褒めたというのに……。不覚を取った」

自責の念に囚われた英翔の声は心の底から悔しげで、聞いている明珠まで胸が軋《きし》んでしまいそうになる。

「えぇっ!?　あのっ、謝っていただく必要なんてありませんからっ！」

「何を言う？　張宇に後《おく》れを取るとは……。主人失格だ」

「あの、英翔様。そこで俺に対抗意識を燃やされましても……」

苦笑混じりの張宇の声が聞こえたが、抱きしめられている明珠は答えるどころではない。

「あのっ、英翔が主人失格だなんてありえませんからっ！　それより放し――」

「ありがとう、明珠。お前には、どれほど感謝しても足りぬ」

「っ!?」

英翔の言葉が矢のように明珠の心を貫く。

真摯な声音に宿る熱が明珠にまでうつったかのように、胸の奥がじんと疼《うず》いて、不可視の熱い塊が喉へとこみ上げてくる。

嗚咽を洩らすまいと唇を引き結ぶと、代わりとばかりに涙があふれた。柔らかな微笑みを浮かべた秀麗な面輪がにじむ。

「……お前は涙もろいのだな」

甘やかな笑みを浮かべた英翔の面輪がふたたび下りてくる。

「ちょっ!?　あの……っ!?」

顔を背け、押し返そうとした瞬間。

「張宇！　こちらに英翔様は来ていませんか!?　明珠の声が聞こえたと出ていったきり、お戻りにならないのです！　明珠の部屋は無人でしたし、いったいどこで何を――」

台所の入り口から聞こえてきた季白の声に、英翔が動きを止める。同時に、季白も動きを止めた。

「英翔様っ!?」

目を瞠った季白に刃のような視線で睨みつけられ、明珠は心の中で「ひぃぃぃぃぃっ！」と悲鳴を上げる。

季白の圧が怖い。怖すぎる。

「え、英翔様っ！　お放しくださいっ！　季白さんがものすごい目で睨んでらっしゃるじゃないですかっ！」

「何を言う？　遼淵もしばらく様子見だと言っていただろう。ということは、こうして抱きしめていたほうがいいということだ」

「ご当主様はこんな風にしろだなんて、絶対におっしゃってなかったと思うんですけどっ!?」

大真面目な顔でとんでもないことを告げた英翔に思いっきり突っ込む。

本当に、なんてことを言い出すのだろう。明珠の心臓を壊す気だろうか。

「そんな……っ！　遼淵様までが……っ！」

愕然と唇をわななかせたのは季白だ。

「いえっ、違いますからねっ!?　あのっ、季白さ――んっ！」

季白には明珠の声は届いていないようだ。

「というか、英翔様っ！　いい加減お放しくださいっ！　このままでは、また気が遠くなりそうですっ！」

身をよじりながら叫ぶと、英翔の腕がぱっとほどかれた。

「す、すまんっ！　大丈夫か!?」

「へ、平気ですっ！　お放しいただければ、それで……っ！」

明珠を抱き上げようとする英翔をあわてて押しとどめる。

「それよりあのっ、夕飯の支度をしますから、英翔様と季白さんはもうしばらく書庫でお待ちくださいっ！　調べ物をなさっていたんでしょう⁉」

「なぜお前が支度する必要がある？　先ほど言っただろう？　今日はゆっくり休めと。支度は張宇に任せればよい」

「いえっ、そんなの張宇さんに申し訳ないですからっ！　それに、午後に出かけることがわかってましたし、夕飯の支度も昼間にほぼ済ませておきましたから！」

「では、すぐに支度できるというのなら、わたしがここにいてもかまわんだろう？」

季白の返事も待たずに、英翔が椅子に腰かける。

なんだか既視感があるのは、少年英翔とも似たようなやりとりをしたせいだろう。見た目は違っていても、やはり同じ人物なのだと妙に納得する。

仕方なく、明珠は張宇と一緒に夕食の支度を始めた。

❀　❀　❀

「そういえば、ずっと気になっていたんだが、その紙袋は何だ？」

英翔が尋ねたのは、食事が終わり、明珠と張宇が食器を片づけ始めた頃だった。

英翔が指し示したのは、卓の端っこに置かれたままになっていた、かなりよれた紙袋だ。

「これは、その……。英翔様と張宇さんへのおみやげにしようと思って、季白さんにお願いして、村で買ってもらったんです。でも……」

あわてて明珠が引き寄せようとするより早く、英翔の長い指先が紙袋を手に取る。

「お前がみやげを？　開けてもよいか？」

「だ、だめですっ！」

意外そうに目を瞬いたかと思うと嬉しげに口元をほころばせた英翔に、あわててかぶりを振る。

「その、懐に入れていたんですけれど、暴れちゃったのできっとぼろぼろに……っ！」

現に、紙袋は破れていないのが不思議なほどによれよれだ。買い出しから蚕家へ戻ってきた後、食材を台所に置いてすぐに英翔の部屋へ向かったので、卓に置きっぱなしにしてしまっていた。

「いったい、何を買ってきてくれたのだ？」

紙袋を軽く振った英翔が不思議そうな顔をする。しゃかしゃかと軽い音がしたが、見当がつかないのだろう。すかさず口を挟んだのは季白だ。

「英翔様がお気にされるようなものではございません。明珠が申したとおり、金子《きんす》を払ったのはわたしですし、たいしたものではない――」

「誰が金子を出したのかはどうでもよい。明珠がわざわざみやげを買ってきてくれたということが大切なのだ。で、これは何だ？」

季白の言葉をぴしゃりと封じた英翔が、期待に満ちた視線をよこす。たとえ青年姿であっても、こんな表情をした英翔をすげなく断れるわけがない。明珠は仕方なく口を開いた。

「買ってきたのは、胡桃《くるみ》黒糖です。胡桃に黒糖を絡めたお菓子で――」

「菓子なのかっ!?」

身を乗り出して食いついたのは甘党の張宇だ。

「英翔様っ！　明珠は『英翔様と俺に』と言っていましたよねっ!?　独り占めはしないでください

よっ!?」

「……お前は本当に、甘味《かんみ》のこととなると目の色が変わるな。主に献上しようという気はないのか?」

「菓子ならば話は別ですっ！」

呆れ顔の英翔に張宇がきっぱりと断言する。本当に甘味には目がないらしい。

「あ、あのでも、絶対ぼろぼろになっていると思うので……っ！　季白さんにも『こんなに見た目の悪いものを英翔様に食べさせる気ですか!?』と怒られたくらいですから、無理に召し上がらなくても……っ！」

必死で押しとどめようとするも、英翔と張宇はまったく聞く様子がない。

「別に崩れているからといって食えぬものではないのだろう？　張宇、小皿を持ってこい」

「はいっ、ただいま！」

阿吽《あうん》の呼吸で張宇が皿を差し出し、英翔が紙袋をひっくり返して中身を出す。

「ああ……っ、やっぱり……っ！」

明珠が予想していたとおり、胡桃黒糖はぼろぼろに崩れて細かな欠片になっていた。

「あのっ、英翔様っ、こんな状態ですから、無理に召し上がる必要は……っ」

「何を言う？　せっかくお前が買ってきてくれたみやげを食べぬわけがないだろう？」

英翔様の長い指先がひと欠片つまんだかと思うと、ひょいと口に放り込む。

「……うむ。この素朴な甘みと胡桃の食感はなかなか……」

「英翔様っ！　おひとりだけで味わわないでくださいっ！　明珠、俺もいただくよ」

真剣な面持ちで味わう英翔に続き、がたごとと英翔の隣に椅子を寄せた張宇も、欠片を口に入れる。

「うんっ！　これは美味《うま》い！　明珠、素敵なおみやげをありがとう」

張宇が心をほぐすような穏やかな笑みを浮かべる。

「おい。主のわたしより先に礼を言うな」

どすっ、と隣に座る張宇に遠慮のない肘鉄を食らわせた英翔が、斜め向かいに座る明珠に、柔らかな笑みを向ける。

「ありがとう、明珠。お前の優しさが何より嬉しい。甘さに、心が融ける心地がする」

「い、いえ……っ」

胡桃黒糖より何より、英翔の笑みのほうがもっとずっと甘い。

一瞬で頬に熱がのぼるのを感じながら、明珠はふるふるとかぶりを振った。


離邸の一階の廊下は、台所や食堂を除けば、等間隔に書庫の扉が並び、うっかりすると、どこが目的の部屋か迷いそうになる。

実際には、扉のひとつひとつに異なる装飾が施されており、慣れれば迷うことなどないのだが。

風呂から自室へ戻る途中、ひとつだけ薄く開いた書庫の扉から明かりが洩れているのに気がついて、明珠は首をかしげた。風呂に入る前には、全部の扉がちゃんと閉まっていたのだが。

英翔か季白が本を探しに来たのだろうか。

足早に通り過ぎようとすると、足音が聞こえていたのか、ちょうど扉の前に差しかかったところで、扉が大きく開いた。明珠は脱いで畳んだお仕着せを抱えていた腕に力を込めて身構える。

「ゆっくり湯につかれたか？」

出てきたのは一番風呂に入ってすでに夜着に着替えた青年姿の英翔だった。

「あ、はい。ありがとうございます。わざわざ温め直しまでしていただいて……」

廊下へ出てきたのが季白ではなく英翔だったので、ほっと息を吐き出して礼を述べる。

夕飯前に目覚めて以来、季白とは一度も直接言葉を交わしていない。季白は食事中も食べ終わっても、ずっとむっつりと黙ったままだった。季白が不機嫌なのはいつもどおりと言えばいつもどおりなのだが、今日は張宇や英翔と軽口を叩くことすらなかった。

非常時だったとはいえ季白に剣を突きつけられた恐怖は、心に生々しく残っている。

それだけ、明珠がとんでもない失態をやらかしたせいとも言えるが。

自業自得とはいえ、もう少し心に余裕ができるまで、季白と二人きりになるのは避けたい。明珠が怯えていると知ったら、季白だって気に病むだろう。

……いや、季白のことだ。「なぜわたしが小娘の機嫌を気にする必要があるんです？」くらい言い放ちそうな気もするが。

「まだ調子が悪いのか？」

明珠の表情が硬いことを敏感に察したらしい。英翔が心配そうに眉を寄せる。

ふるふるとかぶりを振って明珠はごまかそうと試みる。季白に隔意があると知れば、英翔は自分に咎がないにもかかわらず、明珠が囮になったことを悔むに違いない。

「その、急に扉が開いたので、びっくりして……。まだ、青年のお姿なんですね」

本邸から戻って以降、英翔と《気》のやりとりはしていない。というのに、もう四刻ほども青年姿のままだ。

「ああ、わたしも驚いている。どうやら、わたしに入った《気》の量によって、元の姿に戻れる時間が変動するようだな。長い時間、戻れるのはありがたい」

「そ、そうですね」

英翔がごまかされてくれたのはありがたいが、昼間のことが頭に甦ってしまって困る。騒ぎ出す心臓をなだめようと、明珠はあわてて別の話題を探した。

「そ、そういえば、おっしゃっていたとおりですね」

「うん？　何のことだ？」

不思議そうに首をかしげた英翔の面輪には、わずかに少年の面影が残っている。以前、風呂上がりに会った時のやりとりを思い出して、口元がほころぶ。明珠は笑顔で英翔の長身を見上げた。

「ちゃんと大きくなるって。おっしゃっていたとおりです」

「ああ、そのことか」

得心したように頷く英翔は、明珠よりも頭ひとつは高い。若樹を連想させるしなやかな身体つきは、枯れ枝のように痩せていた少年の姿からは、想像がつかないほどだ。

「わかっていた事実を言っただけだ。お前は相変わらずだな。そんな薄手の夜着一枚で……。まったく」

渋面を作った英翔が、羽織っていた上着を脱ぐ。

「？　別に寒くなんてありませんけど……？」

もう三月も半ばを過ぎた。夜でもほとんど寒くはない。遠慮しようとしたが、問答無用で上着を肩にかけられる。

「暑い寒いの問題ではない。若い娘が、薄手の夜着一枚でうろつくものではない」

しかめ面で言われた内容に、ようやく英翔の言いたいことを理解する。

かあっ、と頬が熱くなったのが自分でもわかった。簡素な薄手の夜着は、身体の線があらわだ。少年英翔を前にした時は全然恥ずかしくなどなかったのに、今は、すぐに逃げ出したいほど恥ずかしい。

「す、すみません。お見苦しいものを……」

抱えていた着物ごと、胸の前で上着をかき合わせて握りしめようとし――、絹の上着に変な皺《しわ》をつけては一大事だと、自制する。

「御用がなければ、失礼しますね」

一礼して去ろうとすると、呼び止められる。招き入れられたのは、先ほど英翔がいた書庫の中だ。

「お前を待っていたんだ。これを渡したくてな」

英翔が手近な卓の上に置いてあった小さな紙の包みを手に取り、明珠に渡す。手のひらにのるくらいの大きさだ。

「開けてみろ」

荷物を抱え直して折られた紙を開く。中に入っていたのは、色とりどりの飴玉《あめだま》だった。透き通った丸い飴はまるで宝玉のようで、高級品だと一目でわかる。

「今日のみやげの礼だ。それに、前に甘いものが好きだと言っていただろう？　今日は、いろいろなことがあって疲れただろうからな。甘いもので英気を養うといい」

「ありがとうございます！　でも、いいんですか？　こんな高そうな飴……」

不安になって問うと、英翔がゆったりとかぶりを振った。

「かまわん、気にするな。この程度たいしたものではない。張宇に分けてもらった飴だが、張宇も、お前にやるのなら喜んでと言っていたぞ」

「あ、張宇さんのなんですね！」

飴玉なんて、いったいどこから出てきたのかと思っていたが、元の持ち主が張宇なら納得だ。

「ありがとうございます！　いただきますっ！」

こんな綺麗な飴を自分ひとりで食べるなんてもったいない。お給金が出たら、実家に仕送りをする時に一緒に包んで送ろう。順雪も喜ぶに違いない。

「……もしかして、弟に送ってやろうなどと考えているのではないだろうな？」

明珠の心を読んだように英翔が言う。

「えっ、その、順雪にもと……」

もごもごと告げると、英翔が苦笑した。が、その笑みはどこか優しい。

「弟思いなのはよいが、張宇もお前のためにと譲ったのだ。お前が食べねば張宇も残念がるぞ」

英翔の黒曜石の瞳が、悪戯っぽい光をたたえる。

「遠慮するのなら、わたしが口に押し込んでやろう」

包みからひとつ飴玉をつまみ上げた英翔が、「ほら」と明珠の口の前に持ってくる。

「だ、大丈夫です！　自分で……っ、むぐ」

開いた口に、飴玉を押し込まれる。

優しい指先が唇をかすめる。力ずくで食べさせた英翔に抗議しようとしたが――。

「おいしいっ！　すごくおいしいですっ！」

飴玉の甘さに、はずんだ声が飛び出す。抗議の気持ちはどこかに飛んでいってしまった。

「そうか。お前が喜んでくれて、何よりだ」

嬉しそうに口元をほころばせた英翔が、

「……犬や猫を餌付けする者の気持ちがわかる気がする……」

と小声で呟く。

「順雪に送ってやりたいのなら、もう少し張宇からもらってやろう」

「お気遣いはありがたいのですが、大丈夫です。欲しかったら、自分でお代を払って張宇さんに分けてもらいますから」

ふるふるとかぶりを振って断る。

口の中でころころと飴玉を転がしていると、甘さに心がほどけていく気がする。

今日は、緊張と驚愕の連続だった。疲れた精神と身体を、甘味がじんわりと癒やしていく。

「……会いたいと言っていた遼淵は、どうだった？」

明珠の様子を眺めていた英翔が、静かに口を開く。

「遼淵は昔から変わり者だからな。己の好奇心を満たすためなら、どんな手段でも躊躇《ちゅうちょ》せん男だ。

幻滅したのではないか？」

そう告げる英翔の声には、苦笑と諦めが入り交じっている。

「とんでもないですっ！　母のことを覚えていてくださいましたし、急に現れた私を、娘だと認めてくださって……。感謝こそすれ、幻滅なんてしませんっ！」

「それならよいが……。忠告しておくが、遼淵に常識や親子の情といったものは期待するなよ？　するだけ無駄だ。もし、遼淵が何か無茶を言ってきたら、すぐにわたしに報告しろ。暴走しないように釘を刺す。お前は、取引には関わりないのだから」

「はあ……。ありがとうございます……？」

あいまいに礼を述べる。

確かに、遼淵は子どもみたいなところがあって、言動の予測がつかない。だが。

「まだ少ししかお話ししていませんけど、遼淵様は悪い方ではないように思います。私、もしかしたら、詐欺師と疑われて訴えられるかも、って心配していたくらいなんです！　でも、詐欺師呼ばわりするどころか娘と認めてくださって……っ！」

「お前に詐欺師は無理だ」

苦笑した英翔が、きっぱり断言する。

「お前は、動揺がすぐに顔に出るからな」

「ええっ？　そうですか？」

「ん？　自分では気づいてないのか？」

英翔が愉快そうに笑う。

「気づいていないのなら、今から確かめさせて――」

黒曜石の瞳が、ふたたび悪戯っぽくきらめく。本能的に危険な気配を感じて、明珠は一歩後ろに下がった。

「い、いいですっ、大丈夫ですっ！　もう夜も遅いので失礼します――っ！」

ぺこりと一礼し、明珠は逃げるように自室へ駆け戻った。

＊　＊　＊

「何だと……っ!?」

蚕家にほど近い林の中。獣道から少し離れたところに立てられた簡素な天幕の中で、黒衣の冥骸《めいがい》は偵察に出していた部下の報告に目をむいた。

「元の姿に戻った龍翔が、《風乗蟲》に乗っていただとっ!?　馬鹿な……っ！　わたしの術がそう簡単に解けるはずがないっ！」

だんっ！　と拳を振り下ろした簡素な卓が揺れ、部下の男が身体を震わせて頭《こうべ》を垂れる。が、冥骸は一顧だにしなかった。「ありえん！　ありえんありえん……っ！」と己に言い聞かせるように何度も呟く。

「あの禁呪は、《龍》の血脈まで使って、わたしが自ら練り上げた逸品……っ！　たとえ、蚕遼淵の腕前をもってしても、これほど短期間で破れるはずがない……っ！　《幻視蟲《げんしちゅう》》でも使ったに決まっている……っ！」

《幻視蟲》。その可能性に思い至り、得心する。《幻視蟲》は名のとおり見た者に術師の任意の幻を見せることができる蟲だ。おそらく、報告した部下は、《幻視蟲》が生み出した幻を見せられたに違いない。忌々しい遼淵のやり口らしい。

平伏する部下を冷たく一瞥《いちべつ》し、深く吐息して動揺を押し込める。

代わって頭をもたげたのは、揺るぎない自負だ。

蟲達の王、《龍》。

《龍》の力を封じるのは、《龍》の力でしか、不可能だ。

幾年にもわたる研鑽《けんさん》の末、編み出した禁呪は、《龍》の血を引く皇子の《気》を封じ、死に至らしめるはずだった。

皇子が余計な抵抗をしたせいで、命までは奪えなかったが、《龍》の気は完全に封じられた。現に、皇子は術も使えぬ童子の身となり、遼淵の庇護《ひご》を求めて離邸に引きこもっているではないか。

殺すことなど、何の造作もない。

だというのに。

遼淵め、と冥骸は年齢不詳のにやけ顔を思い出して歯嚙《はが》みする。昨夜、王城で『昇龍の儀《しょうりゅうぎ》』を執り行ったはずだというのに、まさか、たった半日で蚕家へ帰ってくるとは、予想だにしていなかった。

ぎり、と嚙みしめた奥歯が鳴る。

今日の昼の襲撃。

遼淵さえ現れなければ、皇子を守る両翼の片方を、葬り去ってやれたものを。逆に、こちらは六人もの部下を失ってしまった。

おかしい。あとは文字どおり、赤子の手をひねりあげ、息の根を止めるだけだったというのに、想定外の出来事が起こりすぎている。

想定外と言えば、あの娘もそうだ。

「なぜ、まだアレが孵《かえ》っていない……!?」

仕込んでからすでに十日ほど。とうに孵っていなければおかしい。だが……。

今日の様子を見るに、娘に仕込んだあの《蟲》は、孵化《ふか》している様子はなかった。

部下の報告によると、あの娘は蚕家に来た初日、解呪の力を持つ神木にふれて術が解呪されたのだという。

その影響で、腹の中の卵にも異変があったのやもしれぬ。

だが、卵はまだ腹の中にある。確実に。

昼の襲撃の際、冥骸は娘へ己の《気》を宿した蟲を放った。娘の中に己が仕込んだ《蟲》の卵があるのか確認し、まだあるのなら、冥骸の《気》を与えて確実に孵すためだ。

《蟲》の卵が娘の腹の中にある手応えは、確実に感じた。だが――。

不意に《蟲》達が一斉に消えた現象は、何だったのか。あれも遼淵の仕業だったのか、それとも別の要因によるものか……。

あれほど優勢だったのだから、もう少し前線に出てこの目で観察しておけばよかったと悔やんでも後の祭りだ。

同士討ちになってはと、《刀翅蟲》を数匹しか喚ばなかったが、何十匹も喚んでおけばよかったと後悔する。そうすれば、確実に従者を仕留められただろうに、慎重に立ち回りすぎた。

それもこれも。

「遼淵めが。結界などと、余計な小細工さえしなければ、もっと楽に殺《や》れたものを……っ！」

忌々しさを隠さず吐き捨てる。

蚕家の離邸の周りに張り巡らされた遼淵の結界。遼淵が出入りのためにどのような条件を設定しているのかは判然としないが、少なくとも冥骸自身は、不可視の壁に弾かれてしまい結界の中には入れない。冥骸が召喚した《蟲》は結界を通り抜けられるようだが、明らかに力が弱くなる。

昨日、食事に《毒蟲》を仕込んだにもかかわらず、誰も命を喪った者がいないのも、何らかの方法で《毒蟲》に感づかれたのか……。ともかく、失敗したのは明らかだ。

あの娘を生かしているのは、忌々しい結界があるためだ。

ここしばらくは結界を解く方法を調べることに費やされていたが、それも目処《めど》がついてきた。

そろそろ、あの娘にも働いてもらわねばならぬ。

そのためには……。

平伏したままの部下に、冥骸は矢継ぎ早に新たな指示を出した。

第四章

遼《りょう》淵《えん》の結界

norowareta
ryu ni
kuchizuke wo

「やあ、おはよう！　愛《いと》しの君に、我が娘！」

朝食の後。少年姿の英翔《えいしょう》と季白《きはく》が茶を飲み、明珠《めいじゅ》と張宇《ちょうう》が皿洗いに取りかかったところで、食堂の扉がばあんっ！　と勢いよく開け放たれた。

入ってきたのは、もちろん遼淵だ。若々しい顔は子どものように好奇心できらきらと輝いている。

「さあっ、今すぐ、くちづけをしようじゃないかっ♪」

「っ!?」

朝っぱらからの爆弾発言に、洗っていた皿を思わず取り落とす。

「おっと」

隣で手伝ってくれていた張宇が、すかさず受け止めてくれたので事なきを得たが、礼を言うどころではない。

「昨日は突然の出来事でちゃんと観察できなかったからねっ！　今日はワタシの目の前でゆ〜っくりと頼むよっ♪」

にこやかに告げる遼淵は、まるで居酒屋で「とりあえず濁り酒！」と注文するような気安さだ。が、受ける明珠は「注文入りました〜！」などと、あっさり了承できるわけがない。

無理。絶対、無理だ。

「遼淵。少し落ち着け。明珠が固まっているだろう」

呆《あき》れ顔で割って入ったのは、少年姿の英翔だ。眠っている間に青年姿から変わったらしく、今朝はずっと少年の姿のままだ。

英翔の声にようやく我に返った明珠は、濡《ぬ》れている手を拭いて遼淵を振り返る。遼淵は英翔の言葉など、気にした風もない。

「固まっているなら、好都合じゃないか！　暴れられるより、じっくり観察できるだろう♪」

「……お前な……」

頭痛を覚えたのか、英翔が額を押さえる。助け舟は、意外なところから現れた。

「遼淵殿。先ほど、明珠を『我が娘』と呼んでらっしゃいましたが……。間違いないのですか⁉」

隣の椅子に腰かけた遼淵に、真剣な表情で尋ねたのは季白だ。

「記憶違いだとか、謀《たばか》られているなどといった可能性は⁉」

嚙《か》みつくように問う季白に、遼淵はあっさり頷《うなず》く。

「明珠はワタシの娘だよっ！　愛しの君の強力な禁呪を、一時的にせよ解けるなんて、こんな唯一無二の面白いコ、手放すワケがないじゃないか！　このワタシでさえ、まだ解呪方法を見いだせてないんだよっ⁉」

「……遼淵殿に常識的な判断を期待したわたしが間違っていました……」

季白が疲れたように吐息する。

「それに、明珠の母親の麗珠《れいじゅ》とは身に覚えもあるしねえ。そういや明珠、キミ、いくつだっけ？」

「年ですか？　十七歳ですけど……」

「あーうん、ばっちり！」

ひぃふぅみぃ……、と数えていた遼淵が、にこやかに断言する。

「……遼淵殿がそうおっしゃるのでしたら、明珠が遼淵殿の娘であることは、ひとまず認めましょう。ですが、それよりも確認しておきたいことがあります！」

遼淵を射貫《いぬ》きそうな目で、季白がずいっと詰め寄る。

「いま現在、明珠が英翔様の禁呪を解ける唯一の存在であるというのは、確かなのですかっ!?」

「唯一かどうかは、わからないな～」

「それはどういう意味ですかっ!?」

のんびりと答えた遼淵に、季白が間髪入れずに問い返す。

「解呪の特性を持つ他の術師を集めて実験してみないと、わからないってことさ♪」

遼淵が、昨日明珠と英翔に説明してくれた内容を、季白にも説明する。

明珠が持つ水晶玉には、《龍《りゅう》》の気が封じられているらしいこと。

解呪の特性を持つ明珠が水晶玉にふれることによって、《龍》の気が明珠に流れ込み、それがさらに英翔に伝わることによって、一時的に禁呪を弱めているらしいこと――。

「つまり、明珠でなくとも、解呪の特性を持つ者が水晶玉を握って《龍》の気を英翔様にお渡しすれば、一時的に禁呪を解くことができるということですねっ!?」

「ワタシの推論が正しければね♪」

季白の問いに遼淵が頷く。

「推論が正しいかどうか、ぜひとも検証したいところなんだけど……。なんせ、解呪の特性は本当に珍しいからねえ。あいにく、身近に当てはいないんだよねぇ」

「遼淵殿の人脈をもってしてもですか……っ！」

季白が悔しげに唸《うな》る。

もし、手近に解呪の特性を持つ者がいれば、遼淵も季白も、喜んで明珠と取り替えて検証をしていたに違いない。

「いや、知っていることは知ってるよ？　震雷国《しんらいこく》の宮廷術師の旦轟頼《たんごうらい》殿とか、第三皇子付きの術師の嶺賢浄《れいけんじょう》殿とか」

「お二人とも、今の英翔様の状態を、断じて知られるわけにはいかない方々ですね……」

季白の声はどこまでも苦い。

「仕方ありません。今のところ明珠しかいないのでしたら、それで手を打ちましょう。ただし、遼淵殿。蚕家《さんけ》に所属する術師の中に、わずかでも解呪の特性を持つ者がいないかどうか、探していただけますか？」

「それはもちろん！　昨日から探し始めているよ！」

遼淵が大きく頷く。

「よろしくお願いいたします」

丁寧に頭を下げた季白が、ふと何かに気づいたように顔を上げ、呟《つぶや》く。

「――ですが、遼淵殿の推論が正しいのだとすると、一気に多量の《龍》の気を得ることで、禁呪を破ることも可能なのでは？」

「ああ、可能性としてはあるよ。問題は、禁呪を打ち破るほどの《龍》の気をどうやって渡すかという点かな？」

「《気》を一度に渡す方法なら、さっさと睦――」

ばしゃっ！

突然、英翔が手に持っていた茶器に残っていた茶を、季白の顔にぶっかける。

「英翔様っ!?」

明珠は驚愕《きょうがく》のあまり悲鳴を上げた。

淹《い》れたての茶でなかったからよかったものの、茶器にはまだ、かなりの量が残っていたらしい。

季白がすっかりびしょぬれになる。

「どうなさったんですか!?」

突然茶をぶっかけるなど、只事《ただごと》ではない。

手近な布巾をひっつかんで卓へ駆け寄ると、立ち上がった英翔に腕を摑《つか》まれた。なぜか背後で張宇が爆笑している。

「布巾など差し出してやる必要はない」

英翔は明珠の手から布巾を奪うと、乱暴に季白に投げつけた。ぱさ、と前髪や顎先から茶を滴《したた》らせる季白の頭に、布巾が落ちる。

「来い」

「えっ、あの……っ!?」

英翔が腕を摑んだまま歩き出す。少年とは思えないほどの力と決然と揺るぎのない歩みに、気圧《けお》されたように身体《からだ》が勝手に従ってしまう。英翔に手を引かれるままに、遼淵が開け放していた扉をくぐって食堂を出る。だが、それでも英翔の歩みは止まらない。

「英翔様っ!? ちょっとお待ちくださいっ!」

ずんずんと廊下を進み、離邸の玄関までくぐって外へ出た英翔に、思わず声が大きくなる。

「いったいどうなさったんですかっ!? 急に季白さんにお茶をかけるなんて!」

たまに無茶《むちゃ》なことを言い出すものの、英翔はいつだって新参者の明珠ですら気遣ってくれる素晴らしい主人だというのに。さっき見た光景が、自分でもまだ信じられない。

「以前、注意したにもかかわらず、彼奴《あやつ》がまた余計なことを言おうとしたからだ。自業自得だ」

英翔の声は、驚くほど冷ややかだ。

「余計なことって……？」

明珠は聞こえなかったが、いったい季白は何を言おうとしたのだろう。

「お前が知る必要はない」

突き放すような厳しい声に心に鋭い痛みが走り、反射的に言い返す。

「なんですか、それっ！　私には関係ないって……。どうしていつも、私だけ教えてもらえないんですかっ！」

足を踏ん張って立ち止まり、英翔に摑まれた腕を振り払おうとしたが、にかわでくっついたように離れない。

「……そんなに……っ。何も教える価値がないほど、私は役立たずですか……？」

絞り出した声がどうしようもなく震える。

目頭が熱い。

泣きたくなんてないのに。そんな情けない姿を見せて、英翔に呆れられたくなんてないのに。

嗚咽《おえつ》がこぼれそうになり、ぎゅっと唇を嚙みしめる。

「……すまん。違うのだ。お前を誤解させるつもりではなかった」

うつむいた明珠の耳に、英翔の困り果てた声が届く。

「頼むから、泣いてくれるな。お前に泣かれたら、心が千々に乱れてどうすればよいかわからなくなる」

よしよしと、英翔の小さな手があやすように明珠の頭を撫《な》でる。

「な、泣いてなんて……っ」

反論した声は、どう聞いても潤んでいる。だが、まだ涙は出ていない。

証明しようと顔を上げると、包み込むような優しいまなざしと目が合った。黒曜石の瞳には、明珠への気遣いがあふれている。

「そうか。ならばよかった」

愛らしい面輪をほころばせた英翔が、もう一度よしよしと頭を撫でる。

「すまなかった。お前を傷つける気はなかったのだ。お前が知る必要がないと言ったのは、その……」

言《い》い淀《よど》んだ英翔が痛みをこらえるかのように眉を寄せ、視線を伏せる。

「英翔様？　どうしたんですか？　どこか痛いとか……？」

心配になって腰を屈《かが》め、愛らしい面輪を覗《のぞ》き込むと、ふいと視線を逸《そ》らされた。

「そうではない。その……」

こぼされた声は、いつも凛《りん》としている英翔のものとは思えないほど、弱々しく揺れていた。

「不安だったのだ。お前に知られたら、軽蔑されたり、嫌われたりするのではないかと……」

「軽蔑……？」

予想だにしていなかった言葉に、面食らう。

「軽蔑なんてっ！　英翔様に対して、そんなこと思うはずがありません！」

いったいどんなことが起これば、英翔を軽蔑する事態になるというのか。明珠には想像もつかない。はっきりきっぱり断言すると、英翔が小さく吐息を洩《も》らした。

「……その信頼は嬉《うれ》しいのだがな……」

なぜか歯切れ悪く呟いた英翔が、「よいなっ！」と強い声を出す。

「今後、季白がとんでもない提案をするかもしれんが、間違っても受けたりなどするな！　提案の中身を聞くのも禁止だっ！」

「は、はあ……？」

内容を聞かずに、どうやって提案を知るというのだろう。疑問に思ったものの、英翔の勢いに抗しきれずにこくりと頷く。

だが、季白の提案がどんなものであれ、英翔の解呪につながるというのなら、明珠はどんなことだってする気でいる。何より。

「ですが、季白さんがとんでもないことを提案したとしても、それがよくないことだったとしたら、英翔様が止めてくださるのでしょう？」

明珠が針で指を刺すのですら、渋面を見せた英翔だ。いくら季白の提案であろうとも、意図して明珠を傷つけるような行動を、英翔が取るとは思えない。

全幅の信頼を込めて告げると、英翔が形良い眉をきゅっと寄せた。

空いているほうの手が伸びてきて、そっと優しく明珠の頬にふれる。

「お前の信頼はこの上なく嬉しいが……。少し、困るな」

「英翔様？」

なぜだろう。今の英翔は少年姿なのに。青年に戻った英翔を前にした時のように、ぱくぱくと心臓が騒ぎ出す。小さな手のひらに包まれた頬が熱い。

気まずさから逃げるように視線をさまよわせる。

離邸の周りは、二間（約四メートル）ほどの芝生《しばふ》の空間を空けて、林に囲まれている。

他に木々がないのは、御神木の周りと、本邸へと続く曲がりくねった小道くらいだ。結局、昨日は片づける暇がなかったので、木々には灯籠が吊《つ》られたままになっていた。

明珠の目が動く影を捉える。小道を通ってこちらへ来る小さな人影は。

「楚林《そりん》！」

明珠の声に、英翔が素早く後ろを振り向く。

「あ、昨日お話しした、近くの村の子です。野菜や卵なんかを、届けてくれるように頼んだ……」

力がゆるんだ隙に英翔の手をほどき、楚林へ歩み寄る。楚林は、背に木の皮で編んだ籠を背負っている。その中に野菜などを入れているのだろう。

今日は薄曇りのせいか、いつも以上に林が鬱蒼《うっそう》として見える。枝葉が頭上をふさぐように茂っている小道は、見通しも悪い。

本邸まで迎えに行ってあげたほうがよかったかもしれない。こちらへ歩いてくる楚林の顔色が悪い気がして、明珠は己の思慮の足りなさを悔やんだ。

明珠は気にしたことなどないが、ここは蚕家なのだ。術師でない楚林にしてみれば、仕事でもなければ、好き好んで来たい場所ではなかったかもしれない。

「楚林、ありがとう。こんな早くに、わざわざ離邸のほうまで来てもらって……」

少年をねぎらおうと駆け寄ろうとした瞬間、不意に、背後でりぃん、と澄んだ鈴の音が鳴った。

昨日聞いた覚えのある、どこか不穏なその音色は。

「明珠っ！」

背後から強く手を引かれる。

同時に、楚林が驚くほどの速さでこちらへ向かって駆けてくる。

たたらを踏んでよろめいた身体の目の前を、楚林が懐から出した包丁が薙《な》ぐ。

「楚林っ!?　いったい──」

叫んだ時には、明珠より小さな背中が目の前に立ちはだかっていた。

「英翔様っ!?　どいてくださいっ！」

何が何だかわからないが、狙われているのは英翔だ。それだけは確かだ。

その英翔が明珠を庇《かば》って前に立つなんて、明らかに間違っている。

「あ、あぁぁ……っ！」

言葉にならぬ叫び声を上げて、楚林が包丁を振るう。

大振りなので避《よ》けるのは難しくないが、こちらは素手だ。武術の心得などまったくない明珠は、何をどうしたらいいのか皆目わからない。

楚林のうつろな目は焦点が合っておらず、正気でないのが明らかだ。

「明珠。ここはわたしが引きとめる。離邸へ走って張宇達を呼べ！」

「英翔様おひとりを残せるわけないじゃないですか！　えっとえっと……っ、英翔様、息を止めてくださいっ！　《安らかなる夢路へといざなう者よ、疾《と》く来よ！　眠蟲《みんちゅう》っ！》」

英翔に叫び返し、いま自分にできることを考える。

喚《よ》び出した眠蟲が真《ま》っ直《す》ぐ楚林の顔へ飛び、鱗粉《りんぷん》を浴びせかける。が。

「ど、どうして……っ!?」

明らかに鱗粉を吸っているのに、楚林の動きは止まらない。鱗粉がこちらまで飛んできそうで、あわてて眠蟲を還《かえ》す。

「眠蟲は効かん。おそらく、この少年は《傀儡蟲《くぐつちゅう》》に支配されている」

滅茶苦茶に包丁を振り回す楚林を油断なく睨《にら》みつけたまま、英翔が告げる。

明珠を背後に庇った英翔は、楚林が走りかかってこないよう、だが刃《やいば》の範囲には入らぬよう、絶妙な位置取りをしている。明珠にはできない芸当だ。

「く、傀儡蟲ですかっ!?」

見るのは初めてだが、母に習った記憶はある。

体内に傀儡蟲を入れられた人物は、術師のいいように操られてしまうという、恐ろしい禁呪――。

「《縛蟲《ばくちゅう》！》」

眠らせられないのなら、動きを止めればいいのだと思いつき、縛蟲を喚び出す。縛蟲がするすると楚林の身体に巻きついて、締め上げようとし――、

「だ、だめっ！　《還って！》」

自分の身体が傷つくことも頓着せず、縛蟲に包丁を突き立てようとした楚林に、あわてて縛蟲の戒めを解く。

襲ってくる相手とはいえ、操られているだけの楚林を傷つけるなど、明珠にはできない。

「ど、どうしたら……？」

楚林を正気に戻すには、体内に入り込んでいる《傀儡蟲》を外へ出すか、体内で倒さなければならない。

しかし、この状況でいったいどうすればいいのか。

「明珠。あの少年を助けたいか？」

楚林の大振りの包丁を避けながら、英翔が静かな声で問う。

「もちろんですっ！」

間髪入れずに返すと、苦笑を洩らす気配がした。

「お前ならそう言うと思っていた。龍玉を握れ」

「で、ですが……っ！」

楚林が正気を失っているとはいえ、こんな誰が見ているかもわからぬ屋外で、青年姿に戻ってもいいのだろうか。

明珠の逡巡《しゅんじゅん》を読んだかのように、油断なく楚林を見つめていた英翔が一瞬だけ明珠を振り返り柔らかな笑みを浮かべる。

「大丈夫だ。この少年を見捨てる気などない。お前がいてくれれば助けられる。……力を、貸してくれるか？」

「はいっ！」

英翔の頼みを断るはずなんてない。何より、明珠だって楚林を助けたい気持ちは同じだ。

考えるより早く頷くと、英翔に摑まれていない左手で守り袋を握る。

不意に、英翔がこちらを振り返って背伸びをした。

唇に柔らかいものがふれ、少年の輪郭が揺らめく。

「あ、ああ――っ！」

楚林が叫んで包丁を振り上げる。英翔の背に刃が迫り――、

「英翔様っ！」

とっさに英翔の前に飛び出そうとする。が。

英翔に足を払われ、尻もちをつく。

明珠の目の前で、青年姿に変じた英翔が楚林の腕を摑む。そのまま勢いを利用して楚林を投げ飛ばした。

「《滅っ！》」

地面に仰向《あおむ》けに倒れた楚林の腹に、大きな手のひらを当て。

おそらく英翔の《気》を左手を通じて直接楚林へ叩《たた》き込んだのだろう。

水揚げされたばかりの魚のように、楚林の身体が一度跳ねる。かと思うと、だらりと力なく弛緩《しかん》した。

「だ、大丈夫ですかっ!?」

どちらへの問いかけか自分でもわからぬまま、衣が汚れるのもかまわず、膝で這《は》うようにして二人へ近寄る。

「英翔様！　お怪我《けが》はっ!?」

「かすり傷ひとつない。それより！」

明珠を振り返った青年英翔の黒曜石の瞳には、射貫くような厳しい光が宿っている。

「何を考えているっ!? 無策で刃の前に飛び出すなど、正気の沙汰ではないっ！」

「す、すみません、身体が勝手に……。それより楚林はっ!?」

倒れたまま、ぴくりとも動かない楚林を覗き込む。背中に籠を背負っているせいで、海老《えび》ぞりになってしまっている。あどけない顔のまぶたは閉じられ……。

「ね、寝てる……？」

楚林の唇からは、健《すこ》やかな寝息が洩れていた。

予想していなかった状態に、気の抜けた声が出る。

「わたしの《気》を体内に送り込んで《傀儡蟲》を滅した。《傀儡蟲》の支配が解けたところで、衣についていた《眠蟲》の鱗粉を吸い込み、眠ってしまったのだろう」

英翔が淡々と説明してくれるが、にわかには信じられない。

「えぇぇっ!? 《傀儡蟲》って、そんな簡単に消滅させられる蟲じゃありませんよねっ!?」

落ち着いて記憶を探ってみれば、遅まきながら傀儡蟲について母から教えられた記憶が甦《よみがえ》る。

確か、傀儡蟲は数ある禁呪の中でも、かなり高位の術のはずだ。

当たり前だ。他人の意思を奪い、術師の操り人形にしてしまうのだから。

傀儡蟲を滅するためには、まず操られている者の身体の自由を封じて、数日間は蟲下しの薬を飲ませ、傀儡蟲を弱らせてから退治する必要があったはずだ。

体内では直接手を出せない以上、被害者を傷つけないためにはその方法しかない。

傀儡蟲の除去には、高度な技術と繊細な対応が求められる。間違っても、《気》を直接叩き込んで滅せるものではない。

驚きに目を瞠《みは》る明珠の様子に気づいたのか、英翔があっさりと告げる。

「昨日、離邸に来るのが決まったのなら、傀儡蟲を体内に入れられてから、まだ間もないと思ってな。力業だったが、なんとかなった。……それに、わたしの《気》は常人とは違うからな」

その言葉に、英翔の本当の身分を思い出す。

「このままこやつをここに放っておくわけにもいくまい。ひとまず、離邸に連れ帰るぞ」

「は、はいっ。あ……っ！」

ようやく、楚林が怪我をしていることに気づく。

縛蟲に斬りつけようとした時の怪我だろう。左腕に赤い線が走り、血がにじんでいる。

「《癒蟲《ゆちゅう》》」

英翔が傷の上に手をかざし、あっという間に癒やす。

「では、私が背負いますから、手を貸していただけますか？」

もう大丈夫だろうと、楚林にふれようとすると肩を摑んで引きとめられた。

「なぜお前が背負う必要がある？　お前の体格では無理だ」

明珠の返事も待たずに、英翔が楚林を背負おうとする。

「では、せめて籠は私が持ちます！」

明珠はあわてて手を貸すと、ぐったりしている楚林の背から籠を外した。

籠の中には何種類かの野菜が入っている。藁《わら》に包まれた卵も入っていたようだが、割れて中身が染み出していた。

じわじわと籠に染み込んでいく卵の中身のように、恐怖と不安が心に広がっていく。

「どうして楚林が……」

考えられるのは、昨日、季白と明珠が楚林に食材の配達を頼んだからという一点だけだ。

自分達が楚林に接触したことで、巻き込んでしまったのだとしたら。

「お前が気に病むことではない」

不意に、隣を歩く英翔にくしゃりと髪を撫でられる。

驚いて振り向くと、楚林を背負った英翔の真っ直ぐなまなざしと視線がぶつかる。

「お前と季白は、考えられる中で最善と思われる手を打った。それを利用されたのは事実だが、その咎《とが》はお前が負うものではない。誰が何と言おうと、罪を負うべきは、楚林に傀儡蟲を仕込んだ禁呪使いだ。……そうだろう？」

「英翔様がおっしゃる理屈はわかりますけど……」

慰めようとしてくれているのは、わかる。だが、すぐに感情を納得させることなどできない。

英翔は明珠の返答まで予想していたのだろうか。黒曜石の瞳が、ふ、と柔らかくゆるむ。

「説得しようとまでは、思っておらん。ただ、覚えておけ。お前の優しい性格は美点だが……。ひとりで何でも背負い込みすぎると、つらくなるぞ？　わたしもいるのだ。もっとわたしを頼ってほしい」

思いやりにあふれた言葉に、じんと胸が熱くなる。

同時に、明珠はまだ英翔に礼を言えていないことを思い出した。

「あの、英翔様！　助けていただいて本当にありがとうございましたっ！　英翔様がいてくださらなかったら、いったいどうなっていたことか……っ！」

明珠ひとりでは楚林を扱いあぐねて、怪我をさせるか、自分自身も傷を負っていただろう。

少年姿だというのに、明珠を庇って刃物を持つ楚林の前に立ちふさがってくれた英翔の勇気を思うだけで、感謝で胸がはちきれそうになる。

もし、楚林に最初に会ったのが明珠だけ、もしくは英翔ひとりだったら、きっと無事ではいられなかっただろう。そして、傀儡蟲が解かれた時、楚林は自分が知らぬ間に犯した罪に苦しんだに違いない。

いまさらながら、恐怖に身体が震え出す。英翔の命を狙う禁呪使いは、なんと恐ろしく卑劣な手段を使うのだろう。

「大丈夫だ」

明珠の心を読んだかのように、もう一度大きな手のひらに優しく頭を撫でられる。

「お前は必ずわたしが守る。お前を傷つけさせるような真似《まね》はわたしがさせん。この身に代えてもお前を守ろう」

心の芯まで貫くような力強い英翔の声。

だが、明珠は素直に頷けない。

「だ、だめですよっ！　英翔様は大切な御方《おかた》なんですからっ！　私なんかより、ちゃんとご自分の身を第一にしてくださらないと……っ！」

籠を持つ手に力を込め、抗弁したところで、離邸に着く。

食堂へ入ると、残っていたのは張宇と遼淵の二人だった。季白は着替えに行ったのだろう。

青年英翔の姿を見た途端、遼淵が子どものように唇を尖《とが》らせる。

「えーっ！　なんで元の姿に戻ってるのさっ！　ずるいよっ！　ワタシのいない所でするなんて、観察できないじゃないか！」

「……遼淵殿。それどころではないかと。英翔様、その子どもは？　何かあったのですか？」

控えめに遼淵に突っ込んだ張宇が、表情を硬くし、足早に歩み寄る。

「傀儡蟲を仕込まれ、刺客に仕立てられていた。禁呪使いの《気》に反応して鈴が鳴ったからな。間違いない」

英翔が食堂にある長椅子のひとつに、楚林を寝かせながら説明する。

《毒蟲《どくちゅう》》を仕込まれた後、英翔が《感気蟲《かんきちゅう》》を宿した鈴は、昨日は季白が借りていた。だが、明珠の解呪の力が暴走した時に還してしまったため、新たに英翔が《感気蟲》を召喚して鈴に宿らせている。その鈴が鳴ったということは、《傀儡蟲》を召喚したのは禁呪使いで間違いないということだ。

英翔が楚林に襲われた時のことを簡単に説明している間に、着替えて頭を拭いた季白が戻ってきた。説明を聞いた途端、季白が切れ長の目をすがめる。

「昨日の今日で刺客をよこすとは……。敵の攻勢が激しくなっていますね。禁呪使い本人が現れないのが、忌々しい限りですが」

「まあ、来たくても離邸には近づけないしね～♪」

季白の言葉に、遼淵が肩をすくめてあっさり告げる。

「おい、どういう意味だ？」

素早く反応したのは英翔だ。問われた遼淵が、きょとんと首をかしげる。ややあって。

「あれ～？　言ってなかったっけ？」

「何をだ？　お前のことだ。どうせ、ろくでもない話なんだろう？」

尋ねる英翔の声は、多分に諦めを含んでいる。が、遼淵は気にした風もない。

「愛しの君を離邸に匿《かくま》うって決まった時に、離邸を中心に結界を張っておいたんだよ。ワタシとワタシが許可した術師以外は、侵入したり、術を行使することができないようにねっ♪」

固まっている四人をよそに、遼淵はにこにこと続ける。

「そうしておけば、少なくとも刺客に直接、狙われることはないだろう？　傀儡蟲のように結界外で召喚された蟲の侵入までは防げないけど……。身を守るための手段だって渡してあるし、かなり安全度は上がるかな～って♪　いやぁ、ほんっと面倒くさかったけど、愛しの君を守るために、頑張ったんだよ～っ♪」

そんな遼淵に、四人は返す言葉もない。

遼淵の口調はあっさりしたものだが、内容がどれほど高度なものか、術を使える明珠にはわかる。というか、そんな強力な結界を中にいる者に違和感も抱かせず張るとは、遼淵はやはり只者ではない。当代随一の術師だと褒めそやされるのも納得だ。

最初に疑問を呈したのは英翔だった。

「遼淵。お前が許可した術師以外は、術を使えないと言ったな。だが、明珠は術を使えたぞ？　それに、わたしも」

「そりゃあ、愛しの君は特別だよ！　キミの術なら何度でも見たいもん！　禁じるわけがないだろう!?」

身を乗り出し、興奮した口調で告げた遼淵が、次いで明珠を振り返り、「う～ん」と唸る。

「明珠が結界内に入れたのも、術を使えたのも、おそらくワタシの娘だからじゃないかな？　血縁者同士は、《気》の性質が似るっていうしね。もちろん、ワタシは結界内で術が使えるように設定しているし♪」

「……つまり、明珠が遼淵殿の血を引いていることは、間違いないと？」

季白が心底、苦々しそうな口調で言う。

「うん？　明珠はワタシの娘で間違いないよ？　でも、そうか……。《気》が似ていると術が使えるなら、清陣《せいじん》だとどうなのかな？　一度、実験してみて……」

「遼淵、落ち着け。わたしと明珠が術を使える理由はわかった。つまり、敵は自分自身が離邸に入れないがゆえに、この少年に傀儡蟲を仕込んで刺客にした、と。……ご苦労なことだな」

低く吐き捨てた英翔の声に、室温が下がった気がする。

「楚林は大丈夫なんですか？　何か、後遺症が残ったりとかは……」

心配になって、英翔を見上げる。

楚林はまだ眠ったままだ。寝息は健やかで腕の傷も英翔が治しているが、目覚めた時、まだ正気に返っていなかったらどうすればいいのだろう。

「大丈夫だ。心配なら、目覚めた後、異常が残っていないか遼淵に診させてから帰そう」

優しく笑った英翔が、安心させるように明珠の頭を撫でてくれる。口を挟んだのは遼淵だ。

「愛しの君が傀儡蟲を滅したというのなら、心配いらないと思うけどね。《龍》の気に対抗できるような傀儡蟲なんて、そうはいないよ♪　よほど入念に禁呪を練って、準備しておかないとね〜。昨日の今日じゃ、まず無理だろう。けど……」

「けど、なんだ？」

英翔がいぶかしげに続きをうながす。

「いや〜、傀儡蟲を仕込んで愛しの君を襲わせるだけなんて、ちょーっと杜撰《ずさん》だな〜、と思って。いくら子ども同士とはいえ、ふつうの少年には、さすがに負けないだろう？」

「当たり前だ」

英翔が気分を害したように形良い眉を寄せる。

「訓練された刺客ならともかく、何の心得もない子どもには負けけん」

「だろう？　なら、敵には他の目的があったのかなーって思ってさ」

「と、言いますと？」

季白の切れ長の目が、警戒にさらに細くなる。

「結界を破るためとか？　いやー、なんせ急ごしらえだったからさ〜。離邸全体を結界内に入れようと思ったら、塀の外まで結界を広げざるを得なかったんだよね〜。一応、結界の要は蚕家の敷地内に置いて、簡単には手出しできないようにしたんだけど。一応、確認しておいたほうがいいかもしれないね」

遼淵の言葉に、季白が弾《はじ》かれたように席を立つ。

「すぐに確認しておきましょう。遼淵殿。案内を願えますか？」

「今日も《龍》を調べさせてもらおうと思ったんだけど……。しょーがない。愛しの君を守るためだもんね」

遼淵が仕方なさそうに吐息して応じ、「わたしも一緒に行こう」と険しい表情で英翔も立ち上がる。

「明珠と張宇は残って、少年を看《み》てやれ」

「わかりました」

明珠と張宇が頷くと、三人があわただしく食堂を出ていく。

「大変だったな、明珠。二人が無事で、本当によかったよ」

三人の足音が遠ざかったところで、張宇がいたわるように頭を撫でてくれる。節くれだった大きな手は、あやすように優しい。

「私は何のお役にも立てていません。すべて、英翔様に任せきりで……」

明珠はうなだれてかぶりを振る。

包丁を手に襲いかかる楚林を見た時、明珠は身体がすくんでとっさに動けなかった。明珠に怪我がなかったのは、すべて庇ってくれた英翔のおかげだ。

自分の無力さが情けない。

楚林を巻き込んでしまったのも、昨日不用意に接触してしまったせいかと思うと、申し訳なさで胸が締めつけられるように痛くなる。

謝罪の気持ちを込めて、長椅子に横たわった楚林の乱れた髪や服をそっと直す。と、

「いたっ」

不意に、人差し指に針で刺したような痛みが走った。

「どうした？」

「何か、指先にちくって痛みが……。尖った枝や葉でも、ついていたんでしょうか……？」

地面に倒された楚林の服はあちこちが乱れ、土やちぎれた葉がついて汚れている。

指先を確かめたが、どこにも怪我した様子はない。

「大丈夫です。なんともありません。それより、途中で放ってしまった片づけを済ませてしまいますね」

気のせいだろうと、明珠は洗い物の続きに取りかかった。

第五章

忍び寄る不穏の影

norowareta
ryu ni
kuchizuke wo

「明珠《めいじゅ》〜。終わった？　もう仕事終わったよね？」

（じゃれついてくる子犬みたいだ、この方……）

「ねーねーねー」と、さっきからまとわりついてくる遼淵《りょうえん》に、明珠は心の中でそっと吐息した。

なぜ、こんなことになったのだろう。

結界の様子を調べに、英翔《えいしょう》達が出ていったのが、朝食後のこと。

四半刻ほどで戻ってきた三人が言うには、結界に異常はなく、正常に機能していたらしい。

目覚めた楚林は、異常がないか遼淵が診た後、季白《きはく》が丸め込んで帰らせてしまった。もう二度と刺客に狙われたりしないよう、遼淵が御神木の枝から作ったという身を護《まも》る護符を持たせた上で。

そのまま、今日は離邸で過ごすと宣言した遼淵に、

「よろしければ、英翔様の解呪のために、遼淵殿の知識をぜひともお貸しくださいっ！」

と、季白が土下座せんばかりに頼み込み、

「いーよー♪　愛《いと》しの君が元の姿を取り戻すってことは、ワタシの研究が進むってことだからね！」

と二つ返事で頷《うなず》いた遼淵は、季白に誘われるまま、英翔達と三人で書庫にこもった。

途中、英翔が遼淵の目の前で少年姿に変化したものだから、書庫ではちょっとした騒ぎが起こったらしいが――。遼淵はそのまま離邸に居ついて、昼食まで食べた。

ちなみに、遼淵は明珠が作った庶民料理に、

「たまにはこういう素朴な料理も、目新しくていいよね〜。でもこれ、質素すぎて後でおなか壊さない？」

とのたまい、

「明珠の料理に文句があるなら食うな。腹を壊したいのなら、張宇《ちょうう》の料理を食わせてやるぞ」

「英翔様！　俺の料理は毒じゃありませんっ！　そもそも、腹痛を起こさせたことなどないでしょう!?」

「胸やけと食欲減退はあるがな。どうだ、遼淵？　試したかったら作らせるぞ？」

「英翔様、ひどいです……」

「ん、遠慮しとくよ。あ、明珠。この蕗《ふき》のとうの味噌《みそ》漬けおかわり！」

などと、本日の昼食はすこぶるにぎやかだった。あまりに食事が進まなすぎて、とうとう季白が、

「ここは居酒屋か何かですかっ!?　素面《しらふ》のくせに、真昼間からぐだぐだと……っ。我々には無駄な時間など一刻たりともありません！　食事など栄養があって腹を満たせれば、十分です！　さあ、さっさと食べて書庫に戻りますよっ！」

と、青筋を立てて怒鳴ったほどだ。

いつもより長い昼食が終わり、

「さあ、ごはんも食べたし、今度こそワタシの目の前で、元の姿に戻ってもらおうか！」

と言われた時には、明珠は食べたばかりの昼食が逆流するかと思った。最終的には、

「明珠にも仕事があるんだ。急に連絡もなく来ておいて、お前の都合にばかり合わせられるか」

と英翔と季白が引きずるように遼淵を書庫に連行していき、明珠は安心して昼食の片づけ、離邸の掃除、夕食の支度と、張宇と一緒に仕事にいそしんでいたのだが。

張宇が風呂の支度に行ってしまった少し前から、遼淵がまとわりついてきて困っている。

夕食の仕込みをしているのだが、包丁を持っている横をうろつくので、危なくて仕方がない。正

直に言えば邪魔だ。

「ねーねーねー。もうそろそろ、手が空くんじゃない？　まだ？」

にこやかな笑顔のまま、ずい、と遼淵が近づく。明珠は思わず野菜を切っていた手を止めた。

「……そろそろ言うことを聞いてくれないと、ワタシの我慢も限界がきちゃうなぁ～♪」

表情は笑顔のまま――だが、目の奥が笑っていない。遼淵が発する威圧感に、じわりと背中に冷や汗がにじむ。と。

「遼淵。言っただろう？　お前と取引をしたのはわたしだ。明珠を巻き込むな」

少年英翔の高い声が割って入る。

「愛しの君っ！」

ぱあっ、と顔を輝かせ、遼淵が台所の戸口に立つ英翔を振り返る。不機嫌そうに顔をしかめた英翔がつかつかと台所へ入ってきた。

「ちょっと別室へ調べ物に行くと言って抜け出したまま、戻ってこないと思ったら……。こんなところで明珠に迷惑をかけていたのか」

「だあってさぁ～！」

遼淵が子どもみたいに、ぷく～っと頰《ほお》をふくらませる。

「用があるならそっちから来いって言ったのは、愛しの君だよっ!?　だから、昨日も来たのに、明珠が休んでいるから帰れって追い出されて、今朝は今朝で、ワタシが見ていないところで元の姿に戻っちゃうし……。何コレ、ワタシを焦《じ》らして楽しんでるのかい!?　もう、我慢も限界だよっ！」

（ご当主様、昨日も来てらしたんだ……）

明珠はぐっすりと眠っていたので、まったく気づかなかった。

よほど我慢の限界なのだろう。遼淵は駄々《だだ》っ子《こ》みたいに足を踏み鳴らす。蚕家《さんけ》当主の威厳も何も、あったものではない。

「いい加減見たいよーっ！　昨日は一瞬のことでよくわからなかったしさ。今回はぜひとも、ゆっくりとくちづけを頼むね♪」

くちづけ。

遼淵が口にした単語に、かあっ、と頬が熱くなる。

「っ！　あの、ご当主様……っ」

英翔の解呪のためにできることなら、何だってする。その気持ちに嘘《うそ》偽りはない。

……が、英翔に尽くしたい気持ちと、恥ずかしさは別物だ。くちづけしろと言われても、簡単にできるものではない。

いったいどうすればいいのかと身を強張《こわば》らせていると、疲れたような英翔の吐息が聞こえてきた。

「遼淵、お前の要望はわかった。……お前にしては、かなり我慢できたほうだな」

「英翔様っ!?」

手にした包丁をまな板に置き、思わず英翔を振り返る。

遼淵の要望を叶《かな》えるということは、つまり……。

「明珠」

少年英翔の苦笑の声。と、英翔が何かを放ってよこす。明珠に放り投げられたのは。

「すぐにみじん切りにします！」

明珠は受け取った玉ねぎの皮をべりべりと勢いよくむき始める。

さすが英翔だ。涙なら、くちづけよりはまだましな気がする。いや、本当は涙も十分恥ずかしいので、許されるなら遠慮したいのだが、そういうわけにいかないのは、さすがに明珠でもわかる。

はずんだ声で答えると、微妙な声音の英翔の低い呟《つぶや》きがかすかに届いた。

「……そんなあからさまに喜ばれると、それはそれで複雑な気持ちになるな……」

「？　どうかなさいましたか？」

「いや、何でもない。気にするな」

「はあ……」

あいまいに頷きつつも、手は皮をむいた玉ねぎをざくざくとみじん切りにしていく。

「さすが英翔様が選んだ玉ねぎです！　ものっすごく目にしみます！」

「そうか……。その、よかったな？」

玉ねぎを切るたび、目と鼻につーんと刺激が来る。目が潤んで手元が見えにくいほどだ。

「切り終りましたっ！」

振り向くと、英翔がすぐそばまで来ていて卓から椅子を引き出していた。

「ここに座って、守り袋を握れ」

「は、はい」

言われたとおり椅子に座る。涙でぼんやりにじんだ視界の片隅に、わくわくと身を乗り出す遼淵が見えた。と。

両頬を英翔の手に挟まれ、固定される。

「遼淵など、うるさい羽虫だと思え。お前は、わたしだけを見ていればよい」

「は、羽虫って!?」

あまりにひどい言いように、思わず目を瞬いた途端、涙がぽろりとこぼれ落ちる。

あわてて守り袋を握りしめると、柔らかく湿ったあたたかいものが、ぺろりと頬を舐《な》めあげた。

「っ!」

頬にふれている手が、大きな手に変わり。

「……やはり、涙でも解呪は可能か」

英翔が納得したように呟く。

「うわーっ!　おっもしろーいっ!」

歓声を上げたのは遼淵だ。が、明珠は聞いてなどいなかった。

「英翔様っ!?　元のお姿に戻ったのなら、もう涙は必要ないですよねっ!?」

英翔の唇が、頬からまなじりへと移ってくる。あたたかな唇にふれられるだけで、恥ずかしさで顔が融《と》けるのではないかと心配になる。

「せっかくの涙だ。活用しなければ、もったいないだろう?」

肌をなぞる英翔の吐息がくすぐったい。

「そ、そうかもしれませんけど……」

もったいないという言葉に、貧乏人の性《さが》で思わず抵抗が弱くなる。

英翔の唇が優しく明珠の涙を吸っていく。

大きな手に両頬を挟まれて、顔を動かせない。燃えるように頬が熱くて、ふれている英翔の手まで火傷《やけど》してしまうのではないかと、埒《らち》もないことを考える。

「も、もう涙は出ていませんでしょう!?　放してくださいっ！　でないと、英翔様まで玉ねぎ臭くなっちゃいますよ!?」

たまらず声を上げると、英翔が顔を離して苦笑した。

「お前の移り香ならば、何だろうと嬉《うれ》しいが……。この刺激臭はちょっと困るな」

「でしょう!?　私も手を洗いたいので……」

大事な守り袋が玉ねぎ臭くなっては困る。

「そうだな。すまん」

英翔が身を離すと同時に、ぱたぱたと手を洗いに走る。

手を洗いながら、みじん切りができたし、今夜のおかずは肉団子の甘酢あんかけを一品増やそうと考えていると、背後から興奮した遼淵の声が聞こえてきた。

「間近で見ると、面白いコトこの上ないねっ！　《気》の流れを目視できたら面白いんだけど……」

遼淵の声は残念そうだ。

《気》は、術師ならば感じ取ることができるものの、よほど多量で強大なものでないと、目視はできない。

《見気《けんき》の瞳》と呼ばれる能力があれば、《気》を見ることができるらしいが、《見気の瞳》は生まれつきの能力で、持っている者の数はかなり少ない。聞いた話によると、非常に便利な力で、《見気の瞳》を持っている術師はそれだけで出世も思いのままなのだという。

「ワタシに《見気の瞳》があったらなあ……。とりあえず、蚕家所属の術師に、《見気の瞳》の持ち主がいるかどうか、探そうか。うん♪」

呟いた遼淵が、手を洗い終えた明珠を呼ぶ。

「ちょっといいかい？　ぜひとも、確かめたいことがあるんだけど」

「は、はいっ」

「ここへ座るといい」

英翔が、自分の隣の椅子を引いてくれる。英翔と遼淵が卓を挟んで向かい合って座っているので、明珠は遼淵の斜め向かいになる配置だ。

「確かめたいことって、何でしょうか？」

尋ねると、遼淵がわくわくと目を輝かせて口を開く。

「明珠は、《龍《りゅう》》を喚び出せるのかな？」

「ふぇっ!?　何をおっしゃってるんですかっ!?　無理ですよ、絶対！」

まったく予想だにしていなかった問いかけに、すっとんきょうな声が出る。

《龍》。神話では、すべての蟲達《むし》の祖と言われる至高の存在。

あらゆる蟲は、《龍》から派生した劣化版にすぎないのだという。

力のある蟲ほど、祖である《龍》に近い姿——たとえば、風乗蟲《ふうじょうちゅう》のように、細長い身体《からだ》を持つことが多いらしいが、あくまで《蟲》と《龍》は別物だ。

それほど、卓越した存在なのだ。

他のあらゆる《蟲》を圧する、唯一無二の力。

かつて、《龍》の力でもって、龍華国《りゅうかこく》を興《おこ》した皇族の血脈にしか発現しないという、力。

それを、明珠に召喚できるか、などと。

「ご当主様、頭が——あ、いえ。と、とにかく！　どうかなさったんですか!?　私に《龍》なんて喚《よ》び出せるわけがありませんっ！」

失礼極まりないことを口走りかけ、あわててごまかす。

が、遼淵は明珠の剣幕《けんまく》など気にした風もなく、「だってさ〜♪」と楽しげに説明する。

「龍玉を持った明珠が、解呪の特性で《龍》の気を取り込んで、愛しの君に渡しているわけだろう？　ということは、愛しの君に気を渡さなかったら、明珠の中に《龍》の気が残るってことじゃないか！　となったら、皇族じゃないけど気を持つ明珠が、《龍》を召喚できるかどうか、確かめたいと思うのは当然だろう!?」

「ふむ、なるほど。お前の推論にも一理あるな」

英翔が頷く。明珠には遼淵の疑問が当然のものなのかどうかの判断はつかないが、言いたいことはなんとなくわかる。

「それに〜。他にもちょっと、気になることがあるんだよね〜♪」

思わせぶりに、遼淵が向かいの英翔を見つめる。

「禁呪によって、愛しの君の《龍》の気が封じられているんだと推測してたけど……。本当に、『封じられている』で、合っているのかな？」

「……どういう意味だ？」

黒曜石の瞳が、す、と細くなる。

「いや〜、昨日、龍玉を見たおかげで、ふと思いついたんだけどね？　封じられているんなら、まだマシだと思うんだ。禁呪によって使えなくさせられてるだけで、《龍》の気は、愛しの君本人の中にあるからさ。でも……。万が一、奪われているんだとしたら、ちょーっと厄介かもなーっ、て」

「っ⁉」

息を呑《の》んだのは、英翔と明珠のどちらか。それとも二人ともか。

顔を強張らせた二人にかまわず、遼淵は笑顔で続ける。

「というわけで、皇族の血を引いてなくても、《龍》を喚び出せるのかどうか、実験してみようと思ってさ～♪」

「……確かに、敵まで《龍》を扱えるとしたら、話が変わってくるな。《龍》に対抗できるのは、《龍》だけだ。他の蟲では、ほぼ手も足も出ん」

英翔の苦い声は地を這《は》うように低い。

他を圧する《龍》の力を敵も使えるとなれば、脅威度が跳ね上がる。

しかも、今の英翔はいつでも《龍》を喚び出せるわけではないのだ。

もし、英翔が少年姿の時に、刺客に襲われたら――。

考えただけで心臓が恐怖にきゅうっ、と縮み、身体が勝手に震え出す。

「ご当主様っ！　私は何をすればいいんですかっ⁉」

勢い込んで尋ねると、肩をすくめられる。

「《龍》の喚び出し方を聞くなら、ワタシじゃなくて、愛しの君に聞かなきゃ」

遼淵の視線を追って、英翔を見つめる。二人に見つめられ、英翔は困ったように眉を寄せた。

「《龍》の喚び出し方か……。いつも感覚的に喚んでいるものを言語化するとなると、少し難しいな」

「えっ!? あんなすごいものを、感覚で召喚してるんですか!?」

英翔の言葉に驚く。

明珠など、よほど慣れている蟲でもなければ、ちゃんと呪文を唱えないと、下位の蟲でも召喚に失敗するほどなのに。

以前、英翔は皇族の中でも、力が突出していると話していたのを思い出す。

「いや、少し待て。古い記憶を思い出す。皇族は皆、物心ついた時に、《龍》を召喚できる力があるかどうか、試されるからな。十二の年になるまで術を使えなかったわたしは、何度も試されたものだ……」

「愛しの君は、その点も珍しいよね～。ふつう、強い《龍》の気を持つ皇族は、たいてい幼い頃から力を発揮しているものなんだけど……」

遼淵が考え込んでいる英翔を見つめる。どこか遠くを見る目をしていた英翔が、やがて、「よし」と頷いた。

「思い出したぞ。確か……」

英翔が卓の上に右手をかざす。

「《あらゆる蟲達の主《あるじ》よ。至高の頂に端座する王よ。我が身に流れる血の盟約に基づき、光り輝く御身を我が前に示したもう》」

耳に心地よく響く英翔の声が、ゆっくりと呪文を紡ぐ。途端、ぱあぁっ、と卓の上が輝く。現れたのは、昨日見たのと同じ一尺ほどの長さの白銀に輝く《龍》だ。

「綺麗《きれい》……っ!」

思わず感嘆の声がこぼれ出る。

羽も持たぬのに宙に浮き、優美に身をくねらせる《龍》は、何度見ても見飽きない美しさだ。遼淵が夢中になるのも、わかる気がする。

……さすがに、舐めたいとは間違っても思わないが。

と、《龍》が明珠の手元に飛んできて、すり、と細長い身体を腕に巻きつけてくる。

月の光を凝縮したような白銀のきらめきから、なんとなく冷たいだろうと想像していたが、意外なことに、《龍》はほんわかとあたたかかった。

密に生えている鱗《うろこ》は、一枚一枚が宝石のようで、すべすべしている。なびくたてがみが少しくすぐったい。

「気に入られたようだな」

明珠にじゃれつく《龍》を見た英翔が、柔らかな笑みをこぼす。

「えーっ！　明珠だけずるい！　ワタシには、嫌がるばっかりで全然甘えてくれなかったよ!?　よしよし、こっちにもおいで～♪」

ぷう、と頬をふくらませた遼淵が手招きするが、《龍》は見事に無視だ。

つーんとばかりにそっぽを向くと、明珠の腕に巻きついて離れない。

「呪文は覚えたか？」

「はいっ。でも、いいんでしょうか……？　私なんかに呪文を教えていただいて……。門外不出の呪文では？」

呪文の中には秘匿されているものもある。心配になって問うと英翔が苦笑した。

「そんな呪文ではないから安心しろ。そもそも、皇族しか使えん呪文だ。広まったところで、使える者が増えるわけでなし、影響などない。気にするな」

「そんなことより早く試してみようよっ！」

遼淵が目を輝かせて急《せ》かす。

「《龍》が巻きついていては邪魔だろう？　《こちらへ来い》」

英翔の蟲語《むしご》に応じて、明珠の手に巻きついていた《龍》がするりと身をほどくと英翔のそばへ飛んでいく。

「で、ではいきます……っ！」

明珠は緊張にごくりと唾を飲み込み、左手で守り袋を握りしめる。英翔と同じように卓の上に右手をかざし。

「《あらゆる蟲達の主よ。至高の頂に端座する王よ。我が身に流れる血の盟約に基づき、光り輝く御身を我が前に示したもう》」

心を込めて、呪文を唱える。が。

「……なぁんにも出てこないねえ～」

遼淵がつまらなそうに吐息する。

「も、もう一度唱えてみますっ！」

もう一度、一語一句違《たが》えないよう気をつけて唱えるが。

まったく、全然、召喚できる気配がしない。

「……無理みたいです……」

ふつう蟲が召喚に応えてくれる時は、手のひらにうっすらと熱を感じたり、何らかの気配を感じたりするものだが、一切、それがない。

「で、でも、私が《龍》を呼び出せないということは、万が一、《龍》の気を奪われていたとしても、敵の術師も《龍》を召喚できないということですよね!?」

明珠が《龍》を召喚できるよりも、そちらの方がずっといい。

気を取り直してあえて明るい声を上げると、遼淵が真剣な表情で腕組みした。

「《龍》の気が体内にあっても、召喚することはできない、か……。それに、呪文にあった『我が身に流れる血の盟約』という言葉……。何が《龍》の召喚条件になっているのか、興味深いねっ♪」

わくわくと声をはずませる遼淵は、《龍》の研究を心から楽しんでいるのだと、見ただけでわかる。

だが、遼淵とは対照的に英翔の表情は険しい。

「……英翔様？　どうかなさったんですか？」

おずおずと尋ねると、英翔が我に返ったように伏せていた視線を上げた。

「いや……。襲撃を受けた時は、抵抗するのに必死だったからな。思い出そうとしているのだが、禁呪によって、《龍》の気を封じられたのか奪われたのか、自分自身のことだというのに判然とせん。だが……」

低い声で話す英翔が、いぶかしげに眉をひそめる。

「《龍》の気が身体から抜けていくあの感覚を味わったのは、初めてではないような気がする……」

「ん？　何だい？　禁呪を解くきっかけでも思い出したのかいっ!?」

勢い込んで尋ねた遼淵に、英翔が苦笑する。

「そうせっつくな。一刻も早く禁呪を解きたいのは、わたしとて同じだ。気づいたことがあれば、すぐにお前に相談する」

しばし、黙して考え込んでいた英翔だが。

「……駄目だな。どうにも、靄《もや》がかかったように思い出せん。ずっと昔に覚えがある気がするのだが……」

吐息とともに残念そうにかぶりを振る。

「だが、明珠のおかげで、《龍》の気を得ていても、簡単には利用できぬとわかった。それだけでも収穫だ」

だが、遼淵はまだ諦めきれないらしい。

「うーん、惜しいなあ……。《龍》の気さえあれば召喚できるのなら、ワタシ自身で《龍》を喚んで、イロイロできるのに……っ！」

心底悔しげに歯嚙《はが》みする遼淵に、英翔が「そんなことより」と険しい表情で身を乗り出す。

「遼淵。敵が《龍》の気を使えずとも、明珠が今後、危険な目に遭う可能性があるのは否定できん。身を守る道具で、何か明珠に渡せるものはないのか？　半月前、お前が王城に行くことになった時、山のようにわたしに押しつけていっただろう？」

「ああ、《盾蟲《じゅんちゅう》》の巻物とか？　昨日、従者クンも使ってたよね～。用意しろって言うんなら、いくらでも用意するけど……」

英翔の提案に、遼淵がちらりと明珠を見る。

「明珠の場合、うまく発動しないかもしれないよ？　昨日だって、巻物から喚び出した蟲を解呪してたし」

「す、すみません……」

昨日の失態を思い出し、申し訳なさに身を縮める。昨日は無我夢中で、まさか明珠達を守ってくれていた《盾蟲》まで一緒に消えてしまうなんて、考えすらしなかった。

「まさか、ワタシが直々に込めた蟲を消されちゃうなんてね〜。予想外だったよ。明珠の解呪の力は、かなり強いのかもしれないねっ♪」

遼淵の言葉に、英翔が驚いた顔をする。

「明珠。お前、遼淵の蟲を消したのか!?」

「え？　あの……。何かの間違いじゃないですか？　私なんかが、ご当主様の蟲を解呪できるなんて……」

明珠は信じられないが、「いや」とかぶりを振ったのは英翔だ。

「『昇龍の祭り』の灯籠の光蟲《こうちゅう》も、こともなげに解呪していただろう？　わたしも解呪の力を持つ者は宮廷術師の嶺賢浄《れいけんじょう》しか知らぬし、その力をくわしく見たこともないが……。明珠の解呪の力は、かなり強いのかもしれん」

「麗珠《れいじゅ》もかなり強い解呪の力の持ち主だったよ〜♪　ほんと、いなくなった時は哀《かな》しくてねえ……。手を尽くして探そうとしたんだけど、『気隠しの香』を使われた上に追跡用の蟲もことごとく解呪されちゃってね。あれには参ったなあ……」

遼淵が遠い目をしてしみじみ呟く。

『気隠しの香』とは、《感気蟲》の追跡をまぬがれるために独特の配合をした香だ。この香をつけていると、感気蟲が術師の《気》を追うことができなくなってしまう。明珠は母から配合を教えてもらってはいるが、実際に作ったことは一度もない。

「しかし……。巻物が無理となると、明珠が身を守る手段が限られてくるな。この小刀でも持っておくか？」

英翔が帯の間から取り出したのは、帯の隙間にすっぽり隠せる長さの小刀だ。

螺鈿《らでん》の細工に金や宝石で飾られた鞘《さや》の拵《こしら》えは、一目見ただけで、とんでもなく高価だとわかる。おそらく、明珠の人生百回分の給金を合わせても、足元にも及ばぬ品だろう。花や蝶《ちょう》をかたどった精緻な細工は、もはや芸術品の域だ。貧乏人にはまぶしすぎて、直視できない。

幻覚かもしれないが、離邸の殺風景な食堂の空気までがきらめき、芳《かぐわ》しくなった気がする。

「こっ、こんな高そうなもの、持てませんっ！　持ったら緊張で心臓が壊れます！」

無造作に小刀を差し出す英翔に、ぶんぶんぶんっと千切れんばかりにかぶりを振る。

「しかし……。この小刀は優れものだぞ。大抵の蟲なら滅せるほどの力を秘めている」

「そっ、それって……っ」

ひくりっ、と恐怖に喉が震える。

『破蟲《はちゅう》の小刀』。

その存在については、昔、母から聞いた記憶がある。

「そっ、それって蚕家の家宝のひとつじゃないですかっ！　もし何か粗相をしたら、絶対に弁償できませんよっ！　そんなコワイもの、さわるのも嫌ですっ！」

両手を身体の後ろに引っ込めて握りしめ、激しく首を横に振る。ひとつに束ねた長い髪がぶんぶんと揺れた。

なんてものをあっさり渡そうとするのか。心臓が止まるから、本気でやめてほしい。怯《おび》えきっている明珠に対し、英翔と遼淵はのんきなものだ。

「家宝って言っても、どうせ蔵にしまいっぱなしだし……。使う機会があるなら、使ったほうがいいじゃないか♪　どれほどの効果があるか、確かめられるしね～♪」

「お前を守るためなら、家宝かどうかなど些末《さまつ》な問題だろう？」

二人は口々に言うが、頷けるわけがない。

「そもそも、そんなすごい力がある小刀なら、英翔様の身を守るためにこそ使うべきですっ！」

気が昂《たかぶ》るあまり、思わず立ち上がって英翔に詰め寄る。驚いたように目を見開いた英翔が、次の瞬間、悪戯《いたずら》っぽく微笑《ほほえ》んだ。

「だが、わたしにとっては、お前の身を守るほうが重要だ」

くるりと身体を反転させられると、ひょいと英翔の膝の上に座らされる。

「ちょっ!?　何なさるんですかっ!?　下ろしてくださいっ！」

足をばたつかせて暴れるが、青年英翔の力強い腕は、腰に巻きついたまま離れない。

「守る手段が思い浮かばぬのなら、こうして常にそばに置いておくしかないだろう？　そうすれば、わたしや張宇も守りやすい」

英翔が妙案だとばかりに頷く。

「ふむ……。張宇に守らせるという手もあるか……。『破蟲の小刀』とまではいかないが、張宇には、『蟲封じの剣』を持たせているしな。うん、いい案だ」

「どこがいい案ですか!?　無茶苦茶《むちゃくちゃ》です！　狙われているのは英翔様ですよ!?　英翔様の警護を第一にしなくてどうするんですかっ！」

じたばたと暴れながら盛大に突っ込む。時々、英翔の考えていることがさっぱりわからない。天と地ほども身分の差があると、考え方も違ってくるのだろうか。

「あ、『蟲封じの剣』は護衛クンが持ってるんだね。『破蟲の小刀』には劣るけど、あれもなかなか、蟲に効くからね～♪　明珠も一本持っておくかい？　巻物と違って、術を仕込んでいるわけじゃないから、解呪の能力にも影響されないだろうしね♪」

悪戯小僧のように目を輝かせて、遼淵が明珠に思わせぶりな視線を送る。

「とっておきのがあるんだよ～！　『蟲殺しの妖剣』ってのが♪」

「む、蟲殺しですか？」

聞くからに不穏な名称に、思わず唾を飲み込む。

「うんっ♪　どんな呪が籠《こ》められているのかわかってないけど、斬った蟲を何でも滅するっていうふれこみの妖剣で――」

「遼淵」

不意に、英翔が低い声を出す。腰に回されたままの腕に力がこもり、明珠は暴れるのをやめた。

背後から発せられる威圧感に身がすくむ。

「『蟲殺しの妖剣』といえば、蚕家が管理する呪物の中でも、ひときわ危険と目されている代物だろう？　蟲を滅する力は『破蟲の小刀』に引けを取らないが、振るう者の精神をも蝕《むしば》むとか？」

「いやー、それを解呪の力を持つ明珠が持ったら、何か変化があるのかなーって♪　何せ、ここ百年以上、誰もふれてさえ――」

「なら、お前が持て」

冷ややかな英翔の声が、遼淵の言葉を断ち切る。

「その結果、心神喪失に陥ったら、遠慮なくお前を当主の座から引きずり下ろしてやろう。どうだ？」

深く響く英翔の声は涼やかで、いっそ優しささえ感じさせるほどなのに……。

後ろから立ちのぼるこの威圧感は何だろう？　怖くて後ろを振り向けない。

一方、英翔に睨《にら》みつけられた遼淵は、

「あ、ごめん。やっぱナシで！」

あっけらかんと言を翻《ひるがえ》す。

「気にはなるけど、当主の座を懸けてまで確かめることじゃないしね～。当主の座を懸けるなら、もっと面白い実験に懸けるよ♪」

……英翔の考えは時々わからないが、遼淵の思考は、明珠には常に理解不能だ。

「お前な……。もうよい」

毒気を抜かれたように、英翔が吐息混じりの呆《あき》れ声を洩《も》らす。背中にかかる圧がゆるんで、明珠はほっと息を吐き出した。

と、不意に優しく抱き寄せられて、「ひゃぁっ!?」と悲鳴が飛び出す。

「すまん。怯えさせてしまったな」

耳のすぐそばで囁《ささや》かれた声の近さに、瞬時に頬が熱くなる。

「だ、大丈夫ですっ。そんなことより、下ろしてくださいっ！」

足をばたつかせてふたたび抗議すると、「断る」と、一言《いちごん》のもとに却下された。

腰に回された腕にますます力がこもり、ぴったり密着させられる。衣に焚《た》き染《し》められた香の薫りが押し寄せ、溺れてしまいそうだ。

「こうしていると、妙に落ち着く」

「あっ、それはわかります。私も順雪《じゅんせつ》を抱っこしていると、すっごく癒やされ……ってそうじゃなくて！」

抗議するはずが逆に共感してしまい、思わず自分で自分に突っ込む。

「ご、ご当主様だっていらっしゃるのに、こんな……っ！」

「あ、ワタシは別に気にしないよ？　それより、やっぱり《龍》だよ、《龍》！　明珠が喚び出せるようにならないか、いろいろ試してみようよ！」

「えっ？　そこに話が戻るんですか⁉」

遼淵のへこたれなさに、感心を通り越して呆れてしまう。

「ふむ。いろいろ試してみるのもよいかもしれんな。明珠には自衛の手段が必要だ。わたしが常にそばにいられればよいが……」

「英翔様！　遼淵殿までいらっしゃったんですか⁉　二人して姿を消したまま戻ってこられないと思ったら……っ！　こんなところで油を売ってらっしゃるとは！」

「……季白がうるさいからな」

台所の入り口に仁王立ちする季白を振り返り、英翔が嘆息する。

明珠も振り返ると、目を怒らせた季白と困り顔の張宇が並んで立っていた。

「言っておくが季白、わたしも遼淵も遊んでいたわけではないぞ。遼淵が気になることがあると言うのでな。《龍》について調べていたのだ」

英翔が秀麗な面輪を引き締め、すこぶる生真面目な声音で告げるが、季白の返事はにべもない。

「明珠を膝に乗せて何をおっしゃっているんですかっ！　説得力皆無です！」

「ぶはっ！」

季白の言葉に張宇が吹き出す。英翔が不服そうに顔をしかめた。

「たまには、ひとときの安らぎを得るのも必要だろう？」

「小娘で安らぐという意味がわかりません」

ぶった切った季白が、

「それで？　遼淵殿の懸念とは何なのですか？　もちろん、禁呪に関わることなのでしょうね!?」

と鋭い視線で遼淵を見る。頭から英翔の言葉を否定する気はないらしい。

季白と張宇も卓につき、明珠はようやく膝から下ろしてもらった。

遼淵が先ほどの話を季白達にも説明する。話が進むにつれ、二人の顔がどんどん強張っていく。

「それは……。万が一、《龍》の気が敵の手に渡っていたら、かなりまずい事態ですね」

青い顔で深刻そうに呟いたのは張宇だ。

「まずいどころではありません。英翔様に仇《あだ》なす者が《龍》の力を振るえるなど……っ。対抗できるのが英翔様ご自身に限られてしまうではありませんか！　これはやはり、一刻も早く禁呪を解かねば……っ！」

季白が鬼気迫る表情で、ぎりぎりと歯を噛《か》みしめる。なだめるように穏やかな声音で季白を諭したのは張宇だ。

「だが、もし敵が《龍》を喚び出せるとしたら、半月以上もおとなしくしていたはずがない。結界があったとしても、遼淵殿が王城から帰ってくる前に何としても英翔様を襲撃しようとしていたんじゃないか？　ということは、敵は《龍》の力を使えない可能性が高いと見て、間違いないと思うんだが……」

張宇の言葉に季白が険しい顔のまま頷く。

「あなたが言うことも一理あります。ですが、最悪の事態も想定しておくべきです。これは、ますます解呪を急がねばならなくなりましたね……っ！　我々にのんびりしている時間はまったくないのですから」

「ん？　遠慮はいらないよ？　愛しの君なら、ずーっと蚕家に滞在してくれても大歓迎さっ！」

「そういうわけにはまいりません」

遼淵の言葉に、季白がきっぱりと首を横に振る。

「遼淵殿のご厚意はありがたいですが、ずっと甘えるわけにはまいりません。我々は、一刻も早く解呪の目処《めど》をつけ、乾晶《けんしょう》の町へ赴かねばならぬのですから」

聞き慣れぬ町の名に明珠が疑問を口にするより早く、遼淵があっさりとんでもないことを告げる。

「ああ、反乱が起こったんだっけ？」

遼淵がつまらなそうに吐息する。

「面倒だよねえ。皇族は義務が盛りだくさんで。反乱が起こったくらいで、わざわざ地方にまで鎮圧しに行かなきゃいけないなんてさぁ」

「え……？」

初めて耳にする話題に、頭が真っ白になる。もしかして、聞き間違いではなかろうかと一縷《いちる》の望みを抱きながら、明珠はびくびくと英翔達を見回した。

「英翔様達は、反乱の鎮圧に行かれるのですか……？」

問う声が否応《いやおう》なしに震える。

禁呪を解く目処が立つまで、英翔達は蚕家に滞在するものだと勝手に思い込んでいた。だが、そうではなかったらしい。

「ああ。もともと、乾晶で起こった反乱を鎮圧するために赴任する途中で、刺客に襲われたのだ。ひとまず、乾晶には影武者を立てて行かせているが、そう長くごまかせまい。一日も早く元の姿に戻る方法を見つけ、乾晶へ向かわねばならぬのだ」

英翔が苦い声で告げる内容は、どれもこれも、明珠が初めて聞くことばかりだ。

「で、ですが、反乱だなんて……。すごく危険なのではありませんか？」

声の震えがおさまらない。あちらこちらと引っ越ししてきたが、今まで平和で穏やかな町でしか暮らしたことのない明珠には、反乱がどんなものなのか、想像すらつかない。だが、危険な場所であることは確かだろう。

「危険かどうかは問題ではない」

不安を吐露した明珠に、英翔がきっぱりとかぶりを振る。

「乾晶は交易で栄えている町だ。治安が不安定な状態が続けば、町そのものの衰退につながる。反乱が長引けば長引くほど、町に暮らす者達の生活が脅かされるだろう。民の安寧のために力を尽くすことは上に立つ者の務め。そのためには喜んで身命を賭そう」

黒曜石の瞳に強い光を宿し、英翔が迷いなく言い切る。

「英翔様……っ！」

恐怖とは別の感情に声が震える。

やっぱり英翔は素晴らしい方だ。この方の役に立てるのなら、どんなことでもしたいと心の底から思う。

だが同時に、今でも自分はくわしい事情を説明してもらえぬ除《の》け者《もの》なのだと、胸の奥がつきりと痛んだ。

もともと、明珠は英翔の直接の従者でもなんでもなく、蚕家の臨時雇いの侍女なのだ。

今後、解呪の方法に目処がついたら――。もし、明珠の他に解呪の特性を持つ者さえ現れれば、明珠は即刻、お払い箱になるだろう。

そうなれば……。

(きっと守り袋を取り上げられて、英翔様にはもう、二度と会えない……)

自分の心の呟きに、予想以上に動揺する。

当たり前だ。第二皇子である英翔と市井《しせい》の貧乏人にすぎない明珠とでは、身分に差がありすぎる。

頭ではわかっているのに――。母の形見の水晶玉を取り上げられるかもしれないという不安以上に、心が痛む。

「どうした？　顔色が悪いぞ」

「ひゃっ」

ぎゅっと縋《すが》るように着物の上から守り袋を握りしめていると、不意に英翔の大きな手に頰を包まれた。我に返った視界に英翔の秀麗な面輪が大写しになり、ぱくりと心臓が跳ねる。

「昨日の疲れが残っているのか？　それとも、遼淵にまとわりつかれて心労が限界を超えたのか？」

明珠を包み込もうとするかのように英翔の腕が伸びてくる。明珠は空《から》の盆を盾にして、英翔の腕を遮った。

「だ、大丈夫です！　何でもありませんっ。えっと、その……。反乱なんて聞き慣れない話題にですね、圧倒されて、ぼうっとなってしまって……」

「しかし……」

納得していない様子の英翔に、季白が助け舟を出してくれる。

「英翔様。市井に暮らす明珠にとっては、本人が言うとおり、反乱の話題などほとんど聞いたこともなかったのでしょう。驚いても仕方がないことかと存じます。加えて、遼淵殿は会ったこともなかった父親なのです」

ちらりと遼淵に視線を向けた季白が、思わせぶりに嘆息する。

「ましてや、遼淵殿はこの性格でいらっしゃいますから……。無意識の内に緊張してしまい、気疲れしているのやもしれません。であるならば、我々は席を外して、いつもどおりに仕事をさせてやるほうが、明珠は心穏やかに過ごせるのではありませんか？」

季白が明珠を気遣ってくれるなんて珍しい。内心で驚きつつも、明珠はこくこく頷いて同意する。

「そ、そうです！　まだ夕食の支度も進んでいませんし……。いつもどおりにしていれば、すぐによくなりますから！」

遼淵をちらりと流し見た英翔が、季白と同じく吐息する。

「……まあ、こいつといると気疲れするのは理解できる。遼淵。もう用は済んだだろう。書庫に戻るぞ」

「えーっ、まだまだ検証したいことはたっぷりと……」

「お前のせいで明珠が体調を崩したらどうする!?　相手ならわたしがしてやるから、つべこべ言わずに来い！」

眉を吊《つ》り上げた英翔が、強引に遼淵の腕を引く。不満そうな顔をしながらも、しぶしぶ遼淵が席を立ち、季白も後に続いた。

「張宇、お前は明珠を手伝ってやれ。わかっているだろうが、無理をさせるのではないぞ？　調子が悪そうなら休ませてやれ」

戸口のところで振り返った英翔が張宇に命じる。

「承知いたしました。明珠のことは俺にお任せください」

頼もしい声で請け合った張宇が、英翔達三人を見送ってから明珠を振り返る。

「本当に、無理をしていないか？　疲れているなら、部屋で休んでくるといい」

凛々《りり》しい面輪をしかめ、気遣わしげに問うた張宇に、明珠はあわててかぶりを振った。

「大丈夫です！　ちょっとその……。精神的な疲れが残っているだけで」

「まあ、昨日、あれだけのことがあればなあ……」

眉を寄せて呟いた張宇が、いたわるように明珠の頭を撫《な》でてくれる。大きな手のひらの優しさに、張り詰めていた気持ちがほどけていく気がする。

「もし、調子が悪いと思ったら、すぐに言うんだぞ？」

「ありがとうございます。でも、本当に大丈夫ですから。張宇さんも自分のお仕事に戻っていただいてかまいませんよ？」

張宇の仕事の邪魔をするのは申し訳ない。

だが、それより、このまま張宇と一緒にいると、「乾晶の反乱はどれぐらいの規模のものなんですか？」とか「英翔様達はこれからどうするつもりなんでしょうか？」とか、いろいろ聞いてしまいそうだ。

尋ねた際に、もし前みたいに「話せない」と張宇に言われたら……。

泣かないでいられるかどうか、自信がない。

明珠に厳しい季白ならともかく、人の好《い》い張宇が断るということは、すなわち英翔に口止めされているということに他ならない。

きっと英翔は、明珠には政治が絡む複雑な話など、伝えてもわからぬだろうと侮っているのではなく、単に余計な心労をかけまいと気遣ってくれているのだろうが……。

英翔の気遣いを嬉しいと喜ぶのではなく、哀しいと感じてしまう自分がいる。なぜ哀しいと思うのか、自分でも、自分の心がうまく摑《つか》めないのだが。

日雇いの臨時仕事も含めれば、今までいろいろな家や店で働いてきたが、これほど明珠を気遣ってくれる主人に出会ったのは、初めてだからかもしれない。

大きな屋敷なら、侍女など口をきく道具のひとつのように扱われることも少なくないし、小さな店は小さな店で切り盛りに忙しく、いちいち雇い人にかまってなどいられない。

英翔のように、間抜けな侍女が足に擦り傷を作ってきたからといって自ら薬を持ってきてくれる主人が、どこにいるというのか。

英翔にも思惑があったと知った今でさえ、英翔の優しさ自体を疑ったことは一度もない。だからこそ、英翔にお払い箱にされるかもしれないと想像するだけで、こんなに胸が痛むのだろう。

けれど、こんなことを考えているなんて、いくら張宇が優しくても、話せるわけがない。困らせてしまうだけだろう。

張宇にこれ以上心配をかけたくなくて強いて明るく告げた明珠に、張宇が穏やかに微笑みを返してくれる。

「気を遣わせてすまないな。だが、風呂の準備はほとんど済ませてあるから、気にしないでくれ。それに、英翔様のご命令に背いたら、後が怖いからな」

おどけた様子で肩をすくめた張宇につられて、笑みがこぼれる。

「ありがとうございます。じゃあ、肉団子の甘酢あんかけを作るので、こねて丸めるのを手伝ってください」

優しい張宇を困らせたくない。うっかり口をすべらせたりしないように気をつけようと思いながら、明珠は張宇の厚意に素直に甘えることにした。

＊　＊　＊

人気《ひとけ》のない本邸の裏の井戸で、清陣《せいじん》付きの従者である薄揺《はくよう》は深い嘆息をこぼした。

裏手にある井戸は、利用する者が少ないので都合がいい。ましてや、夕暮れが迫り、夕食の支度や風呂の準備など、屋敷の規模の割には少ない使用人達があわただしく立ち働く時間なら、なおさらだ。

朝から離邸に行ったきり、姿を見せなかった遼淵が夕方にようやく本邸に戻ってきたこともあり、当主を出迎えた本邸は活気づいている。

薄揺は桶《おけ》で汲《く》み上げた水に手巾をひたして固く絞ると、額をふいた。

生成りの麻の手巾が血を吸って赤く染まる。

傷ならば、《癒蟲《ゆちゅう》》で治せる。だが、血で汚れた顔や着物はどうしようもない。

「くそ……っ」

額に布を押し当て、人前では決して口に出せぬ、だが、どうにも心の中におさめておけぬ憤りを吐き捨てる。

四日前、離邸の滞在人物を調べるよう薄揺に命じた日以来、清陣の機嫌が悪い日が続いている。が、昨日王城から遼淵が帰ってからはもう、手がつけられなくなっていた。

少しでも癇《かん》に障れば最後、特に粗相をしなくても、憂さ晴らしのために殴られ、物を投げつけられる。額を切って怪我《けが》を負ったのも、清陣に酒が入ったままの盃《さかずき》を投げつけられたからだ。

着物に染み込んだ酒の臭いが立ちのぼり、悪酔いしそうだ。

いっそのこと、清陣のように、酒の力でいっときでも嫌なことから目を背けられればいいが……。

使用人にすぎない薄揺が酒を飲めるのは、祭りか何かの催しの時だけだ。清陣に酒をぶっかけられるほうが、ずっと多い。

清陣が不機嫌な理由はわかっている。

昨日帰ってきた遼淵が、息子の清陣にはちらりとも顔を見せず、今朝はなんと朝一番から離邸に行ったきり、戻ってこなかったからだ。

まるで、菓子をもらえずに駄々をこねる子どもだ。

父である遼淵に認められ、愛されたいと願いながら、それを素直に口に出すにはひねくれすぎ、かといって遼淵を感心させるほどの才はない清陣。

とはいえ、清陣の実力は並みの術師より抜きん出ている。ただ、他の追随を許さぬ天才である遼淵にとっては、並みより抜きん出ただけの術師など、興味の対象になりえないのだ。

さほど遼淵と接触したことのない薄揺ですら、あの遼淵に父親の情愛を求めることなど、愚かの極みだとわかるというのに――。

手に入らぬものを欲してやまない清陣は、なんと愚かで滑稽《こっけい》なのだろうか。

指摘すれば、清陣の逆鱗《げきりん》にふれるとわかっているので、決して本人に教えてやる気などないが。

誰も聞いていないのをいいことに、人前では決して口に出せぬ侮蔑の言葉を吐き捨てる。万が一、清陣の耳に入ったら、その場で縊《くび》り殺されるだろう。

尊敬どころか、軽蔑しか湧かぬ主に、あとどれほど仕えねばならぬのだろう。

蚕家を離れられないかと考えたことは、腐るほどある。だが、特に術師として優れているわけでもない薄揺が、蚕家の庇護《ひご》もなく、生きていけるのか。五歳で蚕家に引き取られて以来、世間をろくに知らぬという点では、薄揺も清陣を蔑む立場にないのだから。

だが……。

このまま、薄揺の人生は、清陣の八つ当たりの相手として消費されていくのだろうか。

そう考えた途端、ぞっと体中から血の気が引いていく。

きっと、あと何年もしない内に、薄揺の忍耐も限界を迎えるだろう。その時――。薄揺が清陣を殺して死刑になるのか、それとも返り討ちにされて、殺されるのか。

どちらにしても、ろくでもない最期に違いない。

嫌だ。

恵まれた人生でないことは、重々承知している。それでも、そんな最期は嫌だ。

気がつくと、身体ががくがくと震えていた。酒の臭いが気持ち悪くて吐きそうだ。と。

「《自由に、なりたいか……？》」

まるで、薄揺の心を読んだような声がした。

弾《はじ》かれるように顔を上げる。

「誰だっ!?」

先ほどの清陣への暴言を聞かれたのだろうか？

体中から音を立てて血の気が引いていく。万が一、告げ口でもされようものなら……っ！

声がしたほうを向いた薄揺の目に入ったのは、鈴虫に似た丸い羽を持つ、栗《くり》の実ほどの大きさの蟲、《互伝蟲《ごでんちゅう》》だった。

互伝蟲は変わった蟲で、二匹一対で召喚され、二匹が離れていても、数里の距離なら、言葉のやり取りができる。情報伝達の手段として非常に優れた蟲なのだが、残念ながら、伝えられる言語は

『蟲語』に限られている上に扱いが難しいため、実際に使われることはまれだ。

暮れなずむ夕日の最後の斜光が、小さな互伝蟲を妖しく照らす。息を呑んで見つめる薄揺の視線の先で、互伝蟲が丸い羽を震わせる。

「《どら息子にこき使われている日々に、嫌気がさしているのだろう？　清陣の軛《くびき》から自由になりたくはないか……？》」

「《誰だ、お前は!?　いったい何を根拠にそんなことを言う!?》」

本来なら、返事などせず、蚕家に仇なそうとする不埒者として、即刻人を呼んで術師を捕まえるべきだろう。

だが、薄揺の心を読んだかのような問いかけを無視することは、どうしてもできなかった。

己の命を犠牲にすることなく清陣から解放されるすべがあるのなら、喉から手が出るほど知りたいに決まっている。

「《わたしが何者か、か……。わたしはお前に自由を与えてやれる者だ》」

《互伝蟲》が低く不気味な音を洩らす。

それが嗤《わら》い声だと気づいた時には、新たな言葉が紡がれていた。

「《別に、お前を助けてやろうなどと、同情心で考えているわけではない。わたしは清陣を追い落としたいのだ。もし清陣が廃嫡されれば……。お前も、彼奴《あやつ》に仕え続ける必要はなくなるだろう？》」

「《な……っ!?　そんなこと、できるわけがない……っ！》」

言い返しつつも、突然降って湧いた甘美な誘惑に、心はどうしようもなく揺れてしまう。

もし、清陣が廃嫡されたら。

そうすれば、薄揺は従者から解放されるに違いない。

「《清陣様は、遼淵様のたったひとりの嫡男……。廃嫡などという事態が、起こるとは思えん……。いったい何の罠《わな》だ？》」

理性は、これ以上話を聞いてはならないと、警鐘を鳴らし続けている。

だが、もしかしたら清陣から離れられるかもしれないという一縷の望みを抱いてしまった心が、傾いていくのを止められない。

かすれた声が嗤う。

「《罠などではない。愚かな道化に教えてやろうというだけだ。離邸に匿《かくま》われているのは誰なのか。清陣はすでに崖っぷちに立っているも同じ。少し背中を押してやるだけで、あの愚か者は自ら破滅への道を転がり落ちるだろう》」

凍《い》てつく吹雪《ふぶき》より、なお冷ややかな声。

清陣を道具としてしか捉えていないその声に、理性が「関わるな。今すぐこの不埒者を蚕家へ突き出せ」と叫ぶ。だが。

「《……本当に、自由になれるのか……？》」

唇はあっさり主を裏切って、問いを紡ぐ。

「《無論だ。ほんの少し、あの愚か者を煽《あお》ってくれればいい。それだけで、お前は自由になれる。

——明日にでも》」

「明日……」

呆然《ぼうぜん》と、呟く。

薄揺にとって日々はただ、清陣に浪費され、すり潰されていくもので、それ以外の明日など、想像したことすらなかった。

だが今、突然、想像もしていなかったものを目の前に突き出され。

生まれて初めて味わう高揚感に、理性やためらいが溶けてゆく。手に入れたことのない「自由な明日」がまばゆすぎて。

気がつくと、薄揺は姿すら見せぬ術師に、問い返していた。

「《……わたしは一体、何をすればいい……？》」

❀

❀

❀

「どこをほっつき歩いていた!?　この愚図《ぐず》がっ！」

本邸の中に戻って清陣の私室に入るなり、薄揺は罵声を浴びせかけられた。

清陣の前の卓の上には、さまざまな料理と、幾本もの瓶子《へいし》が並んでいる。

薄揺がいようといまいと変わらぬだろうに、横暴なこの主人は、起きている間中、薄揺を縛りつけようとする。

清陣の怒りに呼応するように、豪奢《ごうしゃ》な部屋のあちらこちらに置かれた蠟燭《ろうそく》の炎が、怯えるかのごとくゆらりと揺れる。清陣の背後にある露台に続く硝子戸《がらすど》の向こうは、すでに深い闇だ。

墨で塗りこめられた闇を背に、酒精に染まった顔で息巻く清陣は、薄揺には吐き気を催すような醜悪さだ。

あと一日の辛抱だと思えば、虎の威を笠《かさ》に着た清陣の罵声など、そよ風のようなものだ。

薄揺は床に膝をついて恭順の意を示し、謝罪を口にする。

「申し訳ございません。離邸に滞在している者について、調べておりました」

薄揺の言葉に、ぴくりと清陣が反応する。

「何かわかったのか？」

「はい」

酒に濁った目を真《ま》っ直《す》ぐに見つめ、先ほど《互伝蟲》で教えられた内容を告げる。

「離邸に滞在しているのは、清陣様の異母兄弟でございます」

「な……っ!?」

驚愕《きょうがく》が十分に清陣に染み込むのを待って、ふたたび口を開く。

「わたしが摑みました情報では、遼淵様は近々、清陣様を廃嫡し、離邸に匿っている隠し子を蚕家の跡継ぎに据えようと考えていらっしゃるとのこと……」

がしゃんっ！

耳障りな破砕音が響く。

清陣が投げた盃が、壁に当たって割れた音だ。薄揺を狙ったようだが、酔いで手元が狂ったらしい。ついさっき着替えたばかりなのに、もう一度酒を浴びせられるのは御免だ。

清陣は盃を投げたのも意識していないように、握りしめた拳をわななかせ、荒い息を吐いている。

「今さら隠し子だとっ!?　俺を廃嫡するだと!?　認めんっ！　そんな馬鹿げたことは決して認めんぞ……っ！」

酒に濁った清陣の目の中に、激しい憎しみの炎が燃え立つ。

生まれた時から蚕家の嫡男として周りから褒めそやされ、自尊心を肥大させてきた清陣だ。青天の霹靂《へきれき》で降って湧いた競争相手を、憎まぬわけがない。

内心は冷ややかに、だが、表面上はさも清陣の憤りに共感している風を装って、薄揺はゆっくりと頷く。

「清陣様のお怒りはごもっともでございます。清陣様以外に、次の蚕家のご当主にふさわしい方がいるとは、考えられません。聞けば、遼淵様はわざわざ離邸に結界まで張って隠し子を守っているとのこと。今日、本邸を不在にしていたのも、隠し子の身を案じて、夕方まで離邸にこもっていたからというではありませんか。遼淵様の庇護に甘え、怯えきって離邸に隠れているような者が、どうして清陣様より優れている道理がありましょう」

「当たり前だ！　蚕家の次期当主は俺だっ！　どこの馬の骨とも知れぬ輩《やから》に、むざむざと奪われてなるものか！」

吐き捨てた清陣が、何かを思い出したようにいぶかしげに眉をひそめる。

「……もしや、あの男か……？　昨日、俺を襲った……？」

昨日、薄揺が所用で席を外していた隙に清陣が部屋で気を失っていた件は、もちろん知っている。薄揺がいない間に何があったのかは、清陣が話さぬので知らないが、目覚めた後の清陣の荒れようはひどかった。清陣の暴力に慣れている薄揺ですら、命の危険を感じたほどだ。

「そうだ……。妖しい術を使っていた……。きっと、何らかの術で親父《おやじ》を謀《たばか》って、都合のいいように動かしているに違いない。それとも、あの娘を親父にあてがって誑《たぶら》かしたか……？」

遼淵が女性などに心を動かされる性格でないことは、薄揺ですらわかる。だが、人は自分の尺度でしか他人を測れぬものだ。

あえて清陣の言葉を否定も肯定もせず、薄揺は今宵《こよい》限りの主人を焚きつける。

「きっと遼淵様は騙《だま》されておいでなのです。清陣様が、隠し子などより数段優れていると証明できれば、遼淵様も悪い夢から覚められるに違いありません」

「もちろんだ！　俺が隠し子などに負けるはずがないっ！」

確かに、清陣は人格はともかく、術師としての実力なら、並みの術師より抜きん出ている。

酒で赤らんだ顔に強い自負をにじませて言い切る清陣に、薄揺は大きく頷く。

「おっしゃるとおりでございます。清陣様の実力をご覧になられれば、遼淵様も必ずや、やはり蚕家の次期当主は清陣様の他にはありえぬと認められることでしょう」

「だが……。どうやって実力を示せと？　離邸から出てこぬ隠し子と、直接対決するわけにもいくまい？」

清陣が薄揺の意見を取り入れようとするなど、ついぞなかった事態だ。それだけ、告げられた内容が衝撃的だったということだろう。

緊張に喉がひりつく。

一度唇を舐めて湿らせ、薄揺は真意を悟られぬよう、視線を伏せて口を開く。

「伝え聞くところによると、親というものは、子が可愛《かわい》いがゆえに、いつまで経《た》っても子どもの成長を認めず、幼子扱いするものといいます。遼淵様とて人の親。おそらく、清陣様の実力のほどを、曇りのない目でご覧になっていないだけでございましょう。ならば、いっそのこと、遼淵様の度肝を抜くような行いをなさってはいかがですか？」

いったん言葉を切り、さも、いま思いついた風を装って告げる。

「たとえば、遼淵様ですら、ふれるのをためらっている『蟲殺しの妖剣』を使い、遼淵様の結界を破ってみせる、などいかがでしょう……？」

「『蟲殺しの妖剣』だとっ!?」

清陣の声がひび割れる。薄揺はあわてて平伏した。

「申し訳ございませんっ。どうぞ、慮外者の戯言《たわごと》と聞き流してくださいませ」

清陣が次の言葉を発するより早く、床に額をこすりつける。

「浅慮でございました。『蟲殺しの妖剣』を使うなど、清陣様の御身にも危険が及ぶかもしれぬ策を……」

ですが、と平伏したまま、遠慮がちに言葉を紡ぐ。

「『蟲殺しの妖剣』が本当に危険なものか、わたしが知る限り、実際に試した者は、ひとりもおりません。あの遼淵様ですら……。もし、見事『蟲殺しの妖剣』を扱うことができれば、清陣様の実力は、蚕家のみならず、すべての術師が認めるところとなりましょう。ともすれば、遼淵様を超える名声を手に入れられるやもしれません」

薄揺が言葉を切ると、豪奢な室内に重い沈黙が落ちる。

強い酒の臭いと、種々の料理の香りが混沌《こんとん》と渦巻く部屋の中で、薄揺は面を伏せたまま、じっと清陣の言葉を待った。

背中にじわりと冷や汗がにじむ。薄揺が自由を得られるかどうかは、すべて清陣の返答如何《いかん》にかかっている。

薄揺には四半刻にも感じられる沈黙の後。

「……子はいつか、親を越えるものと言うからな」

低く、しかし熱のこもった清陣の声に、薄揺は「かかった」と快哉《かいさい》を叫びたい衝動をこらえて、おずおずと顔を上げた。

「薄揺。お前の言うとおりだ。今こそ、俺の実力を親父に認めさせる時！」

清陣が瓶子から直接、酒を呷《あお》る。口元からしたたった雫《しずく》を手の甲で乱暴にぬぐった清陣の目は、不気味に濁っていた。

「隠し子などに蚕家を好きにさせるものか！　蚕家の次期当主は俺だっ！　それを認めぬ者は、隠し子だろうと親父だろうと、俺が叩っ斬ってやる！」

熱に浮かされたように清陣が吠《ほ》える。

部屋の中は、いくつもの燭台《しょくだい》で明るいはずなのに、部屋のそこここに闇が凝っているような印象を受ける。

酒による高揚とは別の、今まで心の奥底に封じ込められていた鬱憤が噴き出したかのような清陣の叫びを、薄揺は昏《くら》い喜びとともに聞いていた。

薄揺の扇動に、清陣は予想以上に煽られてくれた。

もうすぐだ――。

この長い夜が明ければ、待ち望んでいた自由が、手に入る。

結局、夕食の直前までいた遼淵を見送ってから、明珠達四人は夕食をとった。

夕食の後、台所の片づけや明日の朝食の下ごしらえなど、するべき仕事をすべて終わらせた明珠は、残り湯につかって疲れを癒やそうと、夜着や手ぬぐいを持って風呂場に向かう。

英翔や季白達はすでに入った後なので、遠慮なくゆったりとつかれるだろう。

賊に襲われ、英翔の本当の身分を知った昨日ほどではないものの、それでもやはり今日も疲れた。

季白が言っていたとおり、会ったばかりの実の父である遼淵とずっと一緒にいたことで、気疲れしてしまったのだろうか。

いや、それよりも心に刺さった棘《とげ》のように気にかかっているのは。

(反乱が起こった町って、どんな感じなんだろう……？　やっぱり、危ないのかな……？)

英翔が危険な目に遭うかもしれないと考えるだけで、賊に襲われた時のことを思い出し、身体が勝手に震え出す。

(英翔様が乾晶の町へ旅立たれたら、私は……)

きゅうっと締めつけられたように胸が痛くなり、明珠は胸に抱えた夜着をぎゅっと抱え込んだ。

だめだ。考えるだけで涙がにじみそうになる。

不安のせいだろうか。まるで黒い渦が暴れ回っているようにおなかが痛い。悪寒までする。

思わずしゃがみ込み、涙をこぼすまいと唇を強く噛みしめると。

「明珠？　どうした？」

「ひゃあっ!?」

不意に背後から澄んだ声をかけられ、明珠は飛び上がりそうになるほどびっくりした。

「え、英翔様っ!?」

振り返った明珠のもとへ駆け寄ってくるのは、夜着姿の英翔だ。お風呂上がりに解呪の効果が切れてしまったらしく、今は愛らしい少年姿だ。

「屈《かが》み込んでいったいどうした!?　やはり体調が悪いのか!?」

息せき切って駆け寄ってきた英翔が、しゃがむ明珠の肩に手をかけ、顔を覗《のぞ》き込む。黒曜石の瞳は、あふれんばかりの心配に揺れていた。

「だ、大丈夫です！　何でもありませんっ！」

ぶんぶんとあわててかぶりを振って立ち上がる。

「そ、その……っ！　えっと、履き慣れていない新しい靴なので、ちょっとこすれたかもと確認してただけで……っ！」

完全に嘘だが、英翔に考えていたことを知られたくなくて、あわてて告げる。嘘をついてしまった罪悪感にちくりと胸が痛んだが、分不相応な望みを抱いているのだと知られて呆れられるよりは、よっぽどましだ。

……これからもずっと、英翔に仕えさせてほしいだなんて。

明珠の返事にも、英翔の愛らしい面輪はしかめられたままだ。

「靴が足に合わんのか？　今の靴は色合いも地味だしな。季白に言って、新しい靴を……」

「わーっ！　いいですいいですっ！　そんな、もったいなさすぎますよ！　こすれたかも、と思っただけで、実際はこすれていませんし！　新しい靴をもう一足だなんて贅沢《ぜいたく》すぎますっ！」

英翔のことだ。部屋に戻るなり季白に命じかねない。そんなことになったら申し訳なさすぎる。

何とか思いとどまらせようと必死で言い募ると、明珠の様子がおもしろかったのか、英翔がふ、と口元をほころばせた。

「そこまで必死にならずともよい。靴などたいした金額ではないが……。お前は本当につつましいのだな」

柔らかく微笑んだ英翔が、しかしすぐに「だが！」と目を険しくする。

「つつましいのはお前の美点のひとつだが、そのせいで、必要なことまで遠慮して口に出さないのではないかと心配だ。本当に、体調は大丈夫なのか？　顔色がよくない。本当はつらいのを隠しているのではないか？」

心配そうに眉を寄せた英翔が、明珠へ手を伸ばす。あたたかな手のひらが、そっと明珠の頬にふれた。

「昨日今日と、お前には多大な負担をかけてしまったからな。不調を感じているのなら、すぐに言え。頼むから無理はしてくれるな。何かあってからでは遅いのだぞ？」

思いやりにあふれた言葉に、じんと胸が熱くなる。実家にいた頃、順雪も仕事から疲れて帰ってきた明珠をこんな風に心配してくれた。

「大丈夫ですよ！　私、これでも身体の丈夫さには自信があるんですから！　具合が悪いところなんてひとつもありません！　たぶん、蠟燭を減らして薄暗いから顔色が悪いように見えているだけですよっ！」

身体の奥で、風邪の引き始めのような悪寒は続いている。けれど英翔の愛らしい面輪を曇らせたくなくて、明珠は強いて明るい声を出す。

「それより、英翔様こそどうなさったんですか？　もう夜着に着替えてらっしゃるのに、一階へ来られるなんて……。しっかり眠らないと大きくなれませんよ？」

英翔が纏《まと》う夜着は絹製で見るからに高価そうだ。だが、夜着に包まれた身体は、衣の上からでもわかるほどに痩せていて、英翔の本当の姿は凛々しく立派な青年なのだと知っていてさえ、心配になってしまう。

明珠の言葉に目を瞬いた英翔が、ふはっとこらえきれぬように笑い出す。

「わたしにそんなことを言うのはお前くらいだ。心配いらぬ。眠る前にもう一冊読んでおこうと、本を取りに来ただけだ」

明珠が蚕家に来た二日目にも、お風呂上がりに書庫で英翔と会ったことを思い出す。あの時はなんて勉強熱心なんだろうと感心したが、英翔の事情を知った今ならわかる。一日も早く禁呪を解くために、本当は寝る間も惜しんで調べたいに違いない。

「英翔様こそ、どうか無理はなさらないでくださいね。私は英翔様のほうが心配です」

頼りになる張宇もついているし、何より、英翔に心酔している季白が無理などさせないだろうが、だからといって、明珠が心配にならないわけではない。

誠実で生真面目な性格の英翔だ。己の責務を果たすためには、きっと無茶も厭《いと》わないだろう。

明珠は季白が英翔に過保護になる気持ちが、ほんの少しわかった気がする。

ずっと仕えさせてほしいというわがままは口に出せなくても、せめて英翔が健やかに幸せでいてほしいと願っていることだけは知ってもらいたい。

心の底からの真摯な気持ちを込めて告げると、

「心配はいらぬ」

不安を融かすように英翔が力強く頷いた。と、愛らしい面輪に悪戯っぽい笑みが浮かぶ。

「そんなに不安そうな顔をするな。頼りない童子の姿ゆえ、心配になるのだろうが……」

片手で明珠の頬にふれた英翔が、ついと背伸びする。整った面輪が吐息がかかりそうなほど間近に迫り。

「お前は、わたしの本当の姿を知っているだろう？　不安ならば、今すぐ青年の姿に戻ろうか？」

「っ!?」

青年の姿に戻るために必要なことが脳裏をよぎった瞬間、ぼんっと顔が燃えるように熱くなる。

「だ、大丈夫ですからっ！　寝る前に青年のお姿に戻ったら、寝ている間に小さいお姿になった時に、夜着がぶかぶかになって風邪をひいちゃいますよ!?　そんなことになったら大変ですっ！　わ、私、お湯が冷めきらないうちにお風呂に入りたいのでっ！　失礼します……っ！」

頭がくらくらして気が遠くなりそうだ。明珠の心配を解消するためとはいえ、何という提案をするのか。

明珠は一歩後ずさって英翔の小さな手から逃れると、薄明かりの中でもはっきりわかるほど真っ赤になっているだろう顔を見られまいと、英翔の返事も待たず身を翻して風呂場へ向かった。

❀　❀　❀

「ついに……。ようやく孵《かえ》ったぞ……！」

薄暗い天幕の中。

冥骸《めいがい》は、娘に仕込んだ『卵』の孵《ふ》化《か》を感じて、薄く笑みを刻んだ。

術師相手に蟲の卵を仕込んだ場合、術師の《気》の性質によっては、なかなか孵化しない場合もある。ここまで孵化しない事態は初めてだったが、今日、離邸に送り込んだ少年に冥骸の《気》を封じた蟲を隠し持たせ、娘の腹に宿る《蟲》に追加で冥骸の《気》を送り込むことによって、ようやく孵化させることができた。

孵化さえすれば、あとは娘の《気》を喰《く》らって、蟲はあっという間に成長するだろう。そうすれば、精巧な操り人形の完成だ。術師の才を持つ娘を宿主にできたのは、本当に幸運だった。

冥骸は、娘の愛らしい顔立ちを思い出して、ほくそ笑む。

女は便利だ。もともと非力ゆえに警戒が甘くなるし、あれこれと使い道がある。特に、相手が若い男となれば。

冥骸の用を果たした後、娘がどうなろうと知ったことではない。所詮、使い捨ての道具だ。

蟲に仕込んだ禁呪さえ、あの皇子に渡してくれれば、後はすべての《気》を蟲に喰われて死のうが、どうでもよいことだ。

それは、結界を破らせるために唆《そそのか》した蚕家のどら息子とて、同じこと。

冥骸はこの半月の間の苦労を苦々しく思い出す。

遼淵が離邸の周りに施した忌々しい結界のせいで、獲物を目の前にしながら、今まで手が出せずにいた。急ごしらえの結界ならば、どこかに穴があるはずと毎日部下を森の中に遣わし、怪しいと思われるところはしらみ潰しに探させた。

さらには部下達に結界の穴を探させている間、蚕家が近くの町から新しく奉公人を雇うという話を知ったため、その町に赴き、新しい奉公人に《傀儡蟲《くぐつちゅう》》を仕込んで回ったが——。

新しい奉公人の中に、術師の血を引く娘を見つけられたのは、僥倖《ぎょうこう》だった。まさか、《蟲》を仕込んだ娘が、蚕家に来る途中で部下達と遭遇するとは予想外だったが……。そのおかげで娘が離邸付きになったのだから、幸運としか言いようがない。

遼淵によって部下達のほとんどを消し炭にされたのは痛手だったが、蚕家の敷地外に設置されていた結界用の護符はすでに見つけた。

後は清陣に『蟲殺しの妖剣』で結界の要を壊させれば、思うさま《蟲》を召喚できる。

己が編んだ蜘蛛《くも》の巣が、確実に獲物を追い詰めていることを感じて、冥骸は低く喉を鳴らす。

獲物の喉笛を掻《か》き切るまで、あと、ほんの少しだ。そのために。

「せいぜい、わたしのために踊るがいい。道化ども——」

第六章

薄闇にひそむ蜜

norowareta
ryu ni
kuchizuke wo

夢を、見ていた。

英翔《えいしょう》が五歳まで母とともに過ごした後宮での、とりとめのない夢を。

記憶の中にある母の顔は、ほとんどが憂い顔だ。

皇帝たったひとりのためだけに集められた女達の園、後宮。

皇帝の御子《みこ》の——しかも、第二皇子の生母となれば、世の女性達の羨望の的であるはずなのに、英翔の記憶にある母は、いつも憂いていた。

長じてのち、政治というものを知ってからは、母の憂い顔の原因が、何の後ろ盾もない没落貴族の娘でありながら、身に余る栄誉を得てしまったがゆえのものだとわかったが、幼い頃の自分は、誰もが見惚《みほ》れるほど美しい母が、なぜいつも、つらく哀《かな》しそうな目で自分を見るのかが、まったく理解できなかった。

まだ四つほどの頃、母に尋ねてみた記憶がある。

「母上にいつも哀しい顔をさせてしまうわたしは悪い子なのですか？　どうしたら、母上を笑顔にできるいい子になれるのでしょうか？」と。

尋ねた瞬間、息が詰まりそうなほど強く抱きしめられた。

花よりも繊細な美貌をはらはらと涙で濡《ぬ》らしながら、母は何と答えてくれたのか——。記憶の彼方《かなた》に消え去っていて、どうしても思い出せない。

ただ、母が心から英翔を愛してくれていたのだという感覚だけは、確かに残っている。

五歳で母を亡くすまで後宮で暮らした頃の記憶は、どうも曖昧だ。むしろ、断片的にしか覚えていないといっていい。

単に物心つくのが遅かったのか、母が急死した衝撃で記憶に蓋をしてしまったのか――。

まるで、夢の中の出来事のように、おぼろげな記憶ばかりだ。幼い頃の自分は、すぐ熱を出して寝込んでばかりだったせいも、あるかもしれない。

母の死後、後宮を出されて乳母《うば》を務めていた張宇《ちょうう》の母の家に身を寄せるようになっても、十二歳頃までは、よく熱を出して張宇や季白《きはく》など周りの人々を心配させたものだ。

少年の時の痩せた身体《からだ》を、明珠《めいじゅ》が心配する気持ちも理解できる。

――明珠。

その名を意識した途端、夢の光景ががらりと変わる。

まるで緞帳《どんちょう》が上がり薄暗かった舞台に光があふれるように、薄灰色だった夢が、あざやかな色を持つ。ふわり、と甘い蜜の香気が漂った気がした。

夢と知りつつ、明るく笑う少女に手を伸ばす。

宝物のように、口の中で愛らしい少女の名を転がした瞬間。

りぃん――。

澄んだ鈴の音に、一瞬で意識が覚醒する。同時に、己以外の重みで、寝台がぎしりと軋《きし》んだ。

弾《はじ》かれたように上半身を起こした英翔が見たのは。

「明、珠……？」

まだ夢の続きを見ているのだろうかと、とっさに疑う。

扉には内側から閂《かんぬき》をかけていたはずだ。何より、なぜ明珠がこんな夜更けに英翔の部屋へ来ているのか。

寝台に膝立ちになり英翔の足にまたがる明珠は、まだお仕着せのままだった。

英翔と視線が合った明珠が、にこりと笑う。太陽の下で咲く花のようないつもの笑顔ではない。初めて見る蠱惑《こわく》的《てき》な笑み。

寝台に近い卓の上にひとつだけつけたまま置いてある燭台《しょくだい》の炎が、可憐《かれん》な面輪に幻妙な影を落とす。

ひとつに結った髪からほつれ落ちた毛が細い首にかかり、やけに艶《なまめ》かしい。

不意に、悪い酒に酔ったように視界が揺れる。

覚えのある感覚。媚薬《びやく》の働きをする鱗粉《りんぷん》を撒《ま》き散《ち》らす《媚蟲《びちゅう》》の極彩色の羽を薄明かりの中に見たと思った時には、術中に囚《とら》われていた。

くらりと視界が揺れる。

火をつけられたように、身体に熱がこもってゆく。唾液を飲み込んだ喉がぐびりと鳴った。

術を使えぬ少年の身であることを、心から呪う。

過去に《媚蟲》を仕掛けられた経験は、幾度かある。だが、今までは即座に《龍《りゅう》》で無効化してきた。何より、欲得ずくで近づいてくる女に魅力を感じたことなどない。

だが、今は。

ぎ、と片手をついて、明珠が英翔に身を乗り出す。

薄闇の中でまろやかな曲線を描く肢体。華奢《きゃしゃ》な身体を思いきり抱きしめて味わったら、どれほど甘美だろう。

考えるだけで喉が渇く。思考が熱に浮かされてゆく。

罠《わな》だとわかっている。明珠は敵の《傀儡蟲《くぐっちゅう》》に操られているのだろうと。

だが、罠だとわかっていてなお、蜜の甘さに溺れてしまいたい。

「龍翔《りゅうしょう》、さま……」

甘い囁《ささや》きが、毒のように心をひたす。

これは英翔を害するための罠だ。明珠は決して『龍翔』と呼んだりしない。

押しのけなければ、季白と張宇を呼ばねばとわかっているのに、魅入られたように明珠から視線を外せない。

伸ばされた細い指先が、少年姿の英翔の薄い胸板にふれる。

夜着の上からなのに、思わず熱を孕《はら》んだ呻《うめ》き声《ごえ》が洩《も》れる。頭の中がしびれて何も考えられない。

「明、珠……」

熱に浮かされたように名を呼ぶ。

ゆっくりと、明珠が半身を起こした英翔の上にかぶさってくる。

欲望を誘う蜜の唇。

昏《くら》い光をたたえた明珠の瞳と視線が交差した、その時。

「だ、め……っ。えい……さま……っ」

不意に、明珠がかすれた叫びを上げる。

吐き気をこらえるかのように左手で押さえた可憐な唇から覗《のぞ》いたのは、枯れ枝のように細く節くれだったおぞましい《傀儡蟲》の脚。

瞳に正気が宿ったと思ったのは、ほんの一瞬――。

「あ、ああ……っ！」

奇声を上げた明珠が、帯の背中側に隠していた包丁を引き抜き、振り上げる。

振り下ろされた凶刃を身をひねって避《よ》ける。刃《やいば》がかすめた夜着がぴっと裂けた。

今や、明珠に宿る《傀儡蟲》は身を隠そうともしていなかった。

ぞる、と唇の間から、栗《くり》の実ほどの大きさの闇より黒い蟲の頭と、短い脚が覗く。

愛らしい顔から覗く禍々《まがまが》しい《傀儡蟲》は、目を背けたくなるほどの醜悪さだ。

明珠に《傀儡蟲》を仕込んだ術師への怒りが胸を灼《や》く。

いつ仕込まれたかなど、わからない。だが、楚林《そりん》のように行きあたりばったりではない。

解呪の特性を持つ明珠を、ここまで自由に操っているのだ。蜘蛛《くも》の巣のように周到に張り巡らされた企てに違いない。

敵の狙いは英翔だ。殺すのが目的か、それとも明珠に仕込んだ《傀儡蟲》を通じて、新たな禁呪をかけるのか。

明珠の手が、空振りした包丁の柄を強く握りしめる。

なぜ今、自分は無力な少年のままなのか。

己に対する怒りで、思考が灼き切れそうになる。

どうすれば明珠を助けられる？

さっき、一瞬だけ見た正気の瞳。あれが幻だなどと、思いたくない。

まだ、明珠を助ける手段はあるはずだ。だが、術を使えぬ身で、いったいどうすれば――っ!?

「い、や……、え……しょう、さま……っ」

明珠がくぐもった声を洩らす。

今にも泣き出しそうな顔で、ふたたび包丁を振り上げ。

「――やめろっ！」

己の胸へと包丁を突き立てようとする明珠に、英翔は無我夢中で跳びついた。


りぃん。

澄んだ鈴の音が、昏く澱《よど》んだ意識を揺り起こす。

身体が重い。まるで鉛の海に沈んだように、指一本、自由に動かせない。

寒い。震えと吐き気が止まらない。

ひたひたと潮が満ちるように、気づかないうち内に自分が自分でないモノに侵され、取って代わられた。そんな感覚。

昨日、襲撃の時に味わったのと同じ――いや、それよりもっとずっと悪い。

自分はすでに闇に囚われているのだと、本能的に察知する。

腹の中で、自分ではない何者かの殺意が渦巻いている。卵はもう、割れてしまった。なら、この悪意の渦《うず》の行きつく先は――、

（英翔様っ！）

声にならぬ声で叫び、必死にもがく。

明珠を閉じ込めているのは、一寸先も見えぬ昏い闇だ。だが、恐怖を感じている暇なんてない。

もっと怖いものを知っている。

大切な人を喪《うしな》う恐怖に比べたら、我が身に起こっていることなど、何ほどのものか。

不穏な鈴の音に急《せ》かされるように、夢中でもがく。

心を占めるのは、痩せた少年の姿。守るべき主《あるじ》を明珠自身が傷つけてしまうなんて、そんなこと、許せるはずがないっ！

「明、珠……」

熱に浮かれされたような苦しげな声が、明珠を囚《とら》える闇に一条の光を差す。

（嫌だ、嫌っ！　英翔様を傷つけるなんて、絶対嫌っ！　これは私の身体なんだから！　敵の好きになんて、絶対させない――っ！）

泥の沼から飛び出したように、一瞬、呼吸が楽になる。

目の前にいるのは、夜着を纏《まと》った少年の英翔。

黒曜石の瞳をすがめ、秀麗な面輪を苦しげに歪《ゆが》めて――、

「だ、め……っ。えい……さま……っ」

「逃げてください」と告げようとした言葉は、突如、喉をふさいだモノに立ち消える。

反射的に口元を押さえた手のひらにふれたのは、唾液で湿った節くれだった蟲の脚。

おぞましさに息を呑《の》んだ瞬間、ふたたび体の自由を奪われる。

右手が自分の意思とは無関係に包丁を引き抜き、英翔に斬りかかる。

嫌だ！　自分のせいで英翔を傷つけるなんて絶対嫌だっ！　それならばいっそ――っ！

動け、と心の奥底から己に命じる。

英翔を殺させたりなんてしない。

一瞬でいい、私に還《かえ》れっ！

指先が、包丁の柄を握りしめる。

英翔を傷つけるくらいなら、自分を傷つけたほうが何千倍もましだ。

無我夢中で右手を振り上げ、己の身に刃を突き立てようとし――。

「――やめろっ！」

英翔の小さな身体が、明珠の胸元に飛び込んできた。

❋　❋　❋

飛びついた勢いのまま、英翔は明珠もろとも寝台からもんどり落ちる。下敷きになった明珠が苦しげに呻いた。

「許せ！」

明珠の右手を摑《つか》んで床に打ちつけ、無理やり包丁を手放させる。手加減をする余裕などない。

英翔を押しのけようと明珠が暴れる。その瞳はふたたび正気を失い、昏い殺意が渦巻いている。

「う……、うあ……っ」

くぐもった呻きを上げる唇から、《傀儡蟲》が覗く。

獲物に跳びかかろうとするかのように、短い脚を振り上げ、振り回し。

こんなおぞましいモノが、明珠に巣喰っているなど、許せない。

「お前が殺したいのはわたしだろう!? 明珠から出てこいっ!」

摑もうと伸ばした指先を、《傀儡蟲》の脚が引っかく。

指先に走る鋭い痛み。わずかに傷がついただけで、毒が染み込んだように身体中《からだじゅう》の力が抜けそうになる。

視界が揺れる。組み敷いた柔らかな肢体だけが、唯一のよすがに思える。

唯一無二の解呪の手掛かり。

たったひとつ確かなことは、決して手放せないということだけ。

彼女を喪うくらいなら——っ!

暴れるおとがいを押さえつけ、くちづける。

ぞる、と《傀儡蟲》が口内に押し入ってくる。

一瞬で気を失いそうになるほどのおぞましさ。

身体の奥へと侵入しようとする《傀儡蟲》を歯で嚙《か》んで押しとどめ、明珠から顔を離して、一気に引き抜く。

指三本分の長さはある蟲の全身が、あらわになる。蠕動《ぜんどう》する体。百足《むかで》のような何対もの脚。

飛びそうになる意識を叱咤《しった》し、床に吐き捨てる。

身をくねらせ、英翔に跳びかかろうとする蟲の頭へ。

帯から引き抜いた小刀の鞘《さや》を払い、突き立てる。

びくりと跳ねた蟲が絶命し、黒い塵《ちり》となって闇の中へ消えてゆく。が、『破蟲《はちゅう》の小刀』の威力に感嘆している余裕などなかった。

身体に力が入らない。飛んでゆきそうになる意識を、奥歯を噛みしめてこらえる。

まだ油断はできない。敵が仕掛けた罠がこれだけとは限らない。

張宇達を呼んで、次の襲撃に備えなくては。何より、明珠を遼淵《りょうえん》に診せなくては。

気持ちは焦るのに、少年の身体がついてこない。

禁呪をかけられた時と同じだ。毒を流し込まれたように身体が重い。凍えるような悪寒に震える。

くずおれそうになった身体を、かろうじて支える。

凍え、震える手で何とか小刀を鞘に戻したところで、限界が来た。

ぐらりと視界が回る。倒れかけた身体が、柔らかなものに受け止められた。

「英翔様っ！」

上半身を起こした明珠の悲痛な声が、遠のきかけた意識を呼び戻す。

本当の名ではないのに、明珠に呼ばれたというだけで、泣きたくなるほど安堵《あんど》する。

《蟲》の鋭い脚に傷つけられたのだろう。口の端が切れて、血がにじんでいる。手を伸ばし、指先で血をぬぐおうとした途端、明珠に強い力でその手を取られた。

「すみませんっ！　私……っ」

なんてことをしてしまったのだろう。自分がしでかしたことに身体中から血の気が引く。

英翔の手を取った明珠は、少年の身体ががくがくと震えているのに気がついた。まるで氷のように冷え切り、冷や汗が滝のように流れている。

「待っててください！　季白さん達を呼んできますっ！」

英翔の下から抜け出そうとした瞬間、肩を押された。

「龍玉を握れ」

切羽詰まった英翔の声に、反射的に着物の上から守り袋を握りしめる。

「あの《傀儡蟲》にどんな禁呪が仕込まれていたのか……。身体が思うように動かん」

かすれた声で、少年姿の英翔が距離を詰める。

「すまんが、手加減できんぞ」

声と同時に、唇をふさがれた。

「ん……っ!?」

むさぼるような、激しいくちづけ。

本能的に感じた恐怖に、固く目を閉じ頭を振って逃げようとしたが、頭の後ろに回された英翔の手が、逃げることを許してくれない。

薄い胸板を押し返そうとした手を、絡め取られる。

唇は燃えるように熱いのに、絡んだ指先は氷のように冷たい。

自分を助けるために英翔に無茶《むちゃ》をさせたのだと思うと、抵抗する意思が消えていく。

鼓動の激しさに、心臓が壊れそうだ。

こんなに長く激しく、くちづけされた経験なんてない。うまく息ができない。

「んぁ……っ」

苦しさに空気を求めてあえいだ途端、柔らかなものが口内に侵入してきて、驚愕《きょうがく》する。

「や……っ！」

恐怖に突き動かされ、衝動的に英翔の胸を突き飛ばす。

英翔の身体が明珠から離れ、そばにあった卓にぶつかる。がたんっ、と大きな音が響き、卓の上に置いてあった水差しが落ちて割れた。

「す、すみませんっ！」

思いきり突き飛ばしてしまった。

驚きのあまり、まったく手加減できなかったのもあるが、そもそも手加減しなかったのは、明珠の力では青年英翔にかなわないと知っていたからだ。

だが。

目を開けた明珠は息を呑んで、呻く英翔に四《よ》つん這《ば》いでにじり寄る。

「どうして元のお姿に戻ってないんですかっ!?」

英翔は少年姿のままだ。

「だ、だってあんなに……っ」

唇はまだ、しびれるほどに熱い。

「落ち着け。おそらく、《傀儡蟲》に仕込まれていた禁呪の影響だろう」

明珠よりよほど冷静な声音で英翔が告げる。

だが、呼吸は荒く、表情は苦しそうだ。

「と、とりあえず寝台に……。私、ご当主様を呼んできますっ！」

英翔の身体に手を伸ばして抱き上げようとした瞬間、ぐいと襟首を掴んで引き寄せられる。

反射的に守り袋を掴んだ瞬間、ふたたび唇をふさがれた。と。

「英翔様!?　何が――!?」

季白の声とともに、扉が開け放たれる。

「っ!?　これは!?」

乱れた寝台。床に転がる包丁。落ちて割れた水差し。

惨状に剣を佩《は》いた季白と張宇が息を呑んだのと、英翔が、「やはり戻らんか……」とかすれた声で呟《つぶや》いたのが、同時だった。

不意に、英翔の身体が力を失う。

もたれかかってきた痩せた身体は、冷や汗で夜着が肌に張りついている。

「英翔様っ！」

受け止めようとした英翔の身体が、不意に離れる。

季白が英翔の衣を掴んで引き離したのだと気づいた時には、眼前に季白が抜き放った剣が突きつけられていた。

季白に代わって英翔を受け取った張宇の力強い両腕が、痩せた少年の身体を抱き上げたのを見て、そんな場合ではないのに安堵する。

「ついに、正体を現しましたね」

身体の芯まで凍えるような声で、季白が告げる。

明珠を見据えるまなざしは、刃よりもなお鋭い。

「英翔様に仇《あだ》なす小娘め。覚悟なさい」

「ち……」

「違います」と言いかけて、唇を噛みしめる。口の端の傷から血の味がする。

床に転がる包丁。斬られて裂けた夜着。

少年姿から元に戻らず、気を失った英翔。

《傀儡蟲》に操られていたとはいえ、この惨状を引き起こしたのは、明珠自身に他ならない。この状況で抗弁しても、説得力は皆無だ。

思わず張宇を見上げるが、英翔を横抱きにした張宇は、すぐ動けるように身構えつつ途方に暮れた顔をしている。

明珠を庇《かば》ってやりたいが、状況的に口出しのしようがない。そんな様子だ。

「英翔様が気絶なさったのは私のせいなんですっ！　一刻も早くご当主様に……っ！」

「今さら味方ぶって、我々が騙《だま》されると思っているのですか？　言いなさい。英翔様にどんな禁呪をかけたのです？」

「それ、は……」

突きつけられた剣の切っ先が、喉元に迫る。

自分がかけたわけではない禁呪の中身など、説明できるわけがない。

明珠の沈黙をどう受け取ったのか。

「ああ、心配せずとも大丈夫ですよ」

不意に、季白がにこやかに微笑《ほほえ》む。

「話したとしても、すぐに命を取ったりはしません」

季白の声は、いっそ優しささえ感じさせるほどに凪《な》いでいる。

「あなたには、聞きたいことが山ほどありますからね。その身が犯した大罪を贖《あがな》わせるまで、殺したりなど、しませんよ」

まなざしに、鋼の如き忠誠心をにじませ、季白が凄絶に微笑む。

「――ひと思いに楽になど、させてやるものですか」

「っ!?」

恐怖にぞくりと背中が粟立《あわだ》つ。

だが、そんなことより。

一刻も早く遼淵に英翔を診てもらわなくては。しかし、明珠が忠告したところで、季白は決して聞き入れないだろう。むしろ、何を企《たくら》んでいるのだと疑われるに違いない。

どうすればいいのかと悩んだ、その時。

薄氷を砕くような音が、空気を震わせる。

音であって音でない破砕音。

同時に、夜気が明確な殺意に染め上げられてゆく。

遼淵が離邸に張っていた結界が破られたのだと、本能的に察知した瞬間。

硝子《がらす》が砕け散るけたたましい音が重なり合う。

「《盾蟲《じゅんちゅう》！》」

とっさに季白が、懐から取り出した巻物をほどく。

現れた数十匹の盾蟲が、露台の硝子戸を突き破って襲いかかってきた《刀翅蟲《とうしちゅう》》の凶刃を、すんでのところで防いだ。

がぎぃっ、と硬いもの同士がぶつかる嫌な音が鳴り、斬られた《盾蟲》がきぃぃっ、と悲鳴を上げて消えていく。強制的に異界に還されたのだ。

「《お願いっ、来て！　視蟲《しちゅう》っ！》」

季白の剣が喉元を離れた瞬間、飛びすさって《視蟲》を召喚する。

「《張宇さんと季白さんに止まって！》」

刀翅蟲が見えねば、英翔を守ることは不可能だ。召喚した視蟲が季白達へ飛んでいくのを見もせず駆け出す。

「待ちなさいっ！」

「明珠っ！」

季白と張宇が叫ぶ声がしたが、立ち止まってなどいられない。

「ご当主様を呼んできます！　それまで英翔様を守ってくださいっ！」

明珠がここにいても、足手まといになるだけだ。

それに明珠の疑いが晴れぬ限り、季白も張宇も行動に迷いが生じるだろう。逡巡《しゅんじゅん》は敵がつけ入る隙になる。

何より、もしまた解呪の力が暴走して、《盾蟲》を消してしまったら――。

頭をよぎった恐ろしい光景に、ぞっ、と血の気が引く。英翔が傷つくくらいなら、ここを離れたほうがいい。

――たとえもう、このまま二度と戻れなくなっても。

《刀翅蟲》が門ごと砕いた扉を押し開け、露台に駆け出る。季白にもらった真新しい靴の下で、割れた硝子の破片がじゃりりと鳴る。

「《縛蟲《ばくちゅう》！》」

季白の声がしたと思った瞬間、足に縛蟲が絡みつく。つんのめった手が露台の柵を摑んだ。

捕まるくらいなら落ちたほうがいいと判断し、身を乗り出す。

ぐるんと視界が反転した。

「《お願い、還って！》」

右手で縛蟲にふれ、無理やり解呪する。

「《板蟲《ばんちゅう》！》」

地面に激突する寸前で板蟲を喚《よ》び出し、勢いを殺す。が、完全には殺せなかった。

衝撃に息がつまる。

板蟲にぶつかった身体が地面に投げ出され、ごろごろと転がる。髪にも着物にも土がつくが、かまってなどいられない。

頭の上を英翔の部屋へ向かって第二陣の《刀翅蟲》が飛んでいく。

夜の暗さでよく見えないが、他の《蟲》も交ざっているかもしれない。確かなのは、明珠を狙う蟲など一匹もいないということだ。

今こそ英翔を葬ろうとする明確な殺意に、全身にぴりぴりと鳥肌が立つ。

大切な英翔が害されようというのに、明珠はあまりに無力だ。

自分の力のなさに泣きたくなる。

遼淵のように、もっと力があれば。もし《風乗蟲《ふうじょうちゅう》》を喚び出すことができれば、今すぐ遼淵に知らせに行けるのに。

明珠にあるのは、低位の蟲を喚べる力と、この身ひとつだけだ。

（英翔様の身は、絶対に季白さんと張宇さんが守ってくれる。なら、私は一刻も早く、ご当主様にお知らせしないと――っ！）

素早く立ち上がり、明珠は本邸への小道を一目散に駆け出した。


肌を突き刺す殺意に、英翔は自衛の本能で意識を取り戻す。

慣れ親しみたくなどない。だが、長年の生活で身についた習慣だ。

「英翔様っ！」

間近で聞こえる張宇の声。常に英翔を守る忠臣の声が覚醒をうながし――、

「明珠っ！」

跳ね起きるなり、最後にふれていた少女の名を呼ぶ。

明珠の甘やかな気配がどこにも感じられない。

巡らせた視界の端に、求める姿を捉えたと思ったのは一瞬――。

花のような後ろ姿が、露台の柵を乗り越えて闇の中へ融《と》け消える。

「待てっ！」

張宇の腕から飛び降り駆け出そうとした小さな身体を、力ずくで止められる。

「英翔様！　落ち着いてくださいっ！」

「放せっ！」

「死んでも放しませんっ！」

張宇が少年姿の英翔を抱える腕に力を込める。

がきっ！　と、間近で鋼同士が打ち合うような音が響く。

周囲に視線を走らせた英翔は、即座に状況を理解した。

明かりがひとつ灯《とも》るきりの暗い部屋の中。唸《うな》るような羽音を上げ、しきりに襲いかかってくるのは、何十匹もの《刀翅蟲》だ。いつの間に結界が破られたのかわからぬが、敵の禁呪使いが放ったものに違いない。

だが、禁呪使いの姿はいまだ見えない。

術師が倒れれば、召喚している《蟲》も基本的に還ってしまう。そのため、たいていの術師は手下に身を守らせているか、身を隠しているものだが。

この期に及んでなお、姿を見せようとしない狡猾《こうかつ》さが腹立たしい。

姿さえ見せれば、必ずや張宇達が捕らえるだろうに。

「お加減はいかがでございますかっ!?」

新たな巻物をほどきながら、季白が悲愴《ひそう》な顔で問う。

英翔達三人は露台に近い部屋の隅に追い詰められていた。足元には、季白が使い切った何本ものほどかれた巻物が散乱している。

意識のない英翔を抱いて、身を守るもののない屋外に出るのを避けたのか、それとも、嵐のような《刀翅蟲》の襲撃の前に、追い詰められたのか。

英翔が誰より信頼する二人のことだ。いつでも露台に出られる距離にいるあたり、脱出の機会をうかがっているに違いない。

季白と張宇の額には、《視蟲》が止まっている。

襲ってくる蟲の姿が見えなければ、三人とも、とうに殺されていただろう。喚び出したのは明珠に違いない。だが、その明珠自身はどんな状態なのか。

「明珠はどこだっ!?」

押しのけるように張宇の腕から床へ降り立つ。

身体に力が入らない。だが、ひりつくような焦燥感が英翔を突き動かす。

「明珠は……姿を消しました。俺と季白に視蟲を召喚し、遼淵殿を呼んでくると言いおいて……」

告げる張宇の声は苦い。表情は、明珠の行動をどう判断すればいいか困惑しているかのように揺れている。

「正体がばれたので逃げたのですよ」

侮蔑を隠そうともせず吐き捨てたのは季白だ。

「逃がしてしまった罰は、小娘を捕らえて処罰した後で、いかようにもお受けします」

「処罰だと!?　明珠は敵の《傀儡蟲》に操られていただけだ！　明珠自身に罪はないっ！」

きっぱりと告げると季白が目を剝《む》く。

「英翔様!?　まさかこの期に及んで小娘を庇われるのですか!?　これほど明白な裏切りを目の当たりになさったというのに！」

季白の表情は、英翔の言葉が信じられぬと言わんばかりだ。

「あの娘は危険です！　いったいどうすれば、わたしの言葉を信じていただけるのですか!?」

「信じる、か」

我知らず洩れた呟きは、驚くほど儚《はかな》く消える。

無意識に、指先で唇にふれる。蜜の甘さが残る唇。

英翔を窮地に陥《おとしい》れたのは明珠だが、それを救ったのもまた明珠自身だ。明珠に《気》をもらわなければ、英翔は禁呪に侵されて死んでいただろう。

英翔の直感は明珠を信じているが、それが正しいかどうかはわからない。

人の心など、風に千切れる雲のように、たやすく形を変えるものだ。欲望が渦巻く後宮で幼い日々を過ごしてきた英翔は、人の心の移ろいやすさを嫌というほど知っている。

英翔に人の心を見通す力などないし、明珠のように、裏切る気がなくとも《傀儡蟲》で操られないとも限らない。

だが、それでも。

「わたしが誰よりも信じているのは、お前達二人だ」

英翔の言葉に、新たな巻物をほどき盾蟲を喚び出した季白と、盾蟲の防御陣の中から、一歩踏み出すごと『蟲封じの剣』で的確に刀翅蟲を斬り伏せていく張宇が、英翔を振り返る。

二人のまなざしに、強い頷《うなず》きを返し。

「だが、明珠は手放さん」

「っ!?」

季白が鋭く息を呑む。張宇は仕方がないと言わんばかりの困り顔だ。

間断なく襲いかかってくる《刀翅蟲》が、沈黙にひたることさえ許してくれない。

がきぃっ！　と硬い音が鳴り、刀翅蟲に斬られた盾蟲が一匹、致命傷を負って姿を消す。

別の盾蟲へ迫った刀翅蟲を、裂帛《れっぱく》の声とともに振り下ろした張宇の剣が捉えた。

蟲封じの力を宿した刃が、豆腐でも切るように刀翅蟲を真っ二つに両断する。剣の力だけでできることではない。張宇の卓越した技量があって初めてできる技だ。

だが、いくら張宇の腕前と『蟲封じの剣』、季白の冷徹な判断力と《蟲》を封じた巻物があるとしても、この場にとどまっていては、事態は悪化の一途を辿《たど》るだけだ。

果たして術も使えぬ童子の身で、この窮地から抜け出せるのか。

英翔は血がにじみそうなほどきつく唇を嚙みしめる。

だが、できるできないなど問題ではない。今までずっと、道は自分達の力で切り開いてきたのだから。

黙したままの英翔に、季白が悲壮な声を上げる。

「英翔様っ！　明珠は後で捕らえ罪を償わせてみせます！　今は裏切者の小娘より、御身を守ることを最優先にお考えくださいっ！」

英翔に何かあれば、自分も跡を追うと言わんばかりの表情で季白が懇願する。

生き残ることを考えるならば、明珠のことは後回しにして、今は我が身の安全を図るのを第一にするべきかもしれない。

けれど。

心の奥底が、このまま明珠を放っておけないと叫んでいる。

明珠をどうしたいのか、どうなりたいのか。

自分自身の望む形もわからぬまま、ただただ、明珠を喪いたくないという衝動に突き動かされて、叫ぶ。

「両翼であるお前達が、わたしが信じるものを信じられぬと言うのかっ!?」

英翔の叫びに、季白だけでなく張宇までもが息を呑む。

「このまま明珠を手放す気などないっ！　明珠のことが信じられぬと言うのなら、明珠を信じるわたしを信じろっ！」

叫んだ瞬間、季白の目が見開かれる。

「お前達はわたしの大願を叶《かな》えるための両翼だろう!?　お前達がわたしの歩みを止めることなど、決して許さんっ！」

二人への揺るぎない信頼をまなざしに込め、告げる。

たとえ強欲と謗《そし》られようと、望むものを欲しいと足掻《あが》きもせずに諦める気などない！

「明珠を追う！　この期に及んで姿も見せぬ術師など、恐れるものではない！　打ち払うぞっ！」

「「はっ！」」

季白と張宇が力強く応じる。

忠臣達の頼もしさに、いつ命を喪うやも知れぬ状況だというのに口元に笑みが浮かぶのを感じる。

「季白、張宇。頼りにしているぞ」

「なんともったいないお言葉！　お任せくださいっ！　英翔様の御為《おんため》ならば、不可能も可能に変えてみせますっ！」

季白が新たな巻物をほどきながら感極まった様子で応じれば、《刀翅蟲》を一刀両断した張宇が、

「英翔様に頼っていただけるとは、ありがたき幸せ」

と返す刀で別の《刀翅蟲》を斬り伏せる。

英翔と同じく笑みを浮かべる二人の様子は、絶体絶命の窮地に陥っている者とはとても思えない。

惑わされていた深い霧が、不意に強い風に打ち払われたような、晴れやかな笑顔。

英翔達の意志を挫《くじ》こうとするかのように、割れた硝子戸の間から新たな《蟲》が入り込む。

「《毒翅蟲《どくしちゅう》》だ！　鱗粉を吸い込むな！　直接ふれるのもよせ！」

禁呪使いは、盾蟲の守りに阻まれ、刀翅蟲では埒《らち》が明かないと考えたのだろう。《毒翅蟲》の強い毒の鱗粉を纏った大きな羽が、薄闇の中で妖しくはためく。

「張宇！　《風乗蟲》を喚びます！　守りは任せましたよ！」

叫んだ季白が返事も待たずに、今までとは装飾の異なる巻物をほどく。

解いた途端、暴風とともに、三間以上の長さの《風乗蟲》の巨体が現れる。

強風に思わずよろめき、なんとか踏みとどまる。風が毒翅蟲の鱗粉を吹き飛ばし、蟲達が平衡を

失ってぶつかり合う。

蟲の統率が崩れたところに、張宇が斬り込む。

一番近い刀翅蟲を斬り伏せ、返す刀でもう一匹。

横に薙《な》いだ刃が刀翅蟲を弾《はじ》き飛《と》ばし、毒翅蟲へ突っ込ませる。大きな羽を切り裂かれた毒翅蟲が、もがきながら床に落ちた。

「お乗りください！」

英翔に手を伸ばした季白が、少年の身体を抱え込むようにして風乗蟲に乗せる。

風乗蟲の巨体が内側から扉を押し開け、露台へ出る。桟に残っていた硝子が割れ、かすかな光を反射して、星のようにきらめいた。

「……この巨体をよく封じていたな」

「遼淵殿より、いざという時の脱出用に一本だけ預かっておりました」

英翔が思わず洩らした呟きに、季白が律儀に答える。

風乗蟲が巨大な羽をはためかせると、室内に暴風が巻き起こる。

家具も何もかもが揺れて倒れ、燭台の蠟燭《ろうそく》がかき消える。だが、月の光と、離邸の周りの木々に吊《つ》られた光蟲《こうちゅう》の灯籠で、なんとか視界は利く。

風乗蟲が巨大な羽を力強くはためかせ、飛ぼうとする。

「張宇！　来いっ！」

いまだ室内で蟲を押さえる張宇を振り返り、英翔が手を伸ばす。

何十匹もの蟲を相手に、旋風のように剣を振るっていた張宇が、英翔の声に弾かれたように顔を上げる。

抜身の剣を手にしたまま、張宇が走る。

英翔が身を乗り出して伸ばす手に摑まろうとする張宇の背に、刀翅蟲が迫り――。

「《盾蟲！》」

季白が新たにほどいた巻物から飛び出した盾蟲が、凶刃を阻む。

露台を蹴って跳んだ張宇が、風乗蟲の尾にしがみつく。英翔は張宇の袖を摑み、体勢を整えるのを助けた。

またがり直した張宇は、抜身の剣を手に油断なく周囲を警戒するが、並みの蟲では風乗蟲の速さに追いつくことはかなわない。

「遼淵を呼びに行ったのなら、明珠の行き先は本邸だな？　《急げ！》」

風乗蟲に命じ、眼下に目を凝らす。

離邸の周りの木々には、片づけそこなった灯籠が吊られているが、木々が生い茂っているため、見通しは悪い。しかも、異変を察知して光蟲が灯籠の中で暴れているので、明滅する光で見にくいことこの上ない。

（どうか、どうか無事でいてくれ――っ！）

誰に祈っているかもわからぬまま、英翔は求める少女の姿を探した。

❀　❀　❀

息が切れる、心臓が爆発しそうだ。

吐き出す呼気が、獣のように荒い。

いっそのこと、自分が獣だったら。そうすれば四本の足でもっと速く走れるのに。逸《はや》る心に追いつかぬ己の足が恨めしい。

灯籠の片づけが遅れていて本当によかったと、明珠は心から思う。

光蟲の灯籠があちこちに吊られているおかげで、足元に気を取られず走れる。

明かりもなく木立の中の曲がりくねった小道を走ったら、何度も転んでいただろう。

結界が破られたせいで、空気は不穏に渦巻いている。灯籠の中で光蟲が暴れるたびに光が揺れる。

二日前、英翔達と一緒に見た時には、きらめく光にあれほど心が躍ったのに、今は不安しか感じない。

夜明けまで、まだ何刻あるのだろう。まるで覚めない悪夢の中に迷い込んでしまったかのようだ。

恐怖と不安で泣きそうになるのを、ぐっと歯を噛みしめてこらえ、まなじりに浮かんだ涙を手の甲で乱暴にぬぐう。

お仕着せの裾が足に絡まりそうになり、左手でたくし上げる。

必死に足を前へ出す。

木立ちの向こうに揺れる明かりを見たと思った瞬間、明珠は茂みの向こうから歩いてきた人物とぶつかった。

衝撃によろめく。自分より体格のいい相手にはね飛ばされ、転びそうになったのをなんとかこらえる。

「お前はっ!?」

ぶつかった相手が、明珠を見て目を見開く。

「せ、清陣《せいじん》様……っ!?」

明珠の目の前にいたのは、清陣だった。清陣と同じ年頃の明珠の知らぬ若い男が、清陣の一歩後ろで灯籠を掲げている。

なぜ、清陣がこんな夜更けに、供をひとりだけ従えて離邸への道を歩いているのだろう。

問おうとした明珠は、言いしれぬ悪寒を覚えた。

悪寒の源は、清陣が腰に佩いた古めかしい彫刻が施された剣だ。ふだん、剣など身につけぬのだろう。剣を帯に差した清陣は、明らかに剣の重さをもて余している様子だ。

だが、そんなことは気休めにもならぬほど、清陣の腰の剣からは、身も凍るような嫌な気配があふれ出している。

「清陣様、いったい何を――」

震える声で問いを言いきらぬうちに、乱暴に襟首を掴まれた。

ぐいと引き寄せられ、清陣の血走った目と視線が交差する。

「あの男はどこだっ!?」

噛みつくような荒れた声。聞き返さずとも、『あの男』が英翔のことだと察する。

「隠し立てすると――」

「教えませんっ!　あの方に何をする気ですかっ!?」

こんな夜更けに剣を佩いて英翔を捜しているなど、尋常ではない。

清陣の言葉を遮って睨《にら》みつける。

身体中に震えが走る。膝が笑ってくずおれそうだ。

だが、ここは決して引けない。

「あの方に手出しはさせませんっ！　ご当主様はこのことを――」

『ご当主』という言葉が、清陣の逆鱗《げきりん》にふれたらしかった。

ぱあんっ！　と襟首を掴まれたまま、頬《ほお》を張られる。口の中に血の味が広がった。

「蚕家《さんけ》の後継ぎは俺だっ！　どこの馬の骨ともわからぬ隠し子に、次期当主の座を奪われてなるものか！」

「な、何をおっしゃって……っ？」

英翔は、清陣と当主の座を争う仲になど、なりようがないのに。

跡取りのことを持ち出すなら、むしろ相手は明珠だ。無論、明珠は蚕家を継ぐ気など、芥子粒《けしつぶ》ほどもないが。

清陣の誤解を解けば、退《ひ》かせられるのではないかと、一縷《いちる》の望みを抱いた時――。

「清陣様。そのような小娘など、お捨て置きなさいませ。大方、若い娘を差し出せば、時間稼ぎになるとでも侮られて、遣わされた娘でしょう」

脇に控えていた若い男が、口を開く。

「遼淵様の結界を破り、すでにお力を示しつつあるあなた様が今なさるべきことは、正嫡《せいちゃく》に取って代わろうとする不届き者を排し、正統性をお示しになること。清陣様がどれほど優れているかお知りになれば、遼淵様もどこの腹から生まれたかも知れぬ子に蚕家の跡を継がそうなどと、愚かな考えは抱かれますまい」

清陣を諭す声は静かなのに——。若い男の声には、背筋がざわざわと粟立つような昏い感情が見え隠れしている。

「違いますっ！　その人が言っていることは嘘《うそ》ですっ！　えい……、離邸にいる方は、清陣様と次期当主の座を争うような方ではありませんっ！」

「戯言《たわごと》をっ！　薄揺《はくよう》が俺に嘘をつく必要がどこにある!?　隠し子でないのなら、離邸に匿《かくま》われている奴《やつ》は何者だっ!?」

両手で明珠の襟首を摑んだ清陣が怒鳴る。

自分より背の高い清陣に締めあげられ、息が詰まる。苦しい。

「それ、は……」

英翔の正体は第二皇子だと言えば、清陣は退いてくれるのだろうか。

いや、きっと信じてもらえない。薄揺と呼ばれた青年が清陣を言いくるめるに違いない。

「《ば……板蟲っ！》」

苦しい息の中で、明珠と清陣の間に《板蟲》を喚ぶ。

《板蟲》の硬い身体に押しやられた清陣が、たまらず手をゆるめる。その隙を逃さず明珠は飛びすさって離れた。

空気が一気に肺に流れ込み、盛大に咳《せ》き込む。涙がにじみ、ぼやけた視界の中で、清陣が憤怒の表情で腰の剣を抜き放つのが見えた。

ぞわり、と全身が総毛立つ。

灯籠の光を反射する、ぬめるような闇色の刃。

清陣が忌々しげに《板蟲》を斬りつける。

明らかに剣に振り回されているのに、刃がたやすく板蟲の身体にめり込み――、板蟲が鳴き声も上げずに、消滅する。

「っ!?」

強制的に還されるのではなく、消滅した。

この剣が、もしかして遼淵が言っていた『蟲殺しの妖剣』だろうか。

わからない。だが危険であることだけは、嫌というほどわかる。

もし、この剣で人が斬られたら、いったいどうなるのか――。

だめだ。何があろうと、清陣を英翔に会わせるわけにはいかない。絶対に。

震える足で地面を踏みしめ、清陣の前に立ちはだかる。両手を広げて通らせまいとする明珠を、清陣が苛立《いらだ》たしげに睨みつけた。

「何の真似《まね》だ?」

「ここから先には、行かせませんっ!」

力に酔う清陣の目は、視線が合うだけで不可視の毒が心と身体を侵食してくる気がする。

が、明珠は目を逸《そ》らさない。真《ま》っ直《す》ぐに清陣を睨みつけ、言い放つ。

「清陣様がなさろうとしていることは、間違っていますっ！　その剣は清陣様自身をも傷つけるよくないモノですっ！」

「何をたわけたことを……っ！」

清陣の顔が怒りを宿して醜悪に歪む。

「ふざけてなんていませんっ！　清陣様は利用されているんですっ！　その剣を捨て――」

「清陣様！　取るに足らぬ者の言葉などに惑わされてはなりませんっ！」

薄揺の声が明珠の言葉を遮る。

「あなた様は間もなく蚕家を統べる御方！　邪魔になる路傍の石など、斬り捨ててしまえばよいのですっ！」

薄揺の声に押されたように、清陣が一歩踏み出す。

退《しりぞ》きたい気持ちを、ぐっと奥歯を噛んでこらえる。清陣を見据えた視線は逸《そ》らさない。

「たとえ斬られても、ここは絶対に通しませんっ！」

英翔達は今、どんな状況だろうか。

無事であってほしいと、心から願う。

すでに離邸を脱出しているのなら、ここで明珠が清陣を引きとめているのは、まったくの無駄かもしれない。

それでも、これがわずかなりとも英翔の助けになるのならば。

この身を懸《か》けるのに、何のためらいもない。

「どけっ！」

「嫌です！」

「小娘がっ！」

苛立ちもあらわに清陣が吠《ほ》える。

真っ直ぐ清陣を睨みながら、算段を考える。

下手に蟲を放っても、斬られるだけだ。幸い、清陣は剣の扱いに慣れていない。重い剣を振り回していれば、すぐに息があがるだろう。

清陣の不意をついて剣を奪うことができれば——。

そこまで考えて、恐怖に喉が詰まってうまく息ができなくなる。

包丁で指先を少し切るだけでも、すごく痛いのに。もし『蟲殺しの妖剣』で斬られたら、どれほど痛いのか。

息が荒く浅くなり、膝だけでなく全身が震える。

明珠の怯《おび》えを見て取ったのだろう。優位を確信した清陣が、嘲りを宿して唇を歪める。

「お前を差し出した男なんぞに、そこまで忠義を尽くして何になる？　蚕家の次の当主になるのはおれだぞ？　今なら泣いて詫《わ》びれば許してやらんこともない。這《は》いつくばって、おれに忠誠を誓うがいい」

力に酔っているように清陣の目が妖しく輝く。明珠の全身を舐《な》め回《まわ》すような粘着質な視線にぞわりと背中が粟立ち、反射的に言い返す。

「私が尽くしたいと願う主人はたったひとりだけですっ！　たとえ清陣様が蚕家の次の当主になられようと、忠誠は誓いませんっ！」

そうだ。明珠が忠義を尽くしたいと願うのは、たったひとり、英翔だけだ。

きっぱりと告げた瞬間、身体の震えが止まる。同時に、清陣がひび割れた怒声を上げた。

「くそ……っ！　どいつもこいつも！　なぜ俺を認めないっ!?」

憤怒に染まった表情で清陣が剣を振りかぶる。

怒りに任せた大振りの刃は、後ろへ飛びすさった明珠の遥《はる》か手前で空を斬る。

だが、闇色の刀身から不可視の毒が発されているかのように、明珠の全身を怖気《おぞけ》が襲う。

「従わぬ者は、おれがすべて斬り捨ててやる……っ！　手始めはお前だっ！　いまさら謝ってももう遅いぞ？　二度とおれに逆らおうなど考えぬように、思うさま嬲《なぶ》ってやる……っ！」

くはは っ、と熱に浮かされたように哄笑《こうしょう》した清陣がふたたび剣を振り上げる。

まるで剣に操られているかのような拙い動き。なのに、全身から冷や汗がふき出して止まらない。

「ひれ伏せっ！」

「《縛蟲っ！》」

恐怖に強張《こわば》りそうになる身体を無理やり動かし、横っ飛びに避けながら清陣の足元へ縛蟲を放つ。

「お前ごときの力量で片腹痛いっ！」

『蟲殺しの妖剣』が縛蟲を両断する。悲鳴ひとつ上げずに縛蟲が塵のように消滅する。

だが、一瞬の隙さえあればいい。

身体ごと、清陣の右腕に跳びかかろうとした瞬間。

「明珠っ！」

降ってきた声に、全身に稲妻が走る。

同時に、明珠と清陣の間に小柄な身体が割り込み――、
ぬめる刃が、英翔に迫る。

無我夢中で、明珠は痩せた身体を抱え込むように抱き寄せた。

無防備な背を凶刃に晒《さら》す恐怖を感じるいとまもない。

庇った肩から背に、衝撃が走る——かと思うと、一瞬後には激痛に変わった。

焼《や》き鏝《ごて》を押しつけられたような灼熱《しゃくねつ》感。

「あ、ぐぅっ」

痛みだけではない。刃から流れ込んだ不可視の濁流が、傷口から身体を蝕《むしば》んでいく。

墨の池に突っ込まれたようだ。意識が闇に染まる。身体が灰になったような脱力感。

「明珠っ！」

まるで自分が斬られたかのように、英翔が悲痛に叫ぶ。

血飛沫《ちしぶき》で汚れた顔は、今にも泣き出しそうだ。

腕の中でもがく少年の身体を抱きしめる。密着した身体の間で、守り袋の中の龍玉の、ごろりとした感触を感じる。

「明珠！　放せっ！」

背中の傷よりも、英翔の悲痛な声のほうが痛い。

嫌だ。英翔のこんな声など聞きたくない。

自分の望みは、英翔を助けることなのだから。そのために——。

（お願い、龍玉。力を貸して——っ！）

胸元の龍玉に願った瞬間。

視界が、いや五感すべてが白銀の光に染め上げられた。

びちゃっ、と頬に紅の飛沫がかかる。

左頬に散った明珠の血に、己が刃で貫かれたかのように心が軋む。

酒樽《さかだる》に頭から突っ込まれたように酩酊《めいてい》し、意識が飛びかけ、明珠の声に引きずり戻される。

「あ、ぐぅっ」

悲痛な呻きに、心臓を鷲摑《わしづか》みにされる。

「明珠っ！」

痛みにあえぐ苦しげな声。蒼白《そうはく》な顔。

背中に回した手がねばつく液体にふれ、恐慌に陥りかける。

激情が胸を灼く。

無力な己を、真っ二つに引き裂いてやりたい。

「明珠！　放せっ！」

今なお庇おうとする明珠を、引きはがそうとする。

一刻も早く遼淵に診せなければ。

なのに、明珠の腕が放れない。

こり、と胸元に当たった硬い感触は、守り袋の中の龍玉だろう。

嵐よりも激しい焦燥と怒りが英翔を苛《さいな》む。

今。今すぐに力が欲しい。明珠を助ける力が。

大切な娘ひとり守れず、何が《龍》だ、何が皇子だ。

明珠を守るためなら、何だって――っ！

大怪我《おおけが》をしているくせに、まるで英翔のほうが傷ついているかのように、明珠が気遣わしげに微笑む。

切ないほどの祈りを宿した瞳と、視線が交わった瞬間。

――英翔の中で、何かが弾けた。

白銀の光が、己の中からあふれ出す。

解呪の時にいつも感じる、内側から扉を押し開けるような感覚。

甘い蜜の香気が押し寄せ、陶然となる。

もっとと心が囁く渇望のまま、腕の中の明珠を抱き寄せる。

血飛沫の散った蒼白な顔を見た瞬間、心臓を錐《きり》で貫かれる。気を失った明珠の頬にふれ、心から願う。

治れ。髪ひとすじの傷さえも、残ることなど許さない。

青年の姿に戻ると同時に現れていた、大人の背丈の三倍はありそうな白銀の《龍》が、明珠を抱く英翔の周りで身をくねらせる。

蒼白だった顔に血の気が戻り、苦しげな呼気が穏やかなものに変わったのに気づいて、ほっと詰めていた息を吐き出す。

血で汚れた頬を愛《いと》おしくひと撫《な》でし、英翔はようやく明珠から清陣へ視線を移す。

視線の先では、腰を抜かして無様に地面にへたり込んだ清陣が、呆然《ぼうぜん》と英翔を見上げていた。

英翔に次いで風乗蟲から飛び降りた季白と張宇が、少しでも清陣が不穏な気配を見せようものなら跳びかかろうとばかりに控えているが、無用な心配だ。

清陣は、可能なら這いずってでも逃げたいが、指一本すら動かすことがかなわない。そんな様子だ。右手に握られていた妖剣は、手から離れて地面に転がっている。

「おま……っ、いえ、あなた様は……っ」

ぜいぜいと喉を鳴らし、清陣がかすれた声を洩らす。蚕家の嫡男である清陣とは、何度か王城で顔を合わせた覚えがある。

「……己が犯した大罪を理解したか？」

一歩踏み出すと、「ひぃぃっ」と清陣が憐《あわ》れな声を上げた。

清陣のそばで地面に打ち伏す従者は、震えて平伏したまま、顔を上げすらしない。ただ、丸まった背中が恐怖にびくりと跳ねる。

英翔の心を読んだかのように、《龍》が首を持ち上げ、罪人達をねめつける。

凶暴な気持ちに突き動かされるまま、《龍》を振るおうとして。

「……英翔、さま……？」

腕の中の明珠が、かすかに身じろぎする。

「明珠っ！」

清陣の存在など頭の中から遥か彼方へ蹴り飛ばし、明珠の顔を覗き込む。

うっすらと目を開けた明珠が、英翔を見上げて、驚くほど邪気のない笑顔を浮かべる。

「ご無事だったんですね、よかったぁ……」

とろけるような笑みを浮かべた明珠が、安心しきった顔でふたたび目を閉じる。

「明珠っ!? おいっ!?」

ふたたび気を失っただけ――。わかっているのに、否応《いやおう》もなく心が揺れる。

ふと風が渦巻く気配を感じて、見上げた視線の先に捉えたのは、風乗蟲に乗ってこちらへ向かってくる遼淵だ。

「遼淵！ 妖剣と、どら息子を片づけておけっ！」

一方的に言い捨てると、英翔は明珠を横抱きにして身を翻した。

❀ ❀ ❀

ゆっくりと、意識が浮上していく。

あたたかく柔らかな布団の中でもぞりと身じろぎすると、鋭く息を呑む音が聞こえた。同時に、明珠の意識が急速に覚醒する。

「英翔様っ!?」

意識を失う寸前の光景――泣きそうに歪み、明珠の血に汚れた少年英翔の顔を思い出し、飛び起きる。と、明珠の上に身を乗り出そうとしていた少年の英翔とぶつかりそうになり、明珠は大いにあわてた。

「す、すみませんっ！」

謝り、周囲に視線を向けて、離邸の明珠に割り当てられた部屋の寝台に寝かされていたのだと気づく。窓の外はうっすらと白んでおり、夜明けが近いのだとわかる。

「いや、謝るな。それより、急に起きて大丈夫か？　気分は？　どこか痛みが残っているところはあるか？」

寝台の隣に置いてあった椅子に座り直した少年姿の英翔が、愛らしい顔を心配そうにしかめて、矢継ぎ早に問う。

「え、あ……」

問われて、意識を失う直前、清陣に『蟲殺しの妖剣』で斬られたことを思い出す。甦《よみがえ》った恐怖に、反射的に身体がぶるりと震えた。

「痛みが残っているのか!?」

英翔が両手で明珠の右手を取る。不安のためか、英翔の手は氷のように冷たい。

自分より小さな手を優しく握り返し、明珠はあわててかぶりを振った。

「大丈夫です！　どこも痛くなんて……っ。あれ？」

痛くはないが、妙に背中がすーすーする。

空いている左手を背中に回した明珠は、お仕着せの後ろ身頃《みごろ》がばっくりと裂けているのに気がついた。清陣に斬られた跡だ。

血が乾いたからだろう、裂けている周りは布がごわごわしている。

英翔が申し訳なさそうに頭を下げた。

「すまん。その、さすがに男手で着替えさせるわけにはいかなくてな……。傷は治したのだが……」

「着替えなんてどうでもいいです！　それより、英翔様にお怪我はありませんでしたかっ!?　清陣様はっ!?」

嚙みつくように問う。よく見れば、顔の血飛沫だけは拭き取られているものの、英翔が着ている夜着は、あちこちが血で汚れたままだ。

赤黒くまだらに染まった着物に、絹の着物を汚してしまったという恐怖と、それ以上に、自分がこれほど大量に出血したのだと客観的に突きつけられて、ぞっとする。

「清陣など、お前が気にする必要はない。あいつなら、遼淵に引き渡して牢《ろう》にぶち込ませておいた」

英翔が愛らしい面輪を怒りに染めて吐き捨てる。

「清陣様もご無事でいらっしゃるんですね。よかったあ……」

牢という不穏な言葉は気になるが、ひとまず置いておく。

「ご当主様も駆けつけてくださったんですね。張宇さんや季白さんは無事ですか!?　禁呪使いは!?」

意識がはっきりしてくるにつれ、いろいろな疑問が湧いてくる。明珠の疑問に、英翔はひとつひとつ答えてくれた。

「季白と張宇も無事だ。今は後始末に走り回っている。禁呪使いは……。残念ながら、今のところ捕まえられておらん。今、遼淵に指示させて、蚕家の術師達にも追跡させているが……」

英翔が纏う空気が凄《すご》みを増す。

「ここまでのことをしてくれたのだ。捕まえたら、ただでは済まさん」

明珠の手を握る指先に力がこもる。冷気を帯びた声音に、室温が下がったようだ。

『ここまでのこと』と告げた英翔の言葉に、息を吞む。

そうだ。まるで悪い夢の残滓《ざんし》のように記憶があやふやだが、夕べ確かに明珠は——。

己が振るった包丁が英翔の夜着を切り裂いた時の感触を思い出し、身体の震えが止まらなくなる。

清陣に斬られた時のことを思い出すより、もっとずっと怖い。

自分の手で、大切な人を殺しかけたなんて。

「明珠っ!? どうしたっ!?」

突然、がくがくと震え出した明珠に、英翔が驚いた声を上げる。

「英翔様……っ、私……っ!」

うまく声が出てこない。凍りついたように強張る喉をなだめすかし、何とか声を絞り出す。

「本当に申し訳ありません……っ! なんとお詫びすれば……っ!」

詫びて済む問題ではないのは、重々承知している。しかし、何も持たぬこの身では、詫びることしかできない。

「詫び? 何のことを言っている?」

小首をかしげた英翔に、思わず声が高くなる。

「だって私、英翔様を手にかけようと……っ!」

口に出すと、自分がしでかした罪の重さが迫ってきて、震えがますますひどくなる。

身体から血の気が引いて、頭がくらくらしてきた。じわりと涙がにじみ、英翔の姿がぼやける。

「落ち着け。己を責めたりするな。わたしはお前に咎《とが》を負わそうなどとは、微塵《みじん》も考えておらぬ。頼むから泣いてくれるな。お前に泣かれると、我が身の不甲斐《ふがい》なさを呪いたくなる」

こちらの胸まで切なくなるような声音で告げた英翔が、明珠の手を握る指先に力を込める。

「で、でも……っ！」

「明珠。わたしを見ろ」

強い声に、弾かれたように顔を上げる。

涙でにじむ視界の中で、英翔が怖いほど真っ直ぐに明珠を見つめていた。強い光を宿す黒曜石の瞳に、心の底まで射貫《いぬ》かれる。

「お前の暴挙は《傀儡蟲》に操られていたゆえだ。お前には何ら咎がないのに、どうして罰を与えることがある？」

少年らしい高く澄んだ声で、英翔が噛んで含めるように言う。

明珠を見つめて微笑む表情は、このまま縋《すが》りたくなるほど優しい。だが。

「英翔様のお優しさには救われます。ですが、操られていたとはいえ、私が英翔様を襲ったのは事実ですっ！」

「なら、お前は清陣にも重い罰を与えたいのか？」

「ふぇ？」

真面目な顔で発された問いに、虚をつかれる。

「わたしは許す気など欠片《かけら》もないが……。もし清陣が、お前を斬りつけたのは『蟲殺しの妖剣』によって精神の均衡を失っていたせいだと言い出したら、お前はどうする？　それでも斬りつけたのは事実だと、清陣を罰するか？」

「そんな……っ。清陣様は悪くありません！　悪いのは妖剣で……っ」

「やはり、お前は人が好《よ》すぎる」

呆《あき》れたような、だがどこか優しい声で呟いた英翔が、右手を伸ばし明珠の頬にふれる。

「その理屈なら、お前だって無罪だ」

「違いますっ！」

丸め込まれまいと、激しくかぶりを振る。

「清陣様に斬られましたけど、治していただいたので私は無事です！　それなら、罪に問う必要はないじゃないですか！　でも私は……っ」

声が湿る。泣きそうになりながら、英翔の手を握り返す。明珠より小さな、絹のようになめらかな手。

「私は、英翔様にかけられた禁呪を強めてしまいました……っ！　せっかく、解呪の方法がわかりかけていたのに……っ！」

英翔の悲願の達成を明珠のせいで遠のかせたと思うと、自分自身が許せない。申し訳なさで、身を真っ二つに裂きたくなる。

しかも、英翔は明珠を助けるために身を挺《てい》してくれたのだ。この大罪を、どうやって贖《あがな》えばいいのだろう。

「明珠。龍玉を握ってみろ」

「え……？」

静かに命じられて戸惑う。

くちづけしても戻らないのは、夕べすでに確かめたはずだ。

「よいから」

「は、はい……」

強い声に急かされ、胸元に下げたままの守り袋を握る。

母の形見の着物の端切れで作った守り袋が、血で汚れていないことに、少しだけほっとする。と、英翔がずいと距離を詰めてきた。

昨日の激しいくちづけを思い出し、反射的に目を閉じ、身を固くする。が。

愛おしむように優しいくちづけが、唇を奪う。

次いで、あたたかな唇がまなじりにあふれた涙を吸い取り。

「ほら。禁呪は強まってなどおらん。夕べ、青年の姿に戻らなかったのは、《傀儡蟲》に仕込まれていた禁呪の影響で、一時的に戻れなかっただけだ。解呪の条件は、今も変わらぬ」

深く耳に響く、心地よい声。

驚きに目を瞠《みは》った明珠の視界に飛び込んだのは、青年の秀麗な面輪。

「英翔様っ！」

安堵のあまり思わず抱きつくと、英翔が驚いた声を上げた。

「明珠っ!? 寝台から落ちてしまうぞ」

苦笑しつつも、どこか嬉《うれ》しげにはずんだ声で、椅子に座ったままの英翔がしっかりと明珠の身体を抱きとめてくれる。

一方、明珠は飛びついた瞬間に、我に返っていた。

英翔の広い胸がはだけている。少年の身丈に合った夜着を着ていたのだから、当然だ。

なめらかな素肌の感触にうろたえ、あわてて離れようとする。

「す、すみませんっ」

「暴れるな。本当に落ちるぞ」

苦笑混じりの英翔の声が、息が耳にかかるほど近くで聞こえ、いっそう焦る。

身を離そうと左手をついた掛布が、ずるりとずれ落ち。

「きゃっ!?」

「明珠っ!」

受け止めようとした英翔もろとも、床へ倒れる。

がたんっ、と英翔が座っていた椅子が、倒れて大きな音を立てた。同時に。

「英翔様っ!? いったい何が――」

返事も待たずに張宇が扉を開ける。

床に仰向《あおむ》けに倒れた英翔と、その上に抱きしめられて突っ伏す明珠を見た張宇の顔が凍りつき。

この上もなく気まずそうな顔で、視線を逸らされた。

「す、すみません! えーと、その……。い、一応、季白や遼淵殿にも、明珠が目覚めたと伝えてきます……っ!」

うっすらと赤い顔で一歩後ろに下がった張宇が、ぱたんと扉を閉める。

「ちょっ!? 張宇さ――んっ!」

引きとめようとした明珠の声が、むなしく扉に跳ね返る。

「大人しく引き下がったのは、的確な判断だな」

妙に真面目な顔で張宇の行動を褒めた英翔が、おもむろに右手を動かす。

「ひゃんっ⁉」

明珠を抱きとめた際に、裂けた後ろ身頃の中に入ってしまった右手を。

「ひゃああぁっ！」

この上もなく優しく肩から背中をすべる手のひらに、あられもない声が出る。

「なっ、何をなさるんですか――っ⁉」

一瞬で体温が上がり、頭が爆発しそうになる。

素肌を異性にふれられるなんて、そんな恥ずかしい経験、一度もない。

思いきり英翔を突き飛ばして跳ね起きようとすると、逆に強い力で抱きしめられた。

英翔の胸に頰が密着し、羞恥と混乱のあまり、意識が飛びそうになる。そんな明珠にかまわず。

「よかっ、た……」

英翔が心の底から絞り出すように安堵の声を洩らす。

少し湿り気を帯びた、泣き出しそうな声。

「英翔様？」

初めて聞く声に暴れるのも忘れ、問いかける。

「お前の背に、万が一、傷跡が残っていたら、なんと詫びようかと思っていた……」

英翔の言葉に、先ほどの行動は背中に傷が残っていないかの確認だったのだと理解する。が、理解と納得は別物だ。

「あのっ、ご心配はありがたいですけど、言っていただけたら自分で確かめますからっ！　こ、こんな……っ」

顔だけではない。全身が燃えるように熱い。

一刻も早く離れたくて身じろぎすると、英翔があわてて両腕をほどいた。

「す、すまん。ひと言断ってしかるべきだったな。その……。ちゃんと治せているか心配なあまり、思わず……」

明珠が身を起こすのを助けてくれながら、英翔が珍しく自信のない様子で呟く。

「え？　治してくださったのはご当主様じゃないんですか？」

ついさっきまで英翔は少年姿だった。なのでてっきり、遼淵が治してくれたものだと思っていたのだが。

「そうか、何も覚えていないのか……」

「？」

小首をかしげると、自分も身を起こした英翔が、「気にするな」とかぶりを振る。

「恐ろしい記憶を、わざわざ思い出すことはない」

それより……、と英翔が言を継ごうとしたところで、扉の向こうから話し声が聞こえてきた。

「遼淵殿！　落ち着いてくださいっ！　もう少し待って、完全に事が済んでから――」

「えーっ、待てないよっ！　見たいに決まってるだろう!?」

「お二人とも、人として、それはちょっとどうかと……。万が一の事が起こっていたら、逆鱗を逆撫でするどころじゃありません。俺達三人、問答無用で消されますよ？」

「それでもいいよっ！　ワタシの好奇心を満たすためなら、本望さ！」

「何を扉の前で騒いでいる？」

振り返った英翔が問いかけると、扉の向こうがしん、と静かになった。ややあって。

「遼淵殿が騒ぎ立てるから……っ！　未遂だったら、どう責任を取ってくださるんです!?」

「えーっ！　ワタシを除《の》け者《もの》にしようとしたのが悪いんだよ～っ！」

季白の苛立たしげな声と、遼淵の不満そうな声がし、

「えーっとあの……。扉を開けてもその、大丈夫、ですかね？」

ものすごく遠慮がちな張宇の声が返ってくる。

「かまわ――、あ、いや待て。わたしが出る」

許可を出しかけ、あわてて撤回した英翔が立ち上がる。英翔に差し出された手に摑まって、明珠も立ち上がった。

「まずは着替えるといい。わたしは季白達の報告を聞いてくる。昨夜はろくに寝ていないだろう？身体がつらければ、着替えた後、もう少し休め」

「で、でも、それを言うなら、英翔様達こそ、ほとんど寝てらっしゃらないんじゃ……？」

「心配せずとも、わたしも季白達も、これくらいで倒れるほどやわではない」

英翔は笑うが、素直に頷けない。心配のあまり英翔の秀麗な面輪を見上げると、優しく頭を撫でられた。

「何も不安に思うことはない。向かいの季白の部屋にいる。いまさら、襲ってくる間抜けな賊などおらぬゆえ、お前はゆっくりしていろ」

明珠が心配しているのは英翔達の身なのだが、明珠を気遣ってくれる英翔の優しさに、素直に感謝の気持ちが湧く。英翔達がすぐ近くにいるのなら、ひとりになることにも不安はない。

「では、ゆっくり休むのだぞ」

最後にくしゃりとひと撫でし、英翔が背を向ける。

英翔が細く扉を開け、

「どうした？」

扉に張りついていた季白と遼淵を見て、遼淵の目は笑っていない。いぶかしげな声を上げる。

「いや〜、ちょっと確認を……」

にへら、と口元をゆるめながらも、遼淵の目は笑っていない。

確認というより観察という感じの遼淵の視線と、季白の冷徹なまなざしに、本能的に寒気を覚え、明珠は守り袋を両手で握って身構える。

「遼淵。明珠が心配なのはわかるが、そう不躾《ぶしつけ》に若い娘の部屋を覗くな。季白、お前もどうした？」

「いえ……。張宇の早とちりのようですね」

「季白っ!?　俺は別に……っ！」

「何だ？」

「何でもありません、英翔様。さ、ご報告をいたしますので、どうぞこちらに」

扉がぱたんと閉まり、四人が移動していく気配がする。

さっきの季白と遼淵はなんだったのだろう。あの、期待半分、不安半分、そして明珠を見た途端、失望したような複雑な表情は。

いや、季白にとっては、明珠は《傀儡蟲》に操られ、英翔を手にかけようとした大罪人なのだ。叱り飛ばされなかっただけ、ましかもしれない。

「後でしっかり季白さんと張宇さんにも謝らなきゃ……っ」

英翔は明珠に咎はないと言ってくれたが、季白と張宇がどう考えているのかは、まったくわからない。

どれだけ季白に叱責されようとも、しっかりと受け止めようと決意しながら、明珠は急いで別のお仕着せに着替え始めた。


いつまでも血のついた身の丈に合わぬ夜物を着ているわけにはいかない。張宇の部屋で青年の身体に合う衣に着替えた英翔は、季白の部屋へと向かった。

英翔の部屋は《刀翅蟲》が暴れ回り、《風乗蟲》の暴風が吹き荒れたせいで、使い物にならなくなっている。

季白の部屋の卓には、すでに季白と張宇、遼淵が座していた。英翔が座るなり、対面に座った季白が卓に額を打ちつけそうな勢いで頭を下げる。

「申し訳ございませんっ！　禁呪使いを捕らえる千載一遇の機会を逃しまして……っ！　お詫びの申しようもございません！」

禁呪使い、いまだ捕らえられず。

平身低頭して報告する季白に、英翔はゆっくりとかぶりを振った。

「機会を逃したというのなら、最も責められるべきはわたしだ。禁呪使いの確保より、明珠を優先したのだから」

《龍》の力をもってすれば、禁呪使いを捕らえることも可能だったかもしれない。

だが、あの時、気を失った明珠を人任せにすることは、たとえ愚かの極みと罵られようと、どうしてもできなかった。

己の判断に悔いはない。今、逃がしたとしても、禁呪使いの狙いは英翔だ。ならば、明珠さえ無事でいてくれれば、捕らえる機会はいくらでもある。

「そう深刻に構えなくても大丈夫だよ〜」

にこやかに口を挟んだのは遼淵だ。

「卑怯者《ひきょうもの》で？　逃げ足だけは一流みたいだけど？　ここまで虚仮《こけ》にされて引き下がっちゃ、蚕家の沽券《こけん》に関わるからね♪　主だった術師達は、『昇龍の儀《しょうりゅうのぎ》』に参加したまま、まだ王都から戻ってないけど。戻り次第、蚕家の総力を挙げて追わせてもらうよ♪」

にこにこと明るく告げる遼淵だが、目だけが笑っていない。胆力のある季白と張宇ですら、微妙に顔を引きつらせている。

「……そういえば、清陣は正気に戻ったのか？」

英翔にとっては、清陣がどうなろうと、正直心の底からどうでもいい。むしろ、明珠を傷つけたというだけで、百回斬首しても足りないほどだ。が、遼淵の圧に顔を強張らせている季白と張宇を放っておくのも気の毒に思い、仕方なく話題を振る。

「ん？　ああ、『蟲殺しの妖剣』を手放したら、一応は正気に戻ったよ？　やたら元気にワケのわかんないことをわめいていたけど」

身を凍えさせるような威圧感をぱっと霧散させた遼淵が、興味もなさそうに応じる。季白と張宇が、ほっと息を吐き出した。

「清陣殿が『蟲殺しの妖剣』を持ち出したのは、禁呪使いに唆《そその》されたゆえですか？」

季白の問いに、遼淵が「んー、そうじゃない？」と頷く。

「今回、唯一ソコだけは褒めてもいいねっ！　この百年というもの、誰も抜いたことのない『蟲殺しの妖剣』を抜いて、結界の破壊を実践してくれたんだから♪　いや〜、初めて清陣を見直したね！」

わくわくと瞳を輝かせて遼淵が告げる。その顔は息子を心配する親の顔ではなく、興味のある物事には否応なしに引きつけられる研究者の顔だ。

「遼淵。清陣の処遇はお前に任せる。他にも、敵の手の者がいたのだろう？　その者らの処遇も」

「あー、うん。新しく雇った侍女や下男の中に、《傀儡蟲》を仕込まれていたのが何人かね。今、蟲下しを試みてるけど、たぶん、蚕家に来る前に仕込まれたんじゃないかなあ。小さい卵を飲ませる機会くらい、いくらでもあっただろうしね〜」

淡々と話していた遼淵が、不意に唇を尖《とが》らせる。

「あーっ、でもワタシも明珠に仕込まれてた《傀儡蟲》を見たかったなあ〜っ！　禁呪つきの特別製だったんだろっ!?　捕まえてくれてたら、解呪のためにいろいろ研究できたのに〜っ！」

好き勝手なことを言う遼淵に、思わず苛立ちが湧き、睨みつける。

「無茶を言うな！　明珠から引き出すだけで命懸けだったのだぞっ!?　昨夜の状況でそこまで考えた上で行動などできるか。文句があるなら、即座に離邸へ来ればよかっただろうっ!?」

「来たよっ!?　これでも全速力で来たよっ!?　あーっ、こんなコトなら、ワタシも夕べ離邸に泊まればよかったよーっ！」

「……遼淵殿が離邸にいたら、そもそも敵が行動を起こしていなかったのではありませんか？」

卓に突っ伏して愚痴をこぼす遼淵に季白が呟くが、遼淵は綺麗《きれい》に無視する。

「だって、イイトコ全部見逃したんだよっ!?　この哀しみと憤りをどこにぶつければいいのさ!?　あーもう、明珠に《傀儡蟲》が仕込まれてるって、事前に気づけてたらなあ〜。明珠ってば、全然そんな様子がないんだもん！」

遼淵が地団太を踏んで悔しがる。遼淵の言葉に、ふと英翔の心に疑問が浮かんだ。

「そういえば、明珠が神木にふれるたびに調子を崩していたが……。もしかして、《傀儡蟲》が仕込まれていたせいだったのか……？」

「え、何ソレ!?　聞いてないよワタシ！」

遼淵ががばりと卓から身を起こす。

英翔から説明を聞くと、遼淵は歯ぎしりしてさらに悔しがった。

「きーっ、そんなオモシロそうなことが起こってたなんて！　どうして教えてくれなかったのさ！」

「教えてって……。気づけるわけがないだろうが。わたし達の誰も、明珠に《傀儡蟲》が仕込まれているなど、昨夜襲われるまで、まったく気づかなかったのだぞ」

「たぶん、解呪の特性が《傀儡蟲》の孵化《ふか》を阻害していたんだろうねぇ。はあ〜、ますますイロイロ調べたかった……っ！」

無念さここに極まれり。

しょぼーん、と捨てられた犬のように遼淵が哀しそうに肩を落とす。

「どうした、張宇」

英翔は張宇が物言いたげに季白を見ているのに気づき、水を向ける。

「あ、いえ……」

問われた張宇が、英翔と季白を交互に見ながら、おずおずと口を開く。

「季白はずっと、明珠が怪しいと警戒していたようでして……」

「何？」

おととい、賊に襲われた際、林の中で季白が明珠に剣を突きつけていたのを見た時の怒りと恐怖が甦り、思わず季白を睨みつける。

「季白。わたしの言を聞き入れず、明珠を疑い続けていたのか？」

「英翔様をお守りするためです。事実、明珠に《傀儡蟲》が仕込まれていたではないですか」

淡々と返す季白の言葉に、英翔は口をつぐむ他ない。

「先ほど明珠を見たところ、嫌な気配は消えておりましたので、もう安全かと思いますが……」

「ナニナニ!? キミもしかして、《傀儡蟲》が仕込まれているかどうかわかるのかいっ!?」

遼淵が目をきらきらさせて季白に食いつく。

「違います」

「季白はなぜか、英翔様限定で、すこぶる勘がいいのです」

一言で否定した季白の言葉を、張宇が補う。

「それより――」

季白が遼淵に向き直る。明珠が見たら、「ひぃっ！ 季白さん、何を企んでるんですか!?」と悲鳴を上げそうな、人の悪い笑みを浮かべて。

「遼淵殿。明珠のことで、折り入ってひとつご相談があるのですが……」

❀ ❀ ❀

「ひえぇ……っ！」

英翔達が出ていき、お仕着せに着替えを済ませた明珠は、廊下に出て何気なく斜め向かいの英翔の部屋を見やった瞬間、思わず悲鳴を上げた。

離邸の中でもひときわ立派な英翔の部屋の扉は、蝶番《ちょうつがい》が片方外れ、扉が閉まりきっていなかった。傾いた隙間から、部屋の惨状が見える。

夕べ、《刀翅蟲》によって露台へ通じる硝子戸が破壊されたのは明珠も見たが、明珠が本邸に向かった後、いったいどれほど激しい戦いがあったのだろう。

室内はまるで嵐が過ぎ去った後のように荒れ果てていた。

卓や椅子は横倒しになり、《刀翅蟲》に斬り裂かれたのか、いくつもの傷が走っている。割れて床に散らばった硝子の破片が、差し込む朝日を受けてきらきらと輝いていた。

こんな惨状の中、英翔達が無事だったなんて、奇跡としか思えない。三人とも大きな怪我がなくて本当によかったと、心から思う。と。

「明珠っ!?　何があった!?」

明珠の悲鳴が届いたのか、隣の季白の部屋の扉を開けて青年姿の英翔が廊下へ出てくる。英翔も血のついた夜着から着替えて、今は青年の身丈にあった青い生地の衣を着ていた。

「どうした⁉　何か――」

足早に明珠に向かってくる英翔に、あわててぶんぶんとかぶりを振る。

「す、すみませんっ、何でもないんですっ！　その、英翔様のお部屋の荒れ具合にびっくりしてしまって……っ！」

英翔の部屋は、離邸の中でも一番立派な部屋だった。修繕にいくらかかるのだろうと思うと、自分がお金を出すわけでもないのに勝手に身体が震え出す。

「だが、顔色が悪いぞ。起き出さずともよいと言っただろう？　もっと休んでいたほうがよいのではないか？」

「ひゃああっ⁉」

言うが早いが、さっと身を屈めた英翔に横抱きに抱き上げられ、すっとんきょうな声が飛び出す。

ふわりと英翔の香の薫りが揺蕩《たゆた》い、間近に迫った秀麗な面輪に、先ほど寝台から落ちた時のことを思い出してぱくんと心臓が跳ねる。

「お、下ろしてくださいっ！」

足をばたつかせても、英翔の力強い腕はまったくゆるまない。明珠は必死に言い募る。

「顔色が悪いのは、豪華なお部屋の修繕にいくらかかるんだろうと考えちゃったせいですっ！　体調はまったく悪くないので、大丈夫ですから……っ！」

「修繕？　そんなの秀洞《しゅうどう》に命じて適当にさせるよ～」

のほほんと声を上げたのは、英翔に続いて廊下に出てきた遼淵だ。さらにその後ろには季白と張宇の姿も見える。二人の姿を見た瞬間、明珠の身体が無意識に強張った。

先ほど、ちゃんと季白と張宇の叱責を受け止めようと決意したばかりなのに、刃のように鋭い季白の視線に、きゅっと心臓が縮んでしまう。

まだ明珠を疑っているのか、こちらを見る季白の視線は射貫くように鋭い。

「季白。そんなに明珠を睨みつけるのではない。怯えているではないか」

季白の視線から庇うように、英翔の腕に力がこもる。

「い、いえっ！　その、私が夕べ《傀儡蟲》に操られたせいなので……っ！」

夕べ、敵の禁呪使いに身体を乗っ取られた時の恐怖と嫌悪感を思い出し、告げる声が無意識に震える。

「いくらお詫び申し上げても足りませんが……っ！　本当に申し訳ございませんでしたっ！」

英翔の腕からすべり落ちるように床に下り、季白と張宇に深々と頭を下げる。

「お前が謝る必要などない。お前に咎はないと、先ほど言っただろう？」

穏やかな声で告げた英翔が、そっと明珠の肩を摑んで引き起こす。

「で、ですが……っ！」

秀麗な面輪を見上げ、ふるりとかぶりを振った明珠の耳に、季白の溜息《ためいき》が届く。季白を振り返ると、苦り切った表情で、頭痛がすると言わんばかりに額を押さえていた。

「あなたにはいろいろと……。ええ、ほんっとうに心の底からいろいろと叱りたいところではありますが……っ！　畏れ多くも英翔様があなたを許すとおっしゃっているのです。《傀儡蟲》も抜けた今、わたしがどうこう言うべきことではありません」

苛立ちをにじませた季白の表情は、どこをどう見ても、どうこう言い足りないのは明らかだが、明珠は突っ込まずに沈黙を守る。

季白の叱責から逃れられるなら、そちらのほうがいいに決まっている。

「たとえ《傀儡蟲》に操られていようとも、英翔様に害を為《な》そうなど……っ！　一万回処刑しても足りぬほどの大罪ですが、英翔様が許すとおっしゃるのでしたら、仕方がありません！　よいですかっ!?　英翔様の海よりも広く寛大なご慈悲に、谷よりも深く感謝するのですよっ！」

「もちろんですっ！　英翔様、本当にありがとうございますっ！」

明珠の肩から手を離した英翔を振り返り、もう一度深く頭を下げる。

「礼などよい。当然のことだ。それよりも……。お前が無事で、本当によかった」

心の底からの安堵を宿した声で告げた英翔が、顔を上げた明珠の頭を優しく撫でる。包み込むような笑顔に、ぱくぱくと心臓が騒ぎ出す。穏やかに口を開いたのは張宇だ。

「英翔様のおっしゃるとおりだよ、明珠。俺も季白も、明珠が禁呪使いに操られただけだとちゃんとわかっている。それよりも、夕べはあんな無茶をして……。明珠が無事で、本当によかったよ」

「張宇さんも、ありがとうございます！」

張宇ににこやかに微笑んで礼を言うと、頭を撫でていた英翔の手が、ぴくりと止まった。

「無茶？　夕べ、清陣からわたしを庇ったことも、とんでもない無茶だったが……。もしや、それ以外にも何かしたのか？」

「え……っ？　そ、その……っ」

季白達から逃げるために露台から飛び降りました、なんて正直に話したら、どんなに叱られるだろう。

だが、心配そうに明珠を見下ろす黒曜石の瞳を前にしていると、まなざしの真摯さに負けて、正直に打ち明けてしまいそうだ。

「そ、そうだ！　英翔様、おなかが空《す》いてらっしゃいませんか!?　季白さん達も、夜中から起きていてお疲れでしょう？　私、何かあたたかいごはんを用意してまいります！」

無理やり話題を逸らすと英翔が虚をつかれたように目を瞬かせた。

「確かに、お前の料理は嬉しいが……」

「では、すぐにご用意しますので少しお待ちくださいっ！」

「明珠、俺も用意を手伝おうか？」

申し出てくれた張宇にふるふるとかぶりを振る。

「いえっ、私ひとりで大丈夫です！　張宇さんもお疲れでしょう？　少しはゆっくりなさっててください！」

では失礼します、と一礼すると、明珠はそそくさと台所に向かった。


「すみません、扉を開けてもらっていいですか？」

両手で大きな盆を持っているせいで、明珠ひとりでは、どうにも扉が開けられない。

申し訳ないと思いつつ、季白の部屋の前で声をかけると、すぐに張宇が扉を開けてくれた。

「美味《うま》そうなごはんだな。用意してくれてありがとう」

盆の上を見て口元をほころばせた張宇が、「重いだろう？」とさりげなく盆を受け取ってくれる。

「すみません。お粥《かゆ》と汁物と昨日の残り物の、簡単なものなんですけど……」

「いや、助かるよ。あたたかいものが食べたいと思っていたんだ」

張宇の後に続いて部屋に入った明珠は、英翔達が座っている卓に張宇と二人で皿を並べていく。

今、明珠達がいるのは季白の部屋だ。離邸で一番立派な英翔の部屋と違い、季白の部屋にあるのはさほど大きくない長方形の卓と椅子が四脚、寝台と棚や長持だけだ。

堅苦しいほどきっちりと整理整頓された室内は、いかにも季白らしい。明珠も掃除をするたびに、うっかり物の位置をずらしたりしないように気を遣う。

「すまないな。起き出してすぐ働かせてしまって……。だが、ありがとう。お前のおかげで、少し落ち着ける」

明珠に気遣うような視線を向けた英翔が、次いで卓に並んだ料理を見て、秀麗な面輪をゆるめる。

「わーい、ごはんだ〜っ！　もー、夜中から働き通しだもん。疲れちゃったよ〜っ！」

子どもみたいに唇を尖らせて愚痴をこぼした遼淵が、いそいそと箸を持つ。

明珠と張宇が皿をすべて並べ終わったところで、英翔が声を上げる。

「明珠の席が足りんな」

「わたしの膝に来るか？」

英翔が椅子を引き、楽しそうに自分のふとももをぽんぽんと叩《たた》く。

「何をおっしゃるんですか!?　お断りします！　そもそも、それじゃあ英翔様が食べられないじゃないですか！」

　空の盆を盾に英翔から距離をとったところで、張宇が自分の部屋から椅子を持ってきてくれた。

「あ、すみません。ありがとうございます」

　英翔と遼淵の間に置かれた椅子に座る。明らかに上座なのだが、張宇がわざわざ運んでくれた椅子を移動し直すのも悪い気がする。

　明珠が用意した料理は、卵やネギを入れた粥と、火が通りやすいようにみじん切りにした野菜をたっぷり入れた汁物、昨日の夕食の残りの肉団子の甘酢あんかけや、青菜のおひたしだ。粥と汁物はやや薄めの優しい味付けにしておいた。

　五人とも、しばらく無言で食事を腹におさめていく。

　器の中身がほとんど空になった頃。

「明珠。話があります」

　かたり、と箸を置いた季白が、静かに口を開いた。

「は、はいっ！」

　明珠も箸を置き、ぴしりと背筋を伸ばす。

　何を言われるのだろうか。先ほど、季白は《傀儡蟲》に操られていたことは不問に付すと言ってくれたが、他にも叱責される心当たりがありすぎて、不安しかない。

　季白の切れ長の目には、明珠を値踏みするような冷徹な光が宿っている。

　たとえ、どんな罰を言い渡されようと、己の罪はちゃんと受け止めようと、明珠はぐっとおなかに力を込めて、真っ直ぐに季白を見つめ返す。

感情の読めない冷ややかな目で明珠を見据えたまま、季白がゆっくりと口を開く。

「あなたには、蚕家の侍女を辞めてもらいます」

「は、い……」

覚悟はしていた。

それでも、告げられた内容に声が震える。

「あの、それで罰は……？」

「罰？」

おずおずと問い返すと、季白が首をかしげる。間髪入れずに口を開いたのは英翔だ。

「お前に罰など与えん。先ほども言っただろう？」

季白が楽しそうに唇を吊り上げる。

「英翔様のご意思を尊重して、特別に許そうかと思っていましたが……。本人が罰を望むというのでしたら、期待に応えなくてはなりませんね。英翔様を傷つけようとした大罪はもちろんのこと、これまでさんざん我々を惑わせて、引っかき回した分も……」

季白の背後に、もくもくと雷雲が湧き上がってくる幻覚を見る。

「ひぃぃっ！」

季白の唇は確かに笑みの形を刻んでいるのに、目が全然笑っていない。怖い。怖すぎる。

「き、期待なんてまったく全然、これっぽちもしてないですっ！　あのっ、私はどんな罰でもお受けしますから、どうか家族に累が及ぶことだけはお許しください……っ！」

皇子を害そうとしたのだ。本来なら、一族郎党皆殺しになっても文句は言えない。恐怖に泣きそうになりながら震えていると、不意に英翔に強く右手を握られた。

「季白。明珠をいじめるのではない。可哀想《かわいそう》だろう、こんなに震えて」

強張りをほどくようなあたたかく大きな手が、明珠の手を包み込む。

「仕方がありませんね」

季白がわざとらしいくらい、深い溜息をつく。

「他ならぬ英翔様が、こうおっしゃっておられるのです。今回だけは、不問に付しましょう。英翔様の高潔で寛大なお心に深く感謝し――。今後は、いっそう忠勤に励みなさい」

「え……？」

季白が告げた言葉の意味がわからず、きょとんと呆《ほう》ける。

「今後、って……？」

自分はたった今、季白にクビを宣言されたばかりだが。

明珠の戸惑いをよそに、季白が事もなげに言い放つ。

「あなたの身柄は、わたしが個人的に雇うことになりました。今後は、英翔様の従者として仕えてもらいます」

「えっ!?　えええぇぇぇ～っ!?　聞いてませんっ、そんなこと！」

英翔にこれからも仕えられる。

それは嬉しいことこの上ないが、驚きのあまり、すっとんきょうな叫びが飛び出す。季白が呆れたように吐息した。

「当たり前です、いま初めて言ったのですから」

てきぱきと季白が説明する。

「我々はこれから、蚕家を出て、本来向かうべき目的地であった、乾晶《けんしょう》の町へ向かいます。一時的にとはいえ、一応、解呪の方法はひとつ得られましたし、これ以上蚕家に留《とど》まっても、さほど益はなさそうですからね。それより、襲撃を受けた蚕家に第二皇子である龍翔様がいたという噂《うわさ》が広まるほうが困ります。龍翔様は反乱鎮圧のために乾晶にいることになっているのですから。可能ならば、今日の午前中に発《た》ちたいですから、この後は、すぐに旅支度をするように」

「は、はあ……」

あまりの急展開に思考がついていかず、あいまいに頷くと、不意に季白がにこやかに微笑んだ。

明珠の背中がぞわりと粟立つ。

「そうそう。これほどの短期間で、さらに一身上の都合で辞めるのです。本来なら、蚕家が用意した支度金を、全額、返済してもらうところですが——」

にっこり。

季白が満面の笑みを浮かべる。

「心配は無用です。わたしが全額、立て替えておきましたから。……この意味、わかりますね？」

「っ!?」

どこが、『心配は無用』なのか。むしろ心配しかない。

が、そんなこと、口が裂けても言えるはずがなく。

「……つまり、私の生殺与奪の権は、季白さんが握っている、ということですよね……？」

「察しがいいのは好きですよ」

好きと言われて、これほど嬉しくないのも初めてだ。

英翔が明珠の手を握る指先に力をこめる。

「明珠。季白が無茶を言ったら、撤回させるゆえ、すぐわたしに言うのだぞ？　本当は、わたしがお前を雇ってやれればよかったのだが……」

「英翔様が直接雇われるなど、明珠が特別な存在であると、喧伝《けんでん》するようなものです。明珠を危険な目に遭わせるのは、英翔様の本意ではございませんでしょう？」

「……と言われては、我を通すこともできなくてな」

英翔が仕方がなさそうに嘆息する。代わって申し訳なさそうに口を開いたのは張宇だ。

「すまん。俺では季白に、逆立ちしても口では勝てなかった……っ！」

手を合わせて明珠に詫びる張宇を、季白が睨みつける。

「当り前です。あなたに任せたら、理由もなく借金を棒引きにしたりするでしょう？　本当にあなたは女子どもに甘いんですから……。甘いのは英翔様にだけで十分です！」

「えっ、いや、その……」

図星だったらしい。張宇が困ったように視線をさまよわせる。

「明珠」

手を握っていた英翔の長い指が、するりと明珠の指を絡めとる。

振り返った先にあったのは、驚くほど近い英翔の面輪だ。黒曜石の瞳が、真っ直ぐに明珠の目を射貫き。

「お前が変わらず、わたしのそばにいてくれるのは、何よりも嬉しい。今後とも、よろしく頼む」

「は、はいっ。こちらこそ不束者《ふつつかもの》ですが、どうぞよろしくお願いいたします……っ！」

ぺこりと一礼した明珠の言葉に、英翔が見惚れるような笑みを浮かべる。が。

近い！　近すぎる！　たかが挨拶にこの距離は不適切だと思う。

腰が引けて無意識のうちに上半身をのけぞらせると、不意に英翔の左手が背中に回された。同時に、英翔が持ち上げた明珠の指先にくちづける。

「ひゃっ!?　英翔様っ!?」

瞬時に顔に熱が上り、英翔の手を振り払おうとする。

が、英翔の指は明珠を捕らえたまま、放してくれない。

背中に回された手のひらに力がこもり、明珠を引き寄せようとする。布越しに英翔のあたたかな手がふれる背中が、融けてしまいそうだ。

「英翔様っ!?　悪戯《いたずら》が過ぎますよっ！」

抗《あらが》おうとすると、楽しげに耳元で囁かれた。

「暴れると、また落ちるぞ？」

「〜〜っ！」

寝台から落ちた時のことを思い出し、羞恥に息が詰まる。

助けを求めて、反射的に季白を見る。

いつもなら、そろそろ季白が苛立たしげに英翔を止めてくれるはずだ。が。

ものっすごく不本意そうな顔をしつつも、季白が英翔を止める気配はない。それどころか。

「明珠」

「はいっ！」

季白の声に条件反射で背筋を伸ばした瞬間、英翔に引き寄せられ、ぽすん、と胸元に頬がふれた。衣に焚《た》き染《し》められた香の薫りに、くらりと酔いそうになる。

首をねじり、季白に視線を向けると――季白は、目元を引きつらせながらにこやかに笑うという、荒業を成しとげていた。

「英翔様にお仕えできるという僥倖《ぎょうこう》を噛みしめ、これからも身を尽くして励みなさい。――働き方いかんによっては、ちゃあんと『特別手当』を支給してあげますから」

『特別手当』。

その言葉に、蚕家で勤めた怒涛《どとう》の八日間が脳裏を駆け抜け――、無駄と知りつつ、明珠は思わず叫んでいた。

「私に選択権なんてないって知ってますけどっ！　『特別手当』なんて要りませんから、ふつうのお仕事をさせてくださいい――っ！」

MFブックス

呪われた龍にくちづけを 2 ～新米侍女、借金返済のためにワケあり主従にお仕えします！～下

2023年7月25日　初版第一刷発行

著者　綾束乙
発行者　山下直久
発行　株式会社KADOKAWA
〒102-8177　東京都千代田区富士見2-13-3
0570-002-301（ナビダイヤル）
印刷・製本　株式会社広済堂ネクスト
ISBN 978-4-04-682198-0 C0093

担当編集　永井由布子
ブックデザイン　AFTERGLOW
デザインフォーマット　ragtime
イラスト　春が野かおる

本書は、カクヨムに掲載された「呪われた龍にくちづけを　第一幕　～特別手当の内容がこんなコトなんて聞いてません！～」を加筆修正したものです。

この作品はフィクションです。実在の人物・団体・事件・地名・名称等とは一切関係ありません。

「こぼれ話」の内容は、
あとがきだったり
ショートストーリーだったり、
タイトルによってさまざまです。
読んでみてのお楽しみ！

アンケートに答えて著者書き下ろし「こぼれ話」を読もう！

よりよい本作りのため、
読者の皆様のご意見を参考にさせて頂きたく、
アンケートを実施しております。

奥付掲載の二次元コード（またはURL）にお手持ちの端末でアクセス。

↓

奥付掲載のパスワードを入力すると、アンケートページが開きます。

↓

アンケートにご協力頂きますと、著者書き下ろしの「こぼれ話」がWEBで読めます。

- PC・スマートフォンに対応しております（一部対応していない機種もございます）。
- サイトにアクセスする際や、登録・メール送信時にかかる通信費はご負担ください。
- やむを得ない事情により公開を中断・終了する場合があります。